划船去摘星

暈船了怎麼辦？
從這句話開始，
兩個男人的命運自此改變。

Shipping to my Star

張維中

原點

目次

• 黃宇弦（29，天秤男）

不擅於表露情緒，眾人眼中面無表情的面癱男。他沒有迷過任何一個偶像，活到29歲，從未喜歡過任何一個名人。在即將邁入30歲的這一年，他遇見了專業追星戶劉楷霍，面對這個意外走進他生命中的已婚男人，想愛卻不能愛，想說卻不敢說，因為背後隱藏著一個將近十年前的巨大秘密……

• 劉楷霍（33，雙子男）

思考有點怪，常會說出一些奇怪譬喻的話。30多歲卻有著大學生的童顏。喜歡追星，但追星運極差，總在最靠近偶像的剎那，一切轉眼成空。他有心愛的偶像，也有充滿怨恨、中風臥床不接受他性取向的父親；他還有個一時興起在同婚合法當天結婚的伴侶，婚後發現對方是個渣男，如今陷入想離婚卻離不了的困境……

Dedicated to

War Wanarat Ratsameerat & Yin Anan Wong

The creative motivation behind this novel was inspired by YINWAR

00

人，為什麼會想要追星，會去崇拜陌生人，進而把他當作偶像呢？

每一天，想關注他們的行程，想知道他們此時此刻正在做什麼？當手機畫面跳出即時通知時，或許工作和朋友的訊息會先略過，但只要是偶像的就會立刻點開，秒按讚。

在ＩＧ限時動態上，他們吃過的餐廳想要去踩點；他們聽過的音樂想要聽聽看；他們在直播裡講的語言其實根本聽不懂，事後還得去網上搜中字翻譯重看，但就算如此也會開著直播，感受跟偶像同步掛在線上的即時感，即使盲聽也開心。生活中有一個（或一群）喜歡的人，真實存在於粉絲的日日夜夜，可是在粉絲實際的人際關係裡，他們其實又不存在。

崇拜一個人，就像把自己的一部分給交出去。把那個易感的部分寄託在對方身上，跟他歡喜跟他憂。粉絲樂於看著偶像從沒沒無名到大鳴大放，只是當偶像愈來愈紅，需要更大的舞台時，距離也會開始愈來愈遠。

追星是一個送行的過程。像在浩瀚無垠的宇宙中，你發現了一顆閃爍的彗星，滿心期待與星星最靠近的一刻，然後終於在短暫相逢以後，就得向星星道別。獻上祝福，又快樂又寂寞，期待星星拖曳著光芒，飛去一個未知而更好的遠方。

可是，我不懂，為什麼要這樣？

我，沒有迷過任何一個偶像。

演唱會？見面會？簽名會？這些我從來沒有去過。可是別誤會了，我也是有喜歡的歌，有百看不厭的電影，也有讀了又讀的書，只是我喜歡的是作品本身，而不是當事人。

活到二十九歲，我從未喜歡過任何一個名人。

名人出現在媒體面前，呈現的都是片面的形象。在無法得知其真實面的情況下，為什麼能夠如此輕易喜歡上一個人呢？去著迷那麼遙遠的人，對方卻或許永遠不知道或記不得你。在一段不太可能有互動，幾乎永不可能獲得回報的關係裡，單方面的熱情付出，實在是太徒勞又太寂寞了。

過去，我總是這麼認為，從來不能夠理解這件事。

直到有一個雙子座的男人出現在我的生命裡；直到我遇見了一個一旦開啟追星模式，就判若兩人的男人；直到我不自覺喜歡上這個不該愛的已婚男人，我的三觀就此全毀。

一輩子從未預料的事情，降臨了在我的身上。

「怎麼辦？」我就問。

在即將邁入三十歲關卡的這一年，我的偶像出現了。

01

「時間是熱的，還是冷的？」

我從來沒想過這種奇怪的問題。

對啊，如果時間有溫度的話，應該是熱的還是冷的呢？

當劉楷霍開口這麼問我的時候，我足足愣了三秒鐘，完全不曉得該怎麼回答。然而，就在第四秒時，我突然回神過來。

不對啊，我幹嘛要想呢，何必要回答他呢？這個怪問題，尤其是從這個人身上問出來的問題，我根本不應該理他，不用隨他起舞才對。

劉楷霍其實好像也沒在等我的答案，他轉過身去，自顧自地把烘好的衣服從滾筒洗衣機慢慢取出來，整個人像是陷入自己的世界似的，不曉得在思考什麼。他喃喃自語，我聽不見他在說什麼。

從我這個角度看過去的劉楷霍，很難相信他大我四歲，居然已經三十三歲了。是因為我有一張從小老起來放著的臉嗎？還是他真的長得太年輕？相信任誰來看我們兩個人，一定都會認為我比他老。劉楷霍就像是個才二十歲出頭的大男孩。

那天深夜，我終於在自助洗衣店遇見劉楷霍了。

我知道他跟他的伴侶沈瑞斌，兩個人搬家搬到跟我住在同一個捷運站附近，知道他們也會來同一間洗衣店，但從未在店裡遇到過他。

在那之前，我已耳聞他許久，直到那一天才算第一次跟他面對面。

我一邊打掃自助洗衣店，一邊偷偷觀察他。

很怪，真的愈來愈怪。他每拿出一件烘好的衣服時，就會把臉貼上去，閉起眼睛，好像在跟衣服做什麼心靈溝通，有時候甚至還微微笑起來。

再次確認了，能跟沈瑞斌這種人結婚的男生，果然真的也是個怪人。先前公司裡對這個男生的謠傳，原來都是真的。

因為沈瑞斌的緣故，打從一開始我就決定連帶討厭劉楷霍，所以一想到他跟沈瑞斌以後可能都會常常出現在這間自助洗衣店，我就覺得煩。

如果不是因為晉合哥跟駿光哥的關係，我大概明天就會辭掉自助洗衣店的工作了。

「時間是熱的，還是冷的？」

那是劉楷霍對我說出的第一句話，也是第一次問我這個問題。

那天晚上，劉楷霍抱著一大疊洗好烘好的衣服要離開時，他站在門口，突然回過身，自己回答了剛才問我（或者也不是在問我？）的問題。

「時間是熱的。」

語畢，他又把臉貼在烘乾的衣服上，一臉滿足。

我拿著掃把站在原地，覺得傻眼，背脊發麻。

第二次見到劉楷霍是在幾個星期後，也是在深夜的自助洗衣店裡。看到他的當下，我嚇了一大跳，因為他看起來跟上次簡直判若兩人。

在下著大雨的夜裡，半夜一點多了，他居然一個人站在洗衣店門口外，沒有撐傘，整個人變成落湯雞。他手上抱著一堆衣服也全是濕的。他突然見到我出現，好像想哭，或者已經哭過了？他濕透了，我分不清他臉上是雨還是淚。

我撐著傘，趕緊讓他躲進傘下。

「你為什麼變成這樣？為什麼要站在這裡不回家，你全身都濕了！你的臉上怎麼會有傷？你摔倒？還是怎麼了？」

就算我再討厭一個人，見到對方這麼狼狽又無助的樣子，還是會起惻隱之心。

「你怎麼都不說話？到底發生什麼事？」

無論我怎麼追問劉楷霍，他都不回答。

就在我不知道該怎麼辦才好的剎那，他竟忽然抱住我。

拜託請告訴我，現在這是哪一招？突然緊抱已經夠怪，更怪的是，他怎麼沒考慮到經他這麼一抱，我也跟著他濕透了啊！

比我矮小的他，頭埋在我的胸前，濡濕的頭髮解開了洗髮精封存的香味，飄來一陣淡淡的佛手柑精油香。

當一件怪事怪到破天荒的境界時，其實不會有憤怒，只會荒謬到無語。尤其是在這樣的情況下，你還聽到對方再次問出那個怪問題。

「時間是熱的，還是冷的？」

這是劉楷霍第二次問我這個問題。這一次，他沒等我思考，接著馬上自己回答了。

「是冷的。很冷。」

雨勢愈來愈大，劉楷霍的聲音顯得更微弱，但力道卻很強，重擊在我的心上。

那一晚，就從這句話開始，我的命運因此改變。

劉楷霍，一個我曾經決定討厭的人，怎麼可能想到有一天，我竟然會陪著他從台北飛來曼谷，特地參加一場粉絲見面會呢？

「弦弦，很懷疑你的靈魂帳號被盜了嗎？居然真的開始追星了？」

我的名字叫做黃宇弦，跟我熟稔的朋友，習慣暱稱我為弦弦。

出發前，晉合哥跟駿光哥知道以後很不可思議，如此打趣地問我。

是的，我是誰？我怎麼了？我自己也這麼懷疑過。

我從來不追星，不迷偶像也不看ＢＬ腐劇，這輩子沒去看過任何一場演唱會，但是現在，我卻特地飛來泰國，在這個空間裡坐著，看兩個演腐劇出身的男生賣力地勁歌熱舞，而且台上的其中一個人還是他。我的心情萬分複雜。

音響傳出巨大聲量，地板砰砰震動，但都比不上周圍粉絲們激情的嘶吼尖叫。所謂的周圍，當然包含了劉楷霍。男生的尖叫聲，在一大群腐女當中顯得特別明顯。身為稀少的男粉，劉楷霍並不感到害臊，因為他才沒有餘力去管別人。在他全神貫注的那個當下，對他來說，整個空間早已沒有其他人，只有台上的明星和台下的他而已。

劉楷霍真情流露。平常文靜的他，在這一刻徹底解放，猛揮應援物，奮力叫喊，用身上的細胞回應偶像的一舉一動。當偶像眼神的方向，看往我們這裡時，他相信彼此的眼神是交疊的，他覺得偶像一定聽見了他的叫喊。

見面會接近終盤時，台上要玩一個遊戲。會場內每一張椅子下面，隨機貼了幸運卡，抽到的粉絲，就可以上台跟偶像近距離玩親密的遊戲。

周圍的粉絲們立刻伸手到座椅下。有些人摸了半天，最後一臉失望；有些人則是撕下一張卡片，興奮地從椅子上跳起來，舉手大叫，全場鬧哄哄。

我的座位下沒有貼任何東西，可是劉楷霍的座位有。他從椅子下抽到了卡片。全場只有十個人，劉楷霍居然是其中一個。

「我現在該怎麼辦？我現在要做什麼？天啊，我心跳好快！我的 Apple Watch 都發出了高心跳警告。」

他既興奮又緊張，漲紅著臉，原本皮膚就白裡透紅的他，精緻感更加分。

我握住他的手肘，感覺他因為太緊張而顫抖起來。我只好再輕拍他的背，要他深呼吸，冷靜一點。

「你抽到獎，現在要上台跟他們玩遊戲了！快去吧！你從來沒有這麼近距離可以接近他們，你實現夢想了。快去！」

「你陪我去。」

「我不能，我沒有抽到，只有你有幸運卡，只有你是幸運兒。」

「我是嗎？我真的是幸運兒嗎？」

劉楷霍眼眶泛紅地問我，我用力點頭。

你是的，也許以前不是，但從這一刻開始，你會是的。

他起身準備離開座位前往舞台時，轉過來低頭問我：

「我想再問你一次，現在時間是熱的，還是冷的？」

這是他第三次問我這個問題。

「熱的，當然是熱的。」我回答。

「好像不冷也不熱。時間好像只能用平靜或搖晃來形容。」

「為什麼現在要說這個？快上台去吧！」

「因為我覺得我現在好暈，就像暈船了那樣。」

「你不是現在，是已經暈很久了。」

抽到獎的十個幸運兒從不同的座席之間走出來，往舞台前方移動，劉楷霍也去了，我看著他踏上舞台階梯，知道他肯定還是很緊張，也跟著他心跳加快。

然而，我萬萬沒有想到，最終劉楷霍沒有跟他的偶像深情相擁。

他是真的暈了。

劉楷霍在踏上最後一級階梯的剎那，暈倒了。

02

人活在世上，真的是一種需要互助合作的群體動物。

每當我在花蓮的清水斷崖划獨木舟或SUP立式划槳的時候，心底總會浮現出這句話。

雖然不像秀姑巒溪泛舟，控制一艘橡皮艇的方向，需要八到十個人同心協力地划槳，但獨木舟至少也是兩人一組，仍需要同船人的互相幫忙。至於SUP即使是一人一板，看似能夠獨立操作，但往往比獨木舟更常落水，還是得靠教練或旁人協助才行。

總之，不是專業的我們，無論划什麼船都需要有人互助合作。

喜歡追求刺激和衝勁的話，秀姑巒溪的泛舟很不錯，可是相較之下，我更愛到清水斷崖。沿著雄偉壯觀的高山邊緣，航行在遼闊的大海上，頭頂的蒼穹是一片無限透明的藍。從船上隔著海，瞭望島嶼邊緣的時候，才會意識到原來自己住在一個多美的地方。

二十歲那年夏天，在泰國的鄉下玩過幾次獨木舟，自此我就愛上了划船。當完兵，進入職場工作以後，偶爾在有空的週末，天氣不太冷的時候，為了划船，我就會從台北跑到花東。已經變成一個固定的行程，到花蓮的當天晚上會先去露營，第二天再去划船，漸漸地除了愛划船，也變成了一個露營迷。划船的前一晚去露營，在遠離光害的營地，坐在帳篷前拉一張摺疊躺椅，溫一杯熱紅酒看星星。

雖然在划船時，不免會想起二十歲那年在泰國發生的事。當時的甜蜜早已被後來的苦澀給覆蓋過去，照理說應該像是遠離泰國一樣，永遠不再碰划船這件事，但是每當我身處在大自然的美景中，整個人的心理狀態變得風平浪靜時，還是無法狠心割捨。

退伍後，我在台北一間規模不大，但名聲挺好的旅行社上班。薪水不錯，偶爾加班，大多數的時候，時間的自由度很高。我不是帶團的辛苦導遊，需要出國跑來跑去耍嘴皮子那麼賣命，雖然有時也得出差，但都是被招待去日本吃好睡好的媒體團。我負責的是生產內容跟開發行程的企劃部，主要客戶不是一般消費者，而是促銷日本觀光的廣告代理商和日本都道府縣的觀光科。

就這樣活到了二十九歲，沒什麼意外的話，往後應該也繼續這樣下去吧？雖然稱不上什麼人生勝利組，但以一個男同志來說，過著經濟獨立自主，財富小自由，日常興趣也能實踐的生活，已經算是如魚得水。

然而「意外」是組成人生的原料。沒什麼意外的，意外就這麼發生了。

以上說的，轉瞬間全變成了過去式。

我，失業了。

這一天，是我在失業以後第一次再訪花蓮。

前兩天下午，我跟晉合哥、駿光哥在捷運中山站巧遇，告訴他們我失業的事。提到週末要再去露營跟泛舟，駿光哥主動開口問我，他們能不能也一道去？因為之前就聽我聊過好幾次，很想去嘗試看看。

「當然沒問題！以前就有找過你們，但你們一直太忙。如果這週末恰好有空，就一起去吧！畢竟失業的人，一個人去划船、露營，可能會因為心情沮喪而做出什麼傻事，有你們一起去，我想我已經得救了。」

「失業沒什麼大不了的，休息一下也很好，工作再找就可以。」

駿光哥輕拍我的肩膀，安慰我。我想，他們是真的擔心我，所以想陪陪我。

就這樣，我們三個人來到了花蓮露營。

夜裡，在搭好的帳篷外烤肉，吃飽以後，開始烤起地瓜跟煮熱紅酒。

「我跟劉駿光本來還想，現在終於可以再出國旅行了，要找你問一下飯店的事呢，沒想到你已經離開旅行社了。」

晉合哥一邊對我說，一邊替我跟駿光哥倒了熱紅酒。

駿光哥忙著翻看烤地瓜烤熟了沒，手沒空接杯子，我替他先拿著。

「是啊，上次手續都辦好了，結果遇到疫情只好取消。現在可以出國了，我也猜你們會想繼續上次沒去成的旅行，結果你們還沒來得及找我，我就失業了。」

基本上我不處理個人旅遊的業務，除非是好朋友才幫忙。疫情爆發前夕，晉合哥跟駿光哥想去日本，我替他們安排，怎料疫情每下愈況，最後只好取消。

「想不到你也是疫情受災戶。」

「該說是疫情受災戶嗎？大方向來說確實是。不過，實際上我的失業，不是來自於天災，而是人禍。」

「人禍？怎麼說，有人整你嗎？」駿光哥問。

「我被同事給出賣。諷刺的是，那個人還是我的大學同學，以前曾經很要好。只是後來我發現，他常常會為了達到一些目的而不擇手段，所以就漸漸跟他保持距離。不都說小人最好不要得罪比較好嗎？我也沒跟他撕破臉，一直到我們進到同一間公司上班，看起來表面上也相安無事。結果沒想到，我維持的表面和平只是縱容他，最後他為了保住自己的工作，居然也把我給犧牲掉了。」

我無奈地說，然後喝一口紅酒，忍不住「啊」了一聲，讚嘆真好喝。

「多喝一點吧！」駿光哥說：「慶祝不用再跟那樣的爛人共事了。」

「你說得很對！跟那種人在同一個空間裡工作，空氣都會髒掉。我一直很懷疑，到底有誰會願意跟這種人交往，甚至還結婚。對方據說也是個怪咖。」

「感情上說不定也是不擇手段，去得到想要的人？」晉合哥問。

「應該是。啊，駿光哥你不是有在同志團體幫忙嗎？說不定你知道那個人。他有自己的YouTube頻道，在同婚合法的當天就搶著去登記註冊，浩浩蕩蕩地找了一大群人去助陣，還舞龍舞獅呢，超誇張，然後拍片上傳到他的YouTube頻道，那陣子點閱率滿高的，還被新聞轉載。這幾年，他就是以他婚後甜蜜生活為影片主題，成天放閃，不過他的另一半從來沒曝光，大家都很好奇。」

「嗯，戴眼鏡的？我大概知道你說的是誰，是不是叫做小斌？」

「對，就是他。本名叫做沈瑞斌。」

「沒想到他是這樣的人。」

「算了，我也不是第一次遭人背叛，所以不是太震撼。」

駿光哥和晉合哥兩個人的眼神同時轉向我，靜候我講古。

「二十歲那年，在曼谷……算了，不說了。」

「厚！都起了頭！」

兩人異口同聲，原本引頸盼望，立刻垂下肩膀。

「不說了啦，往事不要再提。」我揮揮手。

「人生已多風雨～」晉合哥順勢唱起歌來。

「也是，已經發生的事就算了，我們往前看就好，等休息夠了，再想想未來。現在就是好好享受這個美好的夜晚，好好期待明天要去划船。」

充滿正面思考的駿光哥說。

「可是，這樣美好的日子，未來大概也很難繼續了。」我突然感嘆道：「畢竟沒有找到工作，收入不穩定，一天到晚跑來花東露營、泛舟或划船，一方面很花錢，二方面心情上也沒有那種餘裕，總覺得生活裡有件事懸而未決。」

駿光哥聽完我這番話，忽然有個提議。

「前陣子，有朋友跟我們介紹投資開自助洗衣店。我跟何晉合還滿有興趣的，聽說投資報酬率很好，可以當作未來養老金的儲蓄。不過之前沒行動，是因為我們白天工作滿忙的，下了班晚上很累，好像沒有精力再去照顧一間洗衣店。聽朋友說，雖然不用顧店，但還是要常常去打掃，遠端監視一下店裡狀況，客人或機器可能忽然有什麼問題得解決。因為是二十四小時營業，還聽說半夜偶爾會有怪人進出搗亂，也得臨時處理。我們這年紀，應該是沒辦法半夜還這樣待機，所以就沒再繼續討論。不過，我剛才突然想到，你要不要來幫忙？如果你可以的話，自助洗衣店等於就是交給你經營，我跟何晉合算是出資的股東，當然進帳就會有你一份。雖然可能一開始也不多，但至少每個月還是會有收入。」

「真的嗎？如果有這樣好的機會，我願意試試看。」我說。

「而且其實平常白天應該不太忙，大部分的人會是晚上跟週末去送洗衣服。所以如果你白天還想去兼差其他打工，好像也可以。」駿光哥補充。

「謝謝你們的幫忙。」

「你願意到洗衣店打工，是幫了我們的大忙才對。」

果然人活在世上，真的是一種需要互助合作的群體動物。不只划船，連開自助洗衣店也是。

駿光哥人這麼好，配上人也很好的晉合哥，看著他們兩個人在一起，雖然沒有符合周圍的期待走進婚姻，但已經足以讓我感覺這世界上總還是有好事在持續。

我是在疫情爆發前認識何晉合與劉駿光的，起初本來只是因為工作的關係，在廣告代理商的介紹下認識了在媒體工作的晉合哥，後來去報名上瑜伽課，在那裡又認識了駿光哥，最後才發現他們兩個人認識，而且還是一對。

他們兩個人是高中同班同學，當時戀愛沒談成，兩人因故失去聯絡，沒想到繞了一個大圈，多年以後已經是四十幾歲的他們又重逢，這次終於成為不離不棄的伴侶。

他們的故事令人羨慕，但是我想如果多年後，我重逢了二十歲時的那個他，無論如何我恐怕是無法再次接受的吧。
我加了晉合哥和駿光哥的LINE以後逐漸熟稔，他們偶爾會約我吃飯，總是堅持要替我付錢，就像鄰家大哥哥一樣很照顧我。漸漸的，我生活上遇到什麼困擾的事，想找人問意見時，便會想到他們。
藍芽音響放起悅耳的旋律，三個人吃完香噴噴的烤地瓜，美味的熱紅酒仍一杯接一杯。微醺的三個人安安靜靜地抬頭看星星，半晌，我開口打破沉默。
「看星星是很奇怪的一件事。當你抬頭注視著，目光不要轉移，那些星星彷彿就會開始靠近你。有時候甚至以為，伸手就能摘星。」
晉合哥搖搖頭，笑著對我說：
「哈，摘天上的星星喔？一輩子都不可能吧！如果說是『追星』還比較可能實現摘星的夢想。對了，要不要跟我們去看演唱會？張惠妹的，我們有多一張票，很好的位子。還是你們這個世代的男同志，已經沒在迷阿妹了？」
「沒關係，我沒在追星的，也不會想去看演唱會。」
「好吧。」
「駿光哥，晉合哥，我們收拾一下，早點睡吧！明天還要很早起，如果沒睡飽，第二天去划船或泛舟，有些人會容易暈船。」

「原來如此。如果暈船了怎麼辦？」晉合哥問。

「放心，我有帶暈船藥。」

果然是貼心的駿光哥。

自從開始愛上划獨木舟和立式划槳以後，我從來沒吃過任何一次暈船藥。萬萬沒想到，這麼熱愛划船的我，不久以後，竟然會開始暈船。

神祕的是明明暈船了，卻還是忍不住想暈下去；明明知道划船的人沒在划了，同船的人卻忍不住伸手拿起船槳幫忙划下去。

與其說是幫忙划船，不如說是同心協力一起暈船。

遇見劉楷霍以後，他在「嗑CP」的船上暈船，而我則是跟著他一起上船，不知不覺因為他而暈船。

那時候我才知道，這世界上的暈船，也是有無藥可醫的。

03

二十四小時的無人自助洗衣店是一個很有趣的地方。

每天進進出出的人，在不同的時段，從年齡、性別到族群，好像都有一個潛規則。

比如很少看到年輕的女性一個人來洗衣服，但卻常有兩個女生一起光顧，互動看起來應該就是一對情侶。如果是女性隻身一人時，不知道為什麼年齡經常都是落在六十歲以上。而男性客人大多是一個人來洗衣店，其中有一部分的男生，當他們在疊衣服時，從洗好的衣服來判定也有女性的衣物，所以應該是結了婚的男子。

跟女生的狀況一樣，洗衣店裡也經常會出現一對對應該是同居的男同志伴侶。有趣的是，我幾乎沒有看過有任何一對男女夫妻一起來洗衣服，但是男男或女女伴侶一起來洗衣店的比例，卻超乎我想像中的高。

過去我從來不知道我住的這一帶，有這麼多的同志情侶。這些人平常都不會見到，只有在無人自助洗衣店的夜晚，他們來到了我的眼前。

雖然說是眼前，其實應該說是監視器前。

因為是無人自助洗衣店，所以平常除了清掃時間我會到店裡以外，大多數時間，尤其是入夜以後，都是靠店裡的監視器遠端顧店。

客人一定無法想像，一間小小的洗衣店裡藏著多少台監視器。所有的監視器畫面，都會回傳到老闆的智慧型手機上，只要我想看哪一台，就能隨時切換。店內的每個角落都能見得一清二楚。而客人站在店內，只要我願意，就可以從不同的監視器，以各種角度將客人的樣貌，從遠到近，盡收眼底。

洗衣店有安裝麥克風，同樣的也是可以透過手機APP跟店裡的客人對話，不過，因為是標榜無人，突然間有人說話的話，客人通常會嚇一跳（畢竟他們不知道自己被監視著），所以如果有什麼疑問，或是洗衣機投幣沒反應之類的故障，都可以透過店內張貼的LINE帳號來反應。

在晉合哥和駿光哥的幫忙下，我開始在自助洗衣店打工了。

而且他們真的超貼心的，租賃的地方，就挑在我家附近走路只要五分鐘的地方。

晃眼一個月過去了。關於怎麼去照顧和管理一間洗衣店的細節，慢慢上了軌道。我從完全摸不著頭緒，到現在算是漸入佳境，甚至也覺得有趣。

因為接觸了自助洗衣店的工作，我走進一個過去未知的陌生世界，獲得很多新知識。比方說，原來台灣自助洗衣店裡的機器早期都是用美國的品牌，但現在幾乎都來自於捷克和瑞典。像是我們這間用的機器，就是來自於捷克。家用洗衣機沒聽過捷克的品牌，我沒想到業務用的洗衣機會是來自那裡。

在我們這間自助洗衣店裡，共有五台洗衣機和八台烘衣機。洗衣機小台的從十五萬元起跳，用天然氣的烘乾機一台三十萬元左右。

起初我納悶，為何不用洗衣跟烘衣同一台機器的款式，駿光哥告訴我，這就是經營的小撇步。雖然說衣服洗完了就直接烘，對客人來說很方便，但對店家來說，回收成本較低。因為來洗衣服的人一定會烘衣服，可是想烘乾的人，倒不一定會用到洗衣機，可能只是因為他家沒有烘乾機。烘乾機六分鐘要十元，算下來其實比洗衣機利潤高。所以把烘洗分開，而且多設幾台烘乾機，營業額會更容易拉高。

我和晉合哥對於牽扯到金錢數字的事沒什麼天份，因此從數理很好且對經營有興趣的駿光哥口中，聽到這些開店細節，感到相當佩服，我也學習到很多新東西。

這些事情我以前完全不知道。人的世界真的有好多不同的小領域，如果沒有踏進，沒有去體驗，永遠都不會知道同溫層以外的人會看見的世界。

自助洗衣店是個神奇的場域，偶爾我會目睹到不可思議的光景，通常是發生在半夜兩、三點。每當半夜起床上廁所時，我就會順便打開手機看一下洗衣店裡的狀況。有一次，居然恰好看到有個看起來很正常的年輕男子，走進空無一人的洗衣店，洗衣服的時候，就是直接脫光光，然後把脫下來的衣服拿去送洗和烘乾，而他本人則是裸體坐在洗衣機前的椅子上，等到衣服烘好，又直接穿回身上，默默離開。

還有一次，是客人跟我反應，晚上洗好的衣服忘了拿，結果第二天早上去取時，發現有衣服被偷走了，而且偷的都是名牌內衣褲。

我調出那天深夜的監視器來看，果真看到半夜兩點多，有個遊民走進洗衣店睡覺，然後睡醒後，竟然就去烘乾機裡撈衣服，把人家的名牌內衣褲當場換到自己身上試穿，就這樣大搖大擺偷走。

當這個人第二次又出現在店裡時，恰好被半夜起床上廁所的我看到，在監視器上觀察了他一下，果然看見他又再犯，立刻報警，趁他沒離開店之前逮個正著。

不過大多數時候，洗衣店裡出現的客人都挺好的。其中也有一種狀況是這樣子的，我在監視器上看過一些客人，然後在現實生活中遇到了，認出他們。

比如，在街角泰國小吃店工作的阿普和尼克。

之所以那麼好認，原因是其中一個男孩坐輪椅。

我愛吃泰國街頭小販賣的烤斑蘭葉雞蛋糕，在台北一直找不到哪裡有賣，這陣子終於在網路上看到有人說有賣，而且居然就在離我家不遠的公園轉角。

轉角的小店其實本來就是間泰國餐廳，店名叫做「泰尚麵」。以前只有傍晚才開門，主要專賣泰式湯麵，也就是泰文中所謂的粿條，現在白天也開門營業了，是不同的老闆，變成中午到傍晚烤斑蘭葉雞蛋糕，傍晚以後賣粿條，賣的人也會交接換手。

斑蘭葉雞蛋糕的店名很鬧，叫做「泰旁邊」。阿普和尼克就是在「泰旁邊」賣烤斑蘭葉雞蛋糕的一對年輕男孩，可能不到二十歲。我耳聞前往去店裡買來吃的時候，看到他們，才發現這兩個人有出現過在洗衣店。當時透過監視器就覺得他們應該是一對，現場再鑑定，從他們的親暱互動就知道，城市裡又多了一個放閃的道場。

「謝謝光臨，好吃再來！」

坐輪椅的男孩有一張開朗的臉，本來就很青春的他，笑起來像盛夏的日光。他負責結帳，而另一個皮膚有點黝黑的男孩則專心在烤斑蘭葉雞蛋糕。

「對了，先生，你可以加我們的LINE！每次可以集點，五點換一次大包的。」做斑蘭葉雞蛋糕的男孩對我說，指著貼在牆上的QR條碼。

這男孩的外貌看起來應該是混血兒。我猜想是泰台混血的新住民孩子。

當天晚上，我又去了那間店，為的是吃「泰尚麵」的粿條，結果發現那兩個男孩也在店裡，不過他們沒在賣斑蘭葉雞蛋糕了。

輪椅男孩在其中一桌吃麵，皮膚黝黑的男孩則幫忙端麵給客人。

「你今天中午有來買斑蘭葉雞蛋糕對吧？」

男孩把麵端給我時，看了我一眼，問我。

「對啊，我以為白天跟晚上是租給不同的人，原來還是一樣嗎？」

「噢喔～晚上是我媽開的麵店啦，白天才是我跟尼克的店，喔，就是斑蘭葉雞蛋糕的。因為店面白天空著，我就跟我媽提議讓我來開店。」

我瞄了一下輪椅男孩，原來他叫尼克。尼克一邊吃粿條，一邊笑著看手機。

「你們兩個晚上還繼續幫忙麵店，不累嗎？」我問。

「沒有啦，平常不會，只有今天。本來店裡有我媽的朋友會幫忙，但那個人今天身體不舒服不能來，所以我才留下來幫忙的。」

不一會兒，店裡沒有其他客人時，他忽然端了一碗麵過來我這裡。

「我可以跟你一起坐嗎？喔，都沒自介，我叫阿普，普通的普。」

「我叫黃宇弦。宇宙的宇，管弦樂的弦。」

我環顧一下店裡其他桌子，都是空位，除了尼克坐的那桌以外。

阿普怎麼不去跟他的小男友坐呢？我雖然有點納悶，但還是點頭說好。

「那，我可以叫我朋友過來嗎？」

我又點點頭。阿普立刻去尼克身邊，跟他低語解釋了一番。尼克抬頭望向我，我微笑示意，他也回以笑容。接著，阿普就將尼克推來我這一桌，再將他的麵也端過來。

「就說我可以自己過來啦，不用幫我推。」

「我推你過來，你可以不用花力氣啊，不是很好嗎？你一整天收錢找錢，手應該瘦死了吧？」
「不會啦，你一直在烤斑蘭葉雞蛋糕，手才瘦吧？要不要幫你捏一下？」
「不瘦不瘦，很甜很甜。」阿普打趣地說。
太甜了。看著他們，吃著粿條的我，懷疑今天這碗麵是不是撒了半罐砂糖？
於是我才確定，這個烤斑蘭葉雞蛋糕的男生阿普是台泰混血兒。媽媽是新住民，爸爸是台灣人，二十多年前媽媽嫁來台灣，十八年前生下他。
「為什麼店名叫做『泰旁邊』？因為是開在轉角最邊邊的店嗎？」我問他們。
「沒錯呀，這是其中一個解釋。」阿普說。
「還有其他的解釋？」
阿普站在坐在輪椅上的尼克身旁，摸摸他的頭。
「我希望一直在他旁邊呀！」
尼克害臊起來，微笑著說：「最好是啦！」
十八歲的阿普跟大一歲的尼克是在網路上認識的，但不是交友軟體，而是追星群組。
「我們都喜歡一個泰國明星叫做Ohm，演ＢＬ劇起家的。」阿普說：「我們有參加一個粉絲後援會，在群組聊天中認識彼此，然後我們去參加了某一場粉絲的聚會時，才第一次見到對方。然後他就……」

尼克突然臉紅害臊起來，說：「不要喔，你不要再說了喔！拜託。」

「然後就什麼？」我忽然覺得有趣。

「然後他就對我一見鍾情了。」

阿普露出滿足的微笑，帶著一點驕傲的神情。

「就知道又要這樣說。全是你在說的，我從來沒這樣講。根本我本來不想去。」

尼克搖頭否認，但滿臉幸福。

「最後你被我說服去了，就代表你抵擋不住我的魅力吧？還沒見到我就對我無法抵抗，一見到我本人，整個人就只好徹底暈船了！整個晚上只顧著跟我說話。」

「是只有你一直纏著我講話好嗎？」

「好啦好啦，我就是想纏著你。我認輸OK？」

追星追到男朋友？從來不追星的我，沒想到追星的粉絲，能從粉絲俱樂部的管道結識朋友。

阿普突然問我：「你知道Ohm嗎？你有在看泰劇嗎？還是會排斥BL劇？或是你有聽過Tay-New？Off-Gun？Earth-Mix？或是Nanon嗎？現在尼克比較瘋Nanon，書桌前貼滿他的照片。」

「我沒看，也不認識這些人。沒有排斥，只是沒興趣。」

「那你千萬不要看！」

「為什麼？」

「一看就會入坑，躺平，在坑裡爬不出來了。像我們一樣！」

阿普語畢，拍拍尼克的肩膀，尼克猛點頭。

「我？不會的，不可能。他們不是真的相愛。假的事情，沒必要著迷。」

我搖搖頭，帶著一種曉以大義的口吻說。

「真真假假，很難說喔！假戲真做也不是沒可能。尤其在泰國，男生跟男生的互動是很微妙的，有些人在灰色地帶可能很難定義。」

寡言的尼克忽然開啟了話匣子。

「反正，當他們很明顯在『撒糖』時，我們就拉好板凳看戲吃糖。當他們根本沒做什麼，好像停滯不前時，我們就幫忙他們『划船』啊，從互動中發掘蛛絲馬跡的曖昧，然後自行腦補，這樣也很開心！」

「難道不覺得他們只是逢場作戲嗎？」

「那就要看CP的『營業』功力了！」尼克感覺專業，娓娓道來：「真正讓人死忠的

CP就是公私不分，讓你分不清楚，他們到底只是在營業還是動了真感情。」

「這樣成功的CP可以維持多久呢？」

「不一定。有的真的很久，快要十年的都有，比如『KT』。」

「哇，對，」阿普接話：「KT真的很久了！至少有八年了吧。」

「就是他們兩個，我找給你看！」尼克拿手機搜尋，然後把螢幕上照片給我看的剎那，同時說出他們的名字：「就是他們。Kit跟Teung兩個人，暱稱KT CP。兩個人的名字合起來**Kit-Teung**，在泰文裡就是『想念』的意思。」

我看到照片，一時之間腦袋呈現空白。

我努力辨識，但愈看愈覺得迷糊。

「他們兩個應該是真的吧！我覺得。」阿普說。

「我也覺得。上次有人分析了很多證據，他們應該真的是一對。」尼克回應。

我倒吸了一口氣，只能保持沉默。

「你覺得呢？光看這些照片，你不認識他們，是不是覺得他們是一對？」

阿普和尼克等待我的回答，閃著光芒的眼珠子。

是他嗎？我再看了一眼覺得不是，但再看幾秒後又認為應該是吧?!

居然是他？我的內心很複雜，該說些什麼好呢？看見他們兩個人興致勃勃的樣子，我終究不忍掃興，可是又忍不住想要凸槽。

「別組CP我是不清楚，這兩個人，沒可能。尤其這個人。」

我手指著照片上的其中一個男生。

「真的嗎？你怎麼判斷？你是不是知道什麼？」

被這麼一問的時候，我才警覺自己好像話說得太多了。

「呃，就……看起來吧？我，隨便說說的，不用管我！你們給我看一下你們喜歡的那個人吧，叫什麼來的？Ohm？Nanon？」

我趕緊將話題轉開。

「好！Ohm他身材很棒喔！給你看。」

我不是很專心，也難以投入，順勢看著手機螢幕上，他們滑過一張又一張的照片。

雖然我轉移了話題，但兩個男生又自顧自地回到方才Kit-Teung的事上。聽見他們聊到認識另外一個朋友，也是個男生，超級愛KT的。還說要是他知道，竟然有人認為KT不是真的一對，肯定會難過到食不下嚥。

「食不下嚥？有必要這麼誇張嗎？」我忍不住插嘴。

「他就是這樣，很動感情的。你要是見到他，一定也不敢相信。」尼克說。

「不用不用，我不想要認識這麼奇怪的人。」

我沒意識到這世上有很多的話，真的都不該太早說死。

如果說晉合哥和駿光哥兩個人的互動像是老夫老妻，平淡中見溫馨，那麼阿普和尼克兩個人就是熱戀中的小情侶，毫不隱藏對彼此的關心和愛意。尼克想要去上洗手間時，阿普馬上站起身子準備要幫他推輪椅，但是很快就被尼克給拒絕了。尼克說，店裡的洗手間很大間，地板沒有落差，輪椅很好推進去，他自己可以去。

「小事一樁，你不用把我當小朋友，我不是第一天才這樣啊。」

「我知道啦，我只是想幫你。」

「我也知道，但是真的沒關係。」

拗不過尼克，阿普只好放棄。尼克推著輪椅去上廁所時，阿普對我說：

「如果我真的不理他，他應該還是會在意的。我覺得我可以幫上一點忙的呀！你知道嗎，像是剛才我叫他過來一起跟你吃飯，其實也是想幫忙他更放得開一點。現在已經好很多了，要是以前，他絕對不可能跟陌生人一起同桌吃飯聊天。」

阿普說，第一次跟尼克見面，邀他去參加粉絲的聚會，是尼克人生最大的突破。原本他說什麼都不願去，因為他覺得自己行動不便，不知道到了現場，那裡是不是一個適合推輪椅進去的地方。如果不行，就會造成別人的困擾。另外，自從他出意外不良於行以後，就變得不太喜歡出現在陌生人面前，因為總感覺自己已經不一樣了，不是跟「正常人」活在同一個狀態的世界了，所以漸漸地都一個人待在家裡。

「我從小就有親戚是坐輪椅的，所以很知道那樣的狀況，也知道其實只要有人願意幫忙的話，很多他擔心的事情，都可以解決。既然我剛好認識他了，我覺得那個能幫他的人就是我。我可以來幫忙他突破這個關卡呀，所以不斷說服他。最後，他真的走出一大步，跟我去參加了粉絲聚會，而且就從那次開始，他也不那麼懼怕陌生人。你看，我是不是算有幫上一點小忙呢？」

我看著這個年輕的孩子說出這番話，竟有點感動。

「不是一點而已，是很大的幫助。」我稱讚他。

「還好啦，一點點而已。」他臉紅起來。

我以為他們都是大學生，問了以後才知道，尼克正在念大學，但阿普對念書沒太大興趣，職校畢業後就沒再繼續升學。

「對了，我應該怎麼稱呼你比較好？你的朋友都怎麼叫你？」阿普問。

「都可以。一般朋友就叫我全名，或是叫宇弦，然後比較熟的會叫我弦弦。」

「喔喔，好。弦弦呢？你在做什麼工作？」

通常這個年紀的孩子，都會喚我「宇弦哥」或「大哥」之類的，畢竟我們也差了快要十歲，但他很特別，當我告訴他我的名字時，他就決定只叫我「弦弦」，把我當作他的同輩朋友似的。能被年輕的孩子這麼拉近距離，心底有點小竊喜，但同時又有點慚愧。我老是叫何晉合跟劉駿光哥來哥去的，會不會他們其實也希望我只喚他們暱稱？

「我在旅行社……喔不對……」

天啊，我被自己的反射動作給嚇壞了。

「說錯了，那是之前的工作。我忘了，我已經不在那裡上班了。」我搖搖頭，更正說：「目前只在附近的自助洗衣店幫忙，朋友開的店。」

於是阿普才知道，原來偶爾會去的洗衣店，就是我現在打工的地方。

當然我沒有說，其實之前有在監視器上就看過他們兩個人。一般來說，知道原來一直有被錄影監視著，總是感覺不太舒服的。

離開店以前，我又想到一個問題，於是向阿普發問。

「那麼為什麼晚上開的店，店名要取做『泰尚麵』？麵，不用解釋，尚是好的意思，尚麵是好的麵對吧，難道跟『泰旁邊』一樣也有諧音的含義嗎？」

「我媽要開這間店以前，一直不知道要取什麼店名，問我，我也想不出好的。有一天，我站在椅子上，幫她在牆壁上訂菜單看板時，她在下面指揮調整位置。講得超有自信，結果我一看……天啊！」

阿普指著牆上那塊菜單看板。我來過這裡吃過這麼多次粿條，都是直接看桌上的菜單點餐，從來沒注意過後面牆上有掛著一塊菜單看板。這時候我才注意到，那塊看板以非常不協調的方式，左右歪斜，十分滑稽。

「太上面了啦！」阿普說：「我指著看板的左邊，又好氣又好笑，跟我媽抱怨說怎麼會覺得沒問題呢？明明左邊就太上面了呀！我媽發揮泰國人隨遇而安的精神，說沒關係啦，這樣也滿藝術的呀！過了一晚，我想，這個看板『太上面』，好像真的滿爆笑的。為了留念，就想到可以把店名諧音取做『泰尚麵』囉！」

我望著那塊歪著的招牌，看到廚房裡阿普媽媽一臉溫柔，正在努力煮麵的模樣，又轉頭看了看身旁兩個年輕人的笑靨，忽然覺得這間店，我以後一定要常來才行。

回家的路上，我繞到自助洗衣店附近看看，結果一進去，就看見熟悉的身影。站在我面前的人是沈瑞斌。

「你也住這附近？」他驚訝地問。

「嗯。」我冷淡回答。

「我們也太有緣了吧！你也來洗衣服？咦？不是嗎？」

他問我，但見我兩手空空，覺得奇怪。

「我知道你會來這裡洗衣服，跟你的另一半。有時候你們兩個一起來，有時候只有你，有時候只有他。」

「你怎麼知道？」他詫異。

我刻意用手指出店裡每一個有監視器的角落，然後拿起牆角的掃帚開始掃地，告訴他，我在這裡打工。

「原來如此！居然都被監視了。我沒做出什麼不好的事吧？」

「你做過哪些不好的事，不需要透過監視器，大家都看得一清二楚。」

他愣了一下，表情有點僵硬，但還是勉強擠出假笑。

「在這裡碰到你，有點意外耶！不過，這裡也不錯啦，至少不用像之前那麼累。你知道嗎？現在公司真的好忙，人手少了，每個人要做的事情更多。」

「是啊，托你的福，我才被資遣，現在才可以這麼輕鬆。你這麼有能力，多做一點事情也是理所當然的。」

「哎喲，你不要這樣嘛！大家都是好同學一場。你該不會真的覺得，是我在老闆那裡講了什麼，才害你被資遣的吧？我知道有這種流言流語。」

「流言流語？那跟把錯誤的狀況栽贓給我，說是我搞砸的，分明是兩回事好嗎？」

「不管誰講了什麼，老闆自己會有判斷的嘛，也不是我說了就會怎麼樣吧。」

我無語。真的懶得再跟他計較這些過去的事了。

「對了，我想問你們這裡可以借我拍片嗎？你知道我有在經營 YouTube 頻道吧？」

沈瑞斌突然轉換話題，問我。

「你要拍什麼？」

「就拍跟我另一半的生活啊，來洗衣店的日常。」

「這有什麼好拍的？而且你不是從沒讓他入鏡嗎？」

「對啊，他不想入鏡，所以我不會拍到他的臉。不過這樣子就夠啦，愈神祕，大家愈是好奇。我們訂閱人數超多的，業配價碼超乎預期的好。我會在片尾打上你們洗衣店的店名，應該會對你們生意很有幫助！」

「這事情，我得問老闆，我無法決定。」

離開洗衣店，我們住的地方是反方向，我沒再跟他搭腔任何一句話，掉頭就走。走了幾步路以後，聽到他在講話，同時多出另一個人應答的聲音。

我停下腳步，回頭看，看見他跟另一個男生背對著我慢慢走遠。

那個人就是他的伴侶吧？公司女同事們曾經謠傳的怪咖。

沈瑞斌，一個是壞人；劉楷霍，另一個是怪人，湊在一起真是一丘之貉。

我聽見自己忍不住哼了一聲，好像很不屑似的，可是心底卻又莫名地升起一股羨慕的酸楚。

想起晉合哥和駿光哥；想到尼克和阿普；想到自己。

一丘之貉是不是也好過孤掌難鳴？

就這樣，我駐足在原地好一會兒，看著他們兩個人的背影，在公園旁的路燈下被拉得好長好長，最後在地上交疊在一起。

04

是不是有這種說法？天天幻想中彩券的人，每個月買很多張都一直沒中獎，結果偶爾才買一次的人，甚至無心到忘了對獎，最後反而更容易中獎？

最近突然驚覺，我好像是這種人。

只不過，我的幸運不是在於買彩券，而是買演唱會、粉絲見面會的票。

這是一件很神祕的事。難道我就是所謂的天選之人嗎？諷刺的是，我根本不迷偶像，不追星，也不會想去參加演唱會，但偏偏就是有搶票的好運。

會發現自己擁有這項才能，是因為認識了尼克和阿普。

某一個週六早上，我去「泰旁邊」吃斑蘭葉雞蛋糕，一邊吃，一邊看他們有點心神不寧的樣子，一問之下才知道等一下十一點整，他們要搶票。一場韓國演員的粉絲見面會。是一個跟我說了我也記不太住的藝人，準備在台北開粉絲見面會。

我以為他們只迷泰國CP，但他們跟我說，帥哥無國界之分，好嗑的就值得上船。

「希望等一下十一點，至少十分鐘內不要有客人來。」

正在烤斑蘭葉雞蛋糕的阿普說。

「還是我們提早關店？」尼克提議。

我驚訝地說：「為了搶票連生意都不做了？」

「因為票很難搶，要全神貫注。」尼克說。

「你要不要一起加入打地鼠的遊戲？」阿普問。

「打地鼠？」我不懂。

「對，就是搶票時要選座位啊，搶好位子。有時候一點進去，就會看見所有的位子都出現被搶走的顏色了，但可能選位的人沒結帳，或請人買到更好的位子，所以就會放掉，系統就會釋出位子。還沒搶到票的人，必須死守那張座位表，看哪一秒位子的顏色變了，就要毫無遲疑按下去。半秒都不能思考。必須快狠準，跟打地鼠的概念一樣。」

阿普向我解釋，說完以後放了一杯泰式奶茶到我桌上。

「怎麼會有這個？你們有賣？」

我驚訝，立刻喝了一口，喉嚨沁涼暢快，泰式手標奶茶的香濃衝上鼻頭。

「非賣品，特別招待！怎麼樣？」

「非常好喝！」我又吸了一口。

「我是問要不要幫我們一起搶票？」

「都喝了你的冰奶茶，不幫不行吧？」

「被你發現我的小企圖了。」

「等等你教我怎麼買。多一個人一起搶，搶到票的機率也大一點吧？」

「希望是這樣。我跟阿普迷他很久了，希望可以去看一次現場。」

就這樣，我第一次加入搶票的陣容。

為了搶票，阿普在十點五十五分的時候，真的把鐵門拉了下來，暫停營業。我佩服他們對這件事情的認真度。尼克打開桌上的筆記型電腦，阿普緊緊握著iPad，而我則是拿著手機。按照阿普的說法，每一台機器可能開啟網頁的速度不同，而用5G手機訊號跟用Wi-Fi無線網路連結，進入網站難易度可能也會有差。

三個人的螢幕畫面都停在售票網站那一頁。網站上的購買按鈕還呈現灰色，無法按下，尼克跟我說，從十點五十九分開始，倒數一分鐘時，我們就要開始不停重刷網頁，直到十一點整，一看到售票按鈕變紅，就立刻按下去。

雖然最想要的票是前面VIP的座位，但為了分攤風險，以搶得到票入場為前提，三個人分別搶攻不同票價的座位。尼克請我搶VIP座位，這是最好、最貴但也最少的位子，基本上他們認為應該很難搶到，沒有抱太大希望。而他們則主攻第二順位的位子，一人負責左區，一人負責右區，另外還有拜託朋友，就是上次跟我提過很愛泰國Kit-Teung的那個男生，幫忙買第三順位比較後面的位子。

尼克說，每一次有任何演唱會或見面會，他們都會有一群固定的搶票班底，大家彼此幫忙。可能不是自己要去看的，只是幫人搶票。

「萬一他買到，我們也買到，那不是重複買了嗎？」我問。

「他應該買不到啦，他買票運氣很背。」阿普說。

「真的，他搶票運氣差，差到在後援會群組裡都出名了。」尼克笑出來。

他們告訴我，如果真的重複買到，到時候再讓票就可以了，不用擔心。

「只剩下一分鐘了！我心跳好快！」尼克神情緊張。

我一旁觀察他們兩個人為了搶票，正襟危坐的模樣，很逗趣。

「好緊張！拜託拜託，給我們好運！弦弦，你不要看我們啊，你專心看手機螢幕，快要倒數十秒了耶！」

緊接著尼克就開始倒數計時：「十、九、八、七、六、五、四、三、二、一！」

「喔，我就知道會這樣！整個畫面都動不了啦。」阿普率先發難。

「我選到了耶！但是，信用卡結不了賬呀！我只要一按結賬，畫面就跳回購物車。那有什麼屁用啦！」尼克也一陣哀號。

「我朋友也回報說沒搶到！」阿普喪氣地說。

「再重刷幾次網頁，看看會不會有釋出的吧！」尼克嘆了口氣。

「還不到三秒鐘吧，沒想到這次這麼快，票就被搶光了！」

「不會真的看不到吧！」

我看著他們一片哀鴻遍野，覺得一切都發生得太快了。快到我都來不及反應，是什麼狀況發生在我的身上。

「兩位，不好意思，你們怎麼沒問我？」我打破沉默。

「嗯？問什麼？」

我把手機畫面拿給他們看。

「不會吧?!你買到了？兩張VIP的票，你都買到了！」

兩個大男孩眉開眼笑，阿普興奮到甚至推起尼克的輪椅，在店裡繞了兩圈。

「你太厲害了吧！」

是的，我還真不知道我有那麼一點厲害呢，在關於搶票的這條路上，毫無預警地，我竟然走出了一條康莊大道。

如果說只有一次，那就是偶然，但是，在那一天以後，我又幫阿普和尼克的其他朋友，搶到了好幾場不同的演唱會或粉絲見面會的票。雖然不一定每一張票都是最好的位子，但真的很神奇，我好像特別容易搶得到票。

從此，我被阿普和尼克封為「搶票金手指」。

不過呢，我是個很務實派的人，幫我認識的好朋友搶票沒問題，但如果是幫不認識的人搶票，我就得收點手續費才行了。在阿普和尼克的宣傳下，大家好像認為付點小錢，就能搶到好票，是回饋給金手指應該的福利，而且也不算是買黃牛票，總之是皆大歡喜。

其實我收的手續費很少，只是意思意思而已，重點是那些錢，我並沒有真的納入私囊，最後都給了阿普和尼克。我說，那是我贊助他們開店的小心意，開玩笑說，可不是為了他們，是為了自己著想，因為，我想一直吃到美味的斑蘭葉雞蛋糕。

搶票金手指名聲愈來愈大，有一天，阿普說，過幾天有一場非常重要的粉絲見面會，是在曼谷舉辦的，但那個售票網站向來很難用，希望我能再度發功搶到好票。

「你們要去的？」我問。

「不是，是我跟你提過，很愛Kit-Teung的那個男生。是KT在曼谷的見面會。」

我一聽到是KT心情就沉了下來，猶疑著該不該幫忙。但阿普跟尼克千拜託萬拜託，最後我只好勉為其難答應。

阿普說，搶票的那天，他朋友也會過來店裡一起搶票，四個人一起搶。我沒想太多，就說好，答應他當天會早點去店裡。

當天，我在搶票前半小時抵達小吃店，可是，才一踏進店裡，我就愣在原地。

不會吧？我翻了個白眼。居然是他。

我看見坐在店裡，等候我幫他搶票的那個人，居然是劉楷霍。

「時間是熱的，還是冷的？」

彷彿我又聽見了那天的雨聲，以及他問我的那句話。

在洗衣店前，他整個人變成落湯雞的那一晚，沒來由地緊緊抱住我。

「是冷的。很冷。」

我沒想到，那一晚，就從這句話開始，我的命運因此改變了。

劉楷霍虛弱的聲音，失魂落魄的模樣，令我瞬間忘記他是個怪人，是一個因為沈瑞斌的關係，讓我根本還不認識他，就先決定要討厭的人。

在傘下，他的身體顫抖起來，是真的很冷，還是因為心寒？他的眼神很無辜，受傷的臉，看起來像一隻流浪在外，迷途的，無所適從的小柴犬。

我想再問他怎麼了，但我又告訴自己就此打住吧，別多管閒事，不要再扮演一個過度關心別人的人，然而，我的手卻不聽使喚，竟緊緊回抱住他。

雨嘩啦嘩啦地下得好癲狂，彷彿企圖在這一刻，要把任何的思緒都掩蓋過去。洗衣店招牌的燈光從紅色雨傘上透進來，把傘下狹窄的兩人世界，映照得非常詭譎。

我們一直擁抱著，不知道過了多久，劉楷霍才突然鬆開手。

他的目光越過我，投向我的身後。我突然感覺到身後有人。轉過身，看見在雨中撐著傘的沈瑞斌。心跳簡直漏跳一拍，我把傘丟給劉楷霍，趕緊離開他，站到店門前的廊下。

「哇嗚，哇！」沈瑞斌冷笑兩聲：「黃宇弦，你滿會創造意外的嘛！我以為上次在這裡看到你，知道你在洗衣店打工已經夠意外的，沒想到還有更意外的事？你們兩個，現在是怎麼樣？還是要請你調監視器給我看？不是很多台嗎，監視器？拍得到店門外嗎？」

這場面，我真不知道從何解釋。

畢竟，不是只有劉楷霍緊緊抱住我，我也抱了他啊。

這一切都怪我，到底剛才怎麼了？
我想說「不是你想的那樣」，但話還沒出口，就被劉楷霍的話給打斷。
「我跟他上床了。」
劉楷霍冷靜地吐出這句話。
我沒聽錯吧？可能雨聲太大我聽錯了，但他指著我的手，可不會看錯吧！
因為震撼到失去語言能力，我只能猛地搖頭。
「我跟他上床了，沈瑞斌，我們離婚吧！」
劉楷霍對沈瑞斌說。

05

斑蘭葉雞蛋糕絕對是一個能夠拯救靈魂，鎮定人心的食物吧？
把新鮮採收的斑蘭葉用清水洗乾淨，一片片剝開，接著再用剪刀把每片葉子剪成一段段，放進榨汁機裡打碎成汁，過濾掉渣以後，再以黃金比例，把斑蘭汁調和加了雞蛋的麵糊，最後倒進刷上奶油的烤盤中。幾經耐心翻烤，一個個帶著花邊形狀，香噴噴的斑蘭葉雞蛋糕就此誕生。

好吃的斑蘭葉蛋糕，一定要用新鮮的斑蘭葉汁製作，冷掉以後也還是帶著Q勁，但多半還是現烤出來馬上吃最美味。斑蘭葉雞蛋糕外皮周圍一圈烤得酥脆，一咬下去，則是鬆軟Q彈的口感，有著珍珠奶茶的珍珠嚼勁。清香的斑蘭葉味道剎那間竄出，讓人忍不住一吃就想連吃好幾個。

二十歲那年夏天，人在泰國的我，一場意外令我遭受到始料未及的衝擊。當時太年輕，以為遇到那樣的事，人生就等同於毀滅。走在街上，我六神無主，感到受傷，更感覺被屈辱。看見曼谷街上橫衝直撞的摩托車，有一度我甚至想冷不防地跳進車河，一了百了。

「Hello boy! You want to try?」

突然，人行道上的攤販阿姨將我喚住。

我停下腳步，轉身看，是烤斑蘭葉雞蛋糕的攤販。在那之前，我從未嘗試吃過。見我沒什麼反應，老闆直接用竹籤插了一粒斑蘭葉雞蛋糕給我，用簡單的英文說免費。

我不好拒絕，於是接過來吃。吃了第一口以後，我看了看老闆，老闆露出充滿自信的微笑，接著不到兩秒，我就把整個斑蘭葉雞蛋糕都給吃掉了，而且還買下一大包。

太好了，還好我沒死。如果剛剛真的被車撞死了，我就不會知道斑蘭葉雞蛋糕的滋味。人活了一輩子，到死了都不知道世界上有這麼好吃的東西，帶著遺憾做鬼，比冤死還慘。

我捧著一袋熱騰騰的斑蘭葉雞蛋糕，邊走邊吃，感覺慶幸。

從此以後，我愛上了斑蘭葉雞蛋糕。泰國美食很多，對我來說，斑蘭葉雞蛋糕是拯救過我的靈魂，釋放沮喪，並讓我感到身心平靜的小吃。

就像此時此刻，我知道，我必須立刻補充斑蘭葉雞蛋糕，才能平復我動盪的情緒。

一張四人桌，阿普和尼克分別坐在我左右手邊，對面則是我不想面對的劉楷霍。

阿普和尼克似乎察覺到氣氛有點尷尬，但他們以為我跟劉楷霍只是因為彼此不熟而寡言。

「你今天胃口特別好？剛剛那盤斑蘭葉雞蛋糕，你一個人就吃完了？」阿普問。

「對，我勸你快點再去烤一盤來。」

阿普彷彿感受到我充滿殺氣的口吻，二話不說，立刻再去烤斑蘭葉雞蛋糕。

「口很渴，我感覺需要一點甜的東西。今天沒有泰式奶茶嗎？」我問。

「喔喔，上次那個是特別做的，其實店裡沒有賣。」尼克解釋。

「我知道，但是，我感覺今天最好會有一杯好喝的冰奶茶，一切會比較順利。」

可能我的臉真的有點臭，一旁的尼克，身旁失去阿普的後援，無力一個人招架我的情緒似的，嚇得趕緊推著輪椅去阿普那裡，邊走還邊問：「糖要正常？七分，還是半糖？」

我突然跟面前的劉楷霍四目交會。

「全糖！今天要全糖才行。」我說，毅然決然的語氣。

今天第一次發現，尼克推輪椅的速度原來能夠這麼快。

現在只剩下我跟劉楷霍兩個人對坐了。那天大雨過後，我們沒有再見過面。我偶爾會在監視器上看見他出現在洗衣店裡，但沒有再看到他跟沈瑞斌兩個人一起現身。我感覺在那天以後，沈瑞斌沒有再跟他去過洗衣店。而我要去洗衣店打掃時，也會刻意確認一下店裡的狀況。如果恰好看到劉楷霍在，我就會避開。

其實我不是生氣，只是怕尷尬，怕見到面以後，就得處理後續。劉楷霍可能會解釋他的狀況，於是我就得知道更多他們的事，不知不覺將會捲入原本不關我的事。當然另一方面也是因為我還不知道怎麼面對，那天為何會情不自禁回抱他的情緒。

但不可否認，我很詫異，劉楷霍原來想跟沈瑞斌離婚。

他終於認清沈瑞斌的為人了嗎？雖然他依然還是個怪人，但是光憑他想離婚這件事，好像就值得為他加分。誒不是啊，那他也不能說跟我上床了呀？這種做法，豈不是跟沈瑞斌一樣嗎？將莫須有的罪名隨便栽贓給我，讓我當壞人，這兩個人果然還是一樣的。

那天晚上，劉楷霍丟下那句「我跟他上床了，沈瑞斌，我們離婚吧！」以後，就氣噗噗地衝離了現場，丟下我跟沈瑞斌。

「我不會跟霍霍離婚的。」沈瑞斌斬釘截鐵地說。

他喚著劉楷霍的小名「霍霍」，刻意親暱，聽起來像是一種人夫的宣示。

「我沒有跟他怎麼樣。他根本不認識我，連我的名字都不知道。」

「其實我不在乎。他跟你真上床也好，假上床也罷，我不在乎。我只在乎他願意跟我繼續維持婚姻關係就好，其餘的，他想怎麼樣搞都可以。」

沈瑞斌這麼說，令我感到意外。

「你這算是愛他，還是不愛他？」我忍不住問。

「嗯，算是愛……愛我們這段婚姻關係吧？」他笑起來。

我要離開洗衣店時，出自好心地提醒沈瑞斌：

「我不知道你們發生了什麼事，當然，發生了什麼事也不關我的事。我只是想說，你男友的臉受傷了，你回去要提醒他搽藥。他淋了雨，不處理，怕會發炎。」

「你好像真的跟他上過床了似的。」

沈瑞斌狐疑地看著我。我有點動怒了，不語。

「我開玩笑的啦！老同學！那麼嚴肅幹嘛？會啦，我不只會提醒他搽藥，還會幫他搽藥。他會發現我對他還不錯啊，跟我維持婚姻關係，還是很多好處的。喔，我說這些，你可能會誤解，在你走以前，我想我還是要提醒你一下。」

「提醒我？」

「我不在乎你們是不是真的有一腿，因為我可以接受開放式關係，但是老同學，你知道我的個性吧？我想要的，我就會努力弄到手，如果不是我自己放手的話，我非常不喜歡別人搶走我的東西。」

沈瑞斌這席話，令我不免同情起劉楷霍。

劉楷霍是人，有血有肉有感情的人，不是一件東西。不在一起不行嗎？想離婚卻離不了，原來同婚合法以後，也得承擔這個問題。如果根本沒有愛，何必如此綁著對方？

隔天，我跟駿光哥說了這件事，才知道原來沈瑞斌需要這段同志婚姻。

不只是因為他愛面子，也因為他的網紅身分。自從他當上YouTuber高調結婚，小有名氣以後，很享受走紅滋味的他，就開始打著甜蜜的男同志夫夫關係作為號召，業配愈接愈大。眾多粉絲迷上他（或是他們？雖然劉楷霍從未露臉），而沈瑞斌甚至開始將自己打造成同志感情圈的心靈導師，常常拍片和錄Podcast為大家解惑疑難雜症。

駿光哥在同志團體當志工，這些消息都聽過，因為他們過去本來曾討論，要找沈瑞斌來代言活動，後來聽到那些傳聞，怕有爭議才作罷。

我知道沈瑞斌向來是這種人。很自私，想要的東西就會想辦法得手，無論過程，當然更不會考慮到對方。為了自己的名聲而維持假面的同志婚姻，聽起來很荒謬，但，發生在他的身上，一切就理所當然。

再次見到劉楷霍，我以為我們的開場白，會從那個下雨的夜晚發生的事開始，這令我很焦慮，所以必須靠吃很多斑蘭葉雞蛋糕來安定神經。

斑蘭葉雞蛋糕吃下一堆，泰式奶茶也喝了，肚子撐得要死，結果似乎只是我想太多。劉楷霍主動打破沉默，並沒有提起那天晚上的事。

「原來，傳說中的搶票金手指，就是你。」他說。

「你的語氣聽起來好像不太滿意？我是看在阿普跟尼克的面子上來幫忙的。不過，我先說清楚，如果你不想的話，我並不需要搶。」

「也不是。只是因為我聽說過你的事，想說你是真的願意幫我忙嗎？」

「沈瑞斌在你面前講過我什麼吧？我到底是有多壞心？我就問。」

我翻了個白眼。劉楷霍沒說什麼，等同於默認。

「我連上床這種事都被迫幫過你了，還懷疑我？」我低聲抱怨。

阿普和尼克好像聽到了，本來要入座，但轉瞬間阿普立刻推著尼克折返，兩個人的樣子又驚恐又滑稽，令我感到過意不去。

「祝你好運，你自己搶票吧！」我作勢起身。

「誒，你別走。我拜託你，拜託你幫我搶票，可以嗎？要兩張。我從來沒有去看過KT的現場，很想要參加一次。」

「為了參加見面會特地飛去泰國？」

「他們又不來台灣。就算他們來台灣，我可能也是搶不到票。算了，反正我就是運氣很背，我就爛。」

劉楷霍露出無奈的眼神，此時我才注意到他臉頰上的傷已經痊癒了。

沒事就好，沒留下疤很不錯，不然再漂亮的一張臉，都會因此有缺憾的。

嗯？我又在想什麼？我用力甩甩頭，深呼吸一口氣，找回自己。

倒數計時五分鐘。阿普再次拉下鐵門，並且指示四個人各就各位。電腦、平板和兩支手機，畫面全都停在購票網站，準備就緒。

「Ready？倒數一分鐘囉！」
突然間，劉楷霍從背包裡拿出兩樣東西，放在桌上，正對著他。
「這是什麼儀式？」我問他。
「KT的迷你人形立牌，我朋友幫我拿去四面佛加持過的。有過香爐，請祂們保佑我可以搶到票。」
「四面佛有過香爐這種事？」
劉楷霍一時語塞，被突破盲點。
「這又是什麼？」
我指著那個小小的食物模型，仔細看，是盤日式炸豬排。
「聽說日本人考試前都要吃炸豬排，因為發音跟日文的勝利一樣。」
「你要搶的票是在泰國，不是在日本耶！你起碼研究一下泰國人的幸運物是什麼啊！」
劉楷霍睜大眼睛，再度語塞。
「我現在終於知道，為什麼你都搶不到票了。」
「嗷……」
他發出奇怪的聲音，恍然大悟貌，接著忍不住自己笑出來。
那是我第一次發現原來他笑起來有深深的酒窩。

有人說過，酒窩就像是海上的漩渦嗎？經過的船都會因此搖晃，船上的人都會因此暈船的。有人說過嗎？有嗎？沒有。因為那是看著劉楷霍的我，忽然這麼想到的。

然而，我沒有在臉上透露出任何情緒，依然保持著面無表情。

劉楷霍是別人的老公，我提醒我自己。

就在倒數十秒的計時中，一場氣氛緊張的搶票大作戰開始了。

開賣後五秒，我高舉左手，眾人目光看向我。

「你要給我現金，還是轉賬？」

我對劉楷霍說，並伸出右手出示手機螢幕畫面。

他湊近我，好奇地盯著我的手機，很近很近的距離。

這一刻沒有雨聲，我清楚聽見他急促的呼吸聲，甚至懷疑聽到了心跳聲。是誰的心跳聲呢？

劉楷霍的酒窩再次出現。

這一刻不是夜晚，沒有朦朧的燈光，我清楚看到了劉楷霍，看到他的表情，從還沒搞清楚狀況的木訥，緩緩地轉變成笑顏，像天上從無到有綻放的繽紛煙火。

06

「我覺得，我現在的心情，很像一支棉花糖。」

那天，幫劉楷霍搶到票以後，他忽然冒出這句奇怪的話。

我不明白他的意思，阿普和尼克聽了卻爆笑。他們說，劉楷霍每次都會講出一些很不可思議的話來，剛認識他的時候，他們跟我一樣，聽到那樣的話完全摸不著頭緒，一臉尷尬不知該如何反應，但後來習慣了以後，就覺得好好笑。雖然常常仍搞不清楚他真正想表達什麼，但因為好笑，先笑了再說。

「霍霍，你到底是不是外星人？」他們常揶揄他。

心情很像一支棉花糖，尼克笑著說，超有創意的說法。

「你確定不是語文能力太差嗎？沒有人用這麼奇怪的譬喻吧？跟形容時間是熱的還是冷的一樣，沒人會這麼說吧！」我翻白眼。

「嗷？……」劉楷霍又發出奇怪的聲音，問：「沒有人嗎？」

「我目前遇過的人類還沒有，至於遇過的動物都不會說人話。」

「其實我覺得你講話也滿怪的啊！」

劉楷霍哈哈大笑。我瞪大眼睛，感覺被將了一軍。

以前在旅行社上班時，常在女同事之間耳聞關於劉楷霍的事，她們一方面對他好奇，一方面又謠傳，聽說他人很怪。

那時候我還未見過他，只是知道這個名字。他被聊起，當然是因為跟沈瑞斌的伴侶關係。沈瑞斌經營的YouTube頻道小有名氣，劉楷霍跟著沾光，縱使在影片中他永遠只有背影和手入鏡，或頂多露出看不太清楚的側臉，但反而增加了討論度。在沈瑞斌的包裝下，他們不僅讓男同志嚮往，也讓女同事羨慕，是一對既甜蜜又神祕的伴侶。

同事們私下討論沈瑞斌，後來方向有點改變。因為大家漸漸發覺沈瑞斌的為人，為了搶業績，為了討好老闆，經常做出讓同事反感的事，不少人都有被他擺了一道的經驗。同事知道我跟他是大學同學，常會來問我，但我從不多說什麼。當然我很清楚他的為人，但我不說，並非要包庇他，只是覺得不想淌混水而已。

同事跟朋友常說，我不是個木訥的人，只是不喜歡把想法外露出來。臉上看起來面無表情，起初也以為我對很多事情沒什麼想法，跟我熟了以後就會知道，我心中早有定奪。

這點我承認。但他們並不知道，二十歲的我，並不是這個樣子的。

我曾經也是個想說什麼就說什麼，情緒跟想法都很外放的人。

「黃宇弦，你知道你的外號叫做『無臉男』嗎？」

我被同事們這麼說過。

「在此更正喔，我不是無臉，我只是面癱。」我自嘲。

「有比較好嗎？」

「當然，無臉男沒五官，面癱是面無表情，至少還有五官吧。畢竟我也是要臉的啊，不是不要臉。」

同事們被逗得樂不可支，沒想到我會這麼回應。

「弦弦，剛認識你的時候，我們私下都開玩笑說，你只有『一號表情』。」

我也被晉合哥跟駿光哥這麼說過。

「很好啊，不然的話，明明是『一號』，卻有張『零號』的臉也滿困擾的吧！」

兩個人也是笑到不行。

無臉也好面癱也罷，面無表情也好一號表情也罷，總而言之就是一個其實腦子轉得還挺快，只是外在常被人誤以為反應遲緩的男子。

這樣的我，在面對著跟我南轅北轍的劉楷霍，剛開始確實會有種接不上線的落差。

比如問我，時間是熱的還是冷的，又說自己的感覺像一支棉花糖，都讓我傻眼。

當然，也包括搶票時，他搞笑（其實他是認真）的儀式感。

幫劉楷霍搶到票的第二天，我在睡前打開手機APP，看見洗衣店的監視器畫面恰好出現正在店裡的他。

店裡有其他客人，大家都在等衣服烘好。劉楷霍坐在椅子上，戴著耳機，專心看著手機螢幕，時不時會擺出手勢來。

我觀察了一下，猜他是跟著影片一起做動作吧？他好像挺開心的樣子，有時候會微笑起來，露出招牌小酒窩。他一定是在看他喜歡的CP，應該是在唱歌跳舞的影片？

我靜靜地看著追星的劉楷霍，雖然並不能體會崇拜偶像的心境，但不可否認，那種發自於內心的喜悅，畫面是美好的。

在那一刻，我好像有點明白，心情像是棉花糖的意思。

甜甜的，蓬鬆的，像雲朵似地飄浮著；含在嘴裡想慢慢品味，卻入口即化。到底是擁有了嗎？還是一場幻夢？

我喝了一口冰水，讓自己回神。我漸漸不太確定，我說的只是劉楷霍的心情嗎？

接下來連續兩天，每當我打開APP時，都沒有看到他。是不是在其他的時段去洗衣店呢？我把兩天以來的監視器錄影檔案都看了一遍，仍沒見到他去店裡。

當我做完這件事以後，忽然被自己的行徑給嚇了一跳。

我也太變態了！而且本來就不會有人天天去自助洗衣店。但想了想，反正店裡的監視器本來就是合法的，既然如此，那麼，我就繼續看第三天的吧……

結果這天晚上，十一點半左右，當我一打開APP，恰好看到劉楷霍在洗衣店裡，他把烘好的衣服拿出來，放在桌上，開始疊衣服。

我換了一台監視器，拉近距離看他，發現今天的他，棉花糖消失了。他看起來不太開心。沒戴耳機，沒聽音樂，臉有點疲倦，好像沒睡飽。他今天洗的衣服好多，還有浴巾跟床單。這麼多東西，他一個人拿嗎？沈瑞斌為何都不再陪他來了呢？

我拿了手機就出門，跑到洗衣店旁的超商，買了一罐啤酒，然後刻意等到劉楷霍要離開時，才從洗衣店門口經過。

「誒？好巧，你來洗衣服喔？」我假裝問。

「對呀。你出來散步？」他問。

「忽然想喝啤酒，出來買，沒想到這麼巧碰到你。你怎麼一個人拿這麼一大袋啊？沈瑞斌怎麼不來幫你？」

「他在家剪片。」

「甜蜜夫夫生活的殘酷現實。」

「反正就這樣，習慣了。他拍完一支片，花在剪輯的時間都很久。他去忙他的，洗衣服我自己來就可以。」

我本來以為我那一句話，像是站在他那一邊，替他說話的，但是他的回話，卻好像並不覺得沈瑞斌這樣對他，有什麼不對。我竟忽然有點失落。

「來，給我一半，我幫你拿。你一個人拿太吃力了。」

我伸手把劉楷霍手上的衣物分了一半過來。

「謝謝。」

「所以，」我試探地問：「離婚，只是那天鬧脾氣說說的？」

他沒回我，本來看起來心情就不太好的他，現在更悶。

「話說你家沒洗衣機嗎？」我轉移話題。

「那台洗衣機是好久以前買的。搬過來時，本來想丟了，又覺得好像還可以用，就帶過來。有時候洗，脫水狀況好像還行，但一覺得它可以繼續用，就開始脫水脫不乾。決定要丟了以後，它又恢復正常。反正就這樣，一直想丟，結果都沒丟成，放在後陽台占位子。後來你這間洗衣店開了，我想乾脆就把衣服拿來洗衣店洗好了，累積幾天洗一次。而且最近天氣常下雨，衣服床單拿來洗衣店烘乾比較好。」

「原來如此。不過，那台洗衣機應該就是壞了吧？該捨棄的東西卻猶豫不決，留在身邊，一點意義都沒有。」

他看了看我，彷彿聽出我話中有話。

「後來那天晚上回家以後，他有跟我慎重道歉，還哭了。」劉楷霍說。

「這是哪招？然後你就打消離婚的念頭了？」

「其實他每次都這樣。我還是想離婚的，但是他就會這樣。我也知道他不是真心道歉的，可是我看到他那個樣子，就會變得很不知所措，搞得好像自己很不為他著想。」

「不是這樣吧？」

但其實我也不知道應該是怎樣。事實上，我根本不知道為什麼他想離婚。

「我也該負點責任，當初同婚通過時，一時興起，覺得整個氣氛就是可以結婚了，一堆人慫恿下，我就跟他登記結婚。其實結婚前，我們才交往兩個月。」

「你打算就這樣下去？」

「他不簽字離婚，我也沒辦法。我根本就是個刪節號，有六個點的那種。」

「刪節號？六個點？你是說標點符號，有六個小黑點（……）嗎？」

「對啊，我就是個刪節號。跟他在一起，很多事情我常常都無解，最後只能六個點，然後擱置……」

他突然停住腳步，整個人像是被凍結似的。

我嚇一跳。過了幾秒，他才解凍。

「就像這樣……你沒看到嗎？六個小黑點的我……噤聲沒結論，然後淡出。」

我難得嘴角失守，說：「你真的不是普通的怪！」

「雖然他沒跟我說，但是我知道他不願意跟我離婚，才不是對我多有感情。他考慮的只是他剛剛起步的網紅生涯。」

原來劉楷霍是知道的。其實他很了解狀況，因為他思考過沈瑞斌的立場，可是相反的，沈瑞斌這個自私的傢伙，根本不在意劉楷霍的想法與感受。

「你想離婚，但是他不肯離。你態度強硬起來，他就以退為進，你又心軟。看來真的是一件有點麻煩的事喔。」

「勸你別輕易結婚，哥的忠告。」

我愣了一下，看著他那張娃娃臉，以及比我矮又比我瘦弱的身材，心想，要是他沒說出「哥」這個字，我還真忘了他大我四歲，始終以為他比我小，是個需要被照顧的底迪。

在路燈下，我們沿著洗衣店旁的公園邊緣，往他家的方向走。

「到這裡就好，我家從巷口進去就到了。謝謝你。」

我本來想說幫他拿到樓下，但很快意識到他可能並不希望，因為怕被沈瑞斌看到。畢竟，無論沈瑞斌怎麼想，都不能改變這個事實——劉楷霍是有家室的男人。

「對了，你們兩個什麼時候去曼谷？那個KT的粉絲見面會？」我問。

「只有我一個人去。他本來說要跟我一起去，結果今天說有工作，不去了。」
「難怪你今天看起來悶悶不樂的。」
「有這麼明顯？」
「嗯，大概就是六個小黑點變成兩個小老鼠（@@）那樣明顯。」
本來低著頭的劉楷霍抬頭看我，兩秒後笑出來。一旁路燈的光，打在他的臉龐上，彷彿光線都會被他深深的酒窩給吸進去。
對嘛，這樣不是很可愛嗎？
「什麼？」他忽然問。
「啊？」我嚇一跳。
他是對哪句話做出反應？我忽然緊張，不確定剛才那句潛台詞，是藏在我心裡想著的，還是無意識不小心說了出來？不管了，我當作沒事，維持一貫的面無表情。
他看著我，終於稍微擠出了笑容，但很快又憂鬱起來。
「那我回去囉！回去還要上網問問看，有沒有人要另一張票。」他說。
「喂，劉楷霍，你想不想喝冰泰奶？」
我隨便找了一個藉口拖延時間，口氣故作不經意。
「現在？快半夜十二點了耶，哪裡有賣？便利商店沒有吧？」

「你晚上喝奶茶會不好睡嗎？」

「不會啊。」

「阿普有給我一袋泰式手標茶，不是茶包，是即溶沖泡的奶茶。雖然沒有比現煮的好喝，但也還不差。你在公園的椅子上等我，我現在回家弄一杯給你？我家很近，很快就回來！你就坐那裡吧，東西我幫你放在長椅上。」

我指著公園裡路燈下的長板凳。

現在吃不到斑蘭葉雞蛋糕，附近也沒有夜市能買到棉花糖，我唯一能想到讓人心情喜悅起來的食物，就是泰式冰奶茶。

劉楷霍點頭說好，雖然可能搞不清楚為何我突然要沖奶茶給他，但很配合我答應了。

他是否向來就是個習慣配合別人的人呢？所以才配合著沈瑞斌走進婚姻，每每想要離婚，但又配合著沈瑞斌的情緒而讓步。

我回家找出兩個隨行杯，沖了兩杯手標奶茶，灌進一堆冰塊，快步走回公園。

劉楷霍接過手，我們一人一杯，喝下兩大口。他閉起眼，深呼吸一口氣，然後張開眼後又喝下一大口，接著微笑起來。

「好喝耶。我以為只有在大熱天的下午喝冰奶茶才暢快，沒想到半夜也很爽。」

他的心情明顯比之前好很多。

「不要帶著不開心的情緒回家！等一下回去以後，再試著跟沈瑞斌問問吧，好好跟他談談，看看是不是他能調動工作，陪你去曼谷看見面會。」

我對劉楷霍這麼說。他聽完這番話，兩顆圓鼓鼓的眼珠子看著我，眼神有些迷濛，不知道在想什麼。

「好的。真的好期待能去看Kit-Teung喔，之前總是搶不到票，不然就是有買到那種很後面很邊邊的票，想說這樣也好啊，至少可以進場去看，結果因為工作得出差而被迫放棄。這次真的多虧你了！還買到這麼前面的位子。」

「真的有這麼愛他們？他們有這麼好？」我試探地問。

「很帥很可愛啊，兩個人這麼愛彼此，讓人羨慕。」

我本來想再多說些什麼的，但見他好不容易開心起來，不忍戳破他此刻的粉紅泡泡。

「每次看著他們就會想，沒關係啊，雖然自己過得很遜，感情生活不盡如人意，沒有體貼的另一半，但是至少有人是這麼甜蜜的。我就當作我把自己的一小部分幸福分給KT好了。希望他們一直這麼甜美下去，這樣我看了就會開心。」

他的語氣是非常誠懇的，追星追到這麼認真，我不懂，但佩服得五體投地。

我試著學習劉楷霍，這一刻，決定當一個配合的人。

「你就快要見到他們了啊！好好期待吧！」

「嗯！」

他點點頭，吸了一大口冰奶茶，帶著笑意。

就讓今晚結束在這有如泰式冰奶茶般的甜蜜滋味裡吧。

07

沈瑞斌最終沒能夠陪劉楷霍去泰國，然而令我意外的是，劉楷霍也沒去。

為什麼好不容易搶到票了，而且還是不差的位子，結果他卻沒去？

當我從阿普和尼克那裡聽到這件事時，難以置信。

「唉，霍霍他就是這種命。不只是KT，以前追其他CP也是這樣，他愈愛的偶像，愈努力想去靠近的明星，常常都在快要靠近的時候，突然來個始料未及的事，結果又沒追成『生人』。他跟他喜歡的那些明星，老是擦肩而過。喔不對，擦肩而過至少還是擦肩吧，他沒有。他像是要看一場美麗的流星雨，準備就緒了，那天卻總是下雨。」

阿普語畢，尼克接著說，但彷彿欲言又止，吞吞吐吐的。

「嗯……這次的狀況，好像是跟霍霍的爸爸那裡有關吧。他沒有說得很清楚，我們也不好意思多問，因為感覺他不太想聊。」

「原來如此。」

劉楷霍一定很沮喪。我想起那個晚上，在公園裡他喝著我沖給他的冰泰奶，聊到好期待要去參加粉絲見面會，那麼心心念念要去見他的KT，沒想到最後竟沒去成。這幾天沒在洗衣店看到他，我以為他已經去曼谷了，今天來買斑蘭葉雞蛋糕時才知道狀況。我想發個訊息安慰他，才發現我根本沒有他的聯絡方式。

阿普說，可以給我聯絡方式，但我又覺得這樣好像太刻意了一點。

「你沒事的話，可以去找他吃午飯。他公司不太遠，搭捷運兩站就到。」

阿普動作很快，馬上把劉楷霍的公司地址用手機傳給我。

「今天不是星期六嗎？他週末要上班？」我問。

「他今天加班。因為明天，有一組泰國CP要來台北辦見面會。」

「原來他的公司跟追星有關？」

「嗯，可以說有關，也可以說無關。你去找他就知道了啦！」

特地要他的LINE或電話傳訊息覺得太刻意，難道特地跑去找他吃午餐，會比較不刻意嗎？這邏輯好像有點矛盾。人要通融自己的時候，果然很多價值觀都會崩毀。

我一直不曉得劉楷霍的工作內容，直到此刻來到他的公司，才知道他在一間規模不大，但充滿年輕氣息的印刷設計公司上班。

抵達時剛過中午十二點，我站在門外看招牌上的說明，公司承接的業務包含各種紙類印刷、印後加工、代客設計，還有少部分客製化禮品，像是鑰匙圈這些小物件的製作。

落地玻璃窗可以看見店裡，可是我沒看到劉楷霍。

「嗷……？」

聽到背後傳來這一聲，我知道是劉楷霍。他站在我旁邊。

「原來你在這裡上班啊！」

我知道我的開場很爛，因為我有種被抓包的尷尬，想不到更恰當的話。

「對啊，該不會今天也是散步，然後恰好遇到吧？手上沒啤酒？」

「……沒有中午就開喝的。」我只能這麼回答。

誠實為上策，我還是坦承問了阿普才知道他在這裡上班，想找他一起午餐。

「沒問題啊，我本來就正準備要去吃飯。」他說。

「想吃什麼呢？你們這附近有什麼推薦的？」

「你要是問我，我就會告訴你，泰國菜。」他笑起來，說：「附近有間賣Phat Thai的餐廳，很好吃喔，有興趣嗎？」

「Phat Thai？泰式炒河粉？所謂很好吃是有多好吃？」

我故意問，只是想逗他，看他又能冒出什麼奇怪的譬喻。

「好吃到……你會祈禱世界上的河粉，拜託它們下輩子全體投胎變Phat Thai。」

「有這麼誇張?!」

「當然啊，要是去到英國的餐桌上，那可慘了。河粉慘，我們跟著慘，英國菜那麼難吃。投胎去那裡，天曉得我們會少吃多少盤美味的Phat Thai！」

劉楷霍真的是太怪了，不負眾望的怪。

他推薦的這間店，泰式炒河粉真的好吃，就像在泰國當地一樣的水準，甚至比記憶中有些曼谷路邊攤的更美味。

「我很意外你沒去曼谷參加見面會。」我主動提起這話題。

「對啊，我也很意外。都想好那天要穿什麼衣服了。後來沈瑞斌還是不去，我已經做好一個人飛去的準備，結果想不到連我都沒去成。兩張票滿貴的，還好有人買。我把票賣給群組裡兩個住在曼谷的台灣人。」

「為什麼不去呢？」

「喔……阿普他們應該有跟你提吧？因為我爸的緣故。」

「嗯，不過不清楚詳細的狀況。因為你爸不讓你去？你都這麼大了。」

「不是耶……」他猶疑了一下，說：「反正就是他的身體忽然有狀況，我就去不成了。結論就是這樣。」

聽起來他還是沒準備要詳細解釋。

每個人的生活都有難言之隱，這一點，恐怕我比他更懂。

「爸爸現在都還好吧？你爸知道你為了照顧他取消旅行，應該很欣慰吧？」

「怎麼可能？」他不假思索立刻回答：「他那麼討厭我……啊算了，不想再說他了。那麼好吃的 Phat Thai，再講他講下去，東西都要變難吃了。」

劉楷霍的回答令我詫異。

他好像發現剛才的反應有點過大，又見我沉默著，於是自己開口補充。

「總之，我爸現在沒什麼危急的狀況了。」

他聳聳肩，輕描淡寫的口吻。

「沒事就好。粉絲見面會，以後再去吧！」我說。

「希望還有機會。如果，你還願意幫我搶票的話。」

「當然願意，希望我的手氣依然會好。」

怎麼不願意呢？我只是怕我自己跟他見面太頻繁，愈來愈熟，對大家都不好而已。

我沒想過劉楷霍生活中要面對的困境，除了離不了婚以外，還有他的爸爸。

關於家庭的難處，不是跟我也挺像的嗎？只是我選擇的是遠離和逃避。

忽然覺得，雖然我不懂追星有什麼好玩的，也無法體會迷偶像這件事，但如果嗑CP這件事能帶給劉楷霍快樂，是他煩悶生活中的小救贖，我想那也是挺好的吧。

「對了，為什麼阿普他們說你今天加班，跟明天的泰星見面會有關呢？」我問他。

「因為我們有接做粉絲應援物的案子。明天那一場，他們粉絲後援會還有下單做小禮物，量滿大的，今天要趕工入包裝。」

「喔……」我似懂非懂。

劉楷霍看到我一臉困惑，跟我說，如果我有點好奇的話，不如等等吃完飯進公司一起幫他。要是明天早上也沒事的話，可以跟他跑一趟見面會的會場。他會去送貨，同時也可以讓我見識一下追星的粉絲文化。

說真的我本來是一點興趣都沒有的，但因為邀約的人是劉楷霍，我就答應了。

隔天上午跟劉楷霍約了去見面會的場地。劉楷霍把車停在大樓停車場，從後車廂拿出摺疊式的板車，我幫忙他把兩大紙箱放上去，另外又幫忙提了兩袋東西，接著便上樓，跟粉絲後援會的負責人碰頭。

無論是演唱會或粉絲見面會，這都是我有生以來，第一次來到這樣的場合。我以為開場前大家就是在外等候進場而已，結果來到現場，看見從室外到室內，簡直有如園遊會一樣熱鬧。

昨天幫忙劉楷霍入袋的東西，是一套四樣的應援物。有兩張明星小卡，一個小徽章，還有一個捷運卡的票夾，當然上面都是印著今天這組CP的照片或所謂的應援LOGO。

追星還有粉絲團的應援LOGO，這是我昨天才知道的事。當然不只這個，從昨天到現在，在劉楷霍的帶領下，我恍如遁入一個未知的全新世界，那像是我的平行時空，一切陌生卻也新鮮。

粉絲應援會的聯絡人是兩個女生，一個看起來還是大學生，另一個應該是不到三十歲的上班族。我們幫她們拆箱，把東西拿到「禮桌」上。

是的，她們說那是「禮桌」。因為粉絲將這場見面會視為CP的婚禮宴客，所以設置禮桌。既然是禮桌，有簽到嗎？有包禮金嗎？還真的有。劉楷霍不疾不徐地解釋，禮金就是粉絲的集資，在見面會開始前一、兩個月會開始發起集資活動，費用會用來買應援廣告，一般來說會買捷運車站的燈箱廣告、鬧區大樓外的戶外電視牆，還有見面會場周圍，剛剛我們有看到的路燈懸吊旗幟等等。

還有一部分的費用，就會拿來製作「集資禮」，這就是劉楷霍他們公司接的業務了。粉絲製作小禮物一方面是留作紀念，另一方面則是吸引粉絲參與集資，活動當天就來會場領取。每一場活動，每一個粉絲應援會想的主題或點子可能都不同，比如這場就是巡迴婚宴，所以才說是禮桌。至於簽到，就是粉絲領應援物時的確認簽名了。

「之前還有一對CP，因為主演的戲是跟飯店有關的，所以粉絲應援也很有創意，所有的布置、應援物製作都跟飯店住宿有關。我們公司有接到這個案子，粉絲下單製作飯店房卡、摺頁簡介、牙刷、毛巾，甚至是簡易拖鞋，當然都是印上CP的名字和LOGO，如果不知道的人，絕對會以為是哪家新開的飯店的備品。」

「當天會場領集資禮的桌子，應該有布置成飯店check in櫃檯吧？」我猜。

「答對了！」

這令我覺得追星的粉絲們，簡直都是非常優秀的行銷企劃人員。還是，他們其實本來就是呢？帶著自己的專業背景來追星，恐怕比工作還用心。

劉楷霍說，更重要的是，這些應援小禮物還會請工作人員送到偶像的手上，讓他們知道，他們是被支持，被寵愛著的。

交貨完成後，劉楷霍領著我繞會場一周，場內場外，邊看邊解釋。

「等等，這是什麼，我以為是花籃，可是不是！」

我湊近一盆放在桌上的小花籃，發現是用紙鈔，而且是泰幣摺出來的。

「這是『錢花』啊，你第一次看到吧？哈。就是用錢做出來的花籃。別的國家追星應該沒有，泰國人流行這個，應該是泰國追星文化的特色。這個『錢花』算是很小的了，要是在泰國的話，都是很大的，從地上立起來的那種大尺寸。」

「好妙，用錢摺出一個花籃送給偶像？給錢，好直接。」

「也會有人直接送精品的。這其實從追韓團、韓星就開始有了，很多貴婦超有錢，她們追星毫不手軟，不只會跟著偶像飛來飛去參加見面會、演唱會，還常常會送很貴的名牌包包、手錶什麼的，很驚人。」

「偶像收到這些壓力不大嗎？」

「看人吧。有些明星真的就滿愛的，也有些會請粉絲不要再花錢送。」

「你送過什麼最貴的東西，給你喜歡的CP？」我忽然好奇。

「我沒錢可以送那些東西啦，衣服啊鞋子啊，那些我也不會送，說真的那些東西廠商都會免費提供給他們，再加上粉絲送的，根本一輩子都用不完。」

「所以你都沒送過？」

「有啦，但可能不算『送』吧？等一下我再跟你說。」他突然指著另一個方向，轉換話題說：「你看放在那裡一排人形立牌，IG邊框照相打卡立牌，都是粉絲應援會製作送過來的。不一定是台灣的粉絲應援會喔，你注意看下面都有標示。」

「真的。有泰國、日本、中國、韓國……好多。」

「當然不是真的從那裡運過來的，他們會委託台灣的後援會幫忙，然後在台灣印刷製作。我們公司就會因此受惠啦。粉絲應援是超乎想像之大的市場，原本我們公司根本不知道，是我提議才開始做的。」

「因為你也在追星才會知道。」

「真的。一開始還被老闆嫌幼稚，不相信會帶來商機呢。」

會場內外，除了粉絲們領應援物，忙著打卡拍照留念以外，還有長長的隊伍在排購買見面會的官方周邊產品。最特別的是，許多角落會站著很多人，他們也在發東西的樣子，然後都排著人龍。

「他們不是後援會的，是自掏腰包做應援物的熱情粉絲。大部分是印製小卡，各式各樣的卡片。有的人是會自己做好設計，有的人則是會找印刷設計公司幫忙，敝公司就接了很多委託設計的案子，然後再加工印刷。做出口碑以後，會在粉絲間流傳，接到的案子就愈來愈多了。疫情後一個月最多可以有三、四場見面會，幾乎每個週末都有。雖然印製這些東西，單價都不高，可是積少成多也滿可觀的。」

「請問他們做的應援物是用賣的嗎？」

「當然不是。免費送的啊！做應援物表達自己對偶像的愛，怎麼還能收錢。」

「也太有愛了吧。」

我讚嘆這樣的無私奉獻，同時想到了陳力騰。

他是否還是十九歲的那個他呢？他應該知道別人是怎麼在乎他了吧？現在的他，如果依舊是十九歲時候的那個他，他真的應該感到汗顏。

「黃宇弦，你看那裡，有人提了一大堆便當進去後台，上面也貼著後援會的貼紙。」

「對，看到了。」

「食物應援，買便當、買喝的吃的給偶像和工作人員，也是應援的方式。」

「我在新聞上有看到還會有應援餐車，停在偶像拍戲現場免費提供他們餐飲？」

「嗷？你怎麼會注意追星的新聞？」

「呃，剛好看到的。」

我騙他。其實是因為他的緣故，我才開始注意這類型新聞。

「我發現你很多『剛好』耶。」

我分不清他是真心話，還是話中有話揶揄我。

粉絲們拿到應援物，或是跟偶像看板、易拉展海報合影後，每個人就會立刻低頭，開始很專心上傳照片。劉楷霍說，這叫做「認證」。

「認證？這也是追星專業用語嗎？」

「是喔，『認證』的意思就是粉絲們會在貼文時，tag偶像的ＩＧ跟後援會的ＩＧ帳號，證明拿到這些東西，或是到此一遊。剛剛不是有說，粉絲會集資買廣告嗎？粉絲們在廣告刊登的這段期間，就會跑遍所有刊廣告的地方拍照打卡上傳ＩＧ，這也是『認證』。因為有tag偶像，很可能偶像就會看到這些認證。」

「他們會看嗎？這麼多人追蹤他們，訊息那麼多。」我懷疑。

「懂得寵粉的偶像，就會隨機挑著看，被看到的，我們叫『翻牌』。他們可能會轉一些粉絲的ＩＧ限時動態，要是被『翻牌』、轉發的人，那就像中獎一樣，真的是太開心了！『我被偶像注意到了耶！』這種感覺。寵粉的ＣＰ還會拍應援食物或應援小禮到ＩＧ限動上，甚至還會特地去粉絲下廣告的大樓電視牆合影。這個呢，也是『認證』，是偶像對粉絲的認證。」

我一心二用，一方面聽著劉楷霍侃侃而談，另一方面則在偷瞄著劉楷霍的側臉，看他好看的下顎線，以及偶爾笑起來時才出現的酒窩。他談起這些追星的事，兩眼炯炯有神。

我們離開會場，看到戶外的粉絲們排隊在跟電視牆廣告「認證」（我現在也會用專業用語了）時，想起剛剛劉楷霍還沒跟我說，他送過什麼東西給喜歡的偶像。

「我送他們的東西是……」

話講到一半，他突然被自己的手機鈴聲給打斷。

他看著手機螢幕，眉頭突然一皺。

「你等我一下，我接個電話。」

「好。」

劉楷霍側過身，離開我幾步，接起電話低語。講沒多久，他就掛掉了。

他的臉色變得有點凝重。

「怎麼了嗎？」我擔心地問。

「我得趕去我爸那裡一趟，好像有點狀況。」

「還好嗎？我能幫什麼忙嗎？」

「電話裡也解釋不太清楚。我現在就開車趕過去。真不好意思，沒辦法直接載你回去了，把你載到哪裡，你會比較方便呢？」

「拜託，這種事不用不好意思，快點趕去你爸那裡比較重要。」

他點頭，很失神的模樣。我忽然擔心，他這樣開車不太安全。

「我載你過去，你跟我說地址。」我說。

「這樣太麻煩你，沒關係的，我自己開車去，你都花時間陪我來這裡了。」

「劉楷霍，我不是在詢問你。你聽不出來那是一個命令句？我就是決定要載你過去。你現在這個樣子，思緒紊亂又緊張，開車太危險，我不放心。把車鑰匙給我，快點！」

他看著我，一瞬間竟紅了眼眶。

我沒料到他的反應，開始內疚是否我的態度太兇了？正想道歉時，他開口。

「你知道嗎？如果是沈瑞斌的話，他真的就會讓我一個人開車去。」

這句話，他說得很平淡，我卻聽得痛心。

「來吧，鑰匙給我。現在別多想其他事了。」

別想太多，是說給他聽，也是說給自己聽。

他把鑰匙交給我，我們去地下室取車。我坐上駕駛座，他換到副駕駛座。在繫上自己的安全帶以前，我替他先繫上安全帶。

「黃宇弦，你太體貼了。為什麼沈瑞斌不是你？」他忽然這麼問。

我愣了一下，這個問題我答不出來。

車子裡密閉的空間，突然遁入一片寂靜。

我其實不該那麼體貼的對吧？這些年來，我不斷告訴自己，即使遇見下一個有感覺的人，我也不要再那麼關心對方，不要主動付出那麼多。

可是，在他的面前，我似乎又要重蹈覆轍了。

劉楷霍，我也想問你，為什麼我沒有比沈瑞斌更早遇見你？如果是那樣的話，談戀愛的會不會變成我們兩個？而你現在也不會深陷在離不了婚的困境？

我沒有答案。人生無法控制事件發生的順序。

我和劉楷霍對視著，很危險的距離。不行，我必須停止讓現在這個氣氛繼續發酵下去。

「地址是哪裡？」

我深呼吸一口氣，劃破沉默問他，在駕駛座上調整好姿勢。

他打開車上的GPS導航系統，在螢幕上輸入地址。

螢幕上跳出來行駛的目的地是一間護理之家。

「我爸在這裡。」他淡淡地說：「他中風癱瘓躺在這裡。」

劉楷霍神情無奈，跟說起追星時的甜美模樣有著天壤之別，彷彿是另一個人。

08

護理之家在新北市的土城區，一間外觀看起來很像一般公寓的樓房。我沒有踏足過這樣的地方，有點驚訝這裡躺了那麼多病患。他們活著，像是在另一個平行時空。每一床昏迷或醒著卻像植物人的病患，被卡在世界的某一個關卡。他們回不來我們的世界，而我們也進不去他們的宇宙。

劉楷霍的父親因為缺血性中風而昏迷，臥病在床好幾年。在昏迷以前，其實前些年就曾發生過兩次小中風，但很幸運都康復出院，沒想到又來第三次，這次狀況變得很嚴重，沒有再醒過來。

所幸他父親有買保險，再加上姑姑的幫忙，安排住進了護理之家，有專門的人幫忙照顧。雖然平常不用劉楷霍費心，不過他幾乎每一、兩個星期，還是會抽空來看一下他父親，縱使他父親已無法回應。

這些年來，父親維持基本的生命機能，劉楷霍說，雖說是「相較之下的穩定狀態」，其實是在很糟的狀況中，只是還沒有更糟罷了。

劉楷霍去不成曼谷看見面會的原因，是他父親在他出發前一天突然發燒不退，護理之家的人打電話來，告知父親肺部感染，必須轉到醫院急診室去，他只好取消行程，待在台北靜觀其變，所幸後來沒有惡化。但今天忽然來電說又發燒了，懷疑有可能肺積水。劉楷霍請護理之家先安排了醫生會診，所幸只是一般感染。醫生說，中風是腦血管疾病，基本上跟肺部無關，但中風病人長年臥病在床，呼吸無力，確實導致肺積水的可能性不低，仍要留心。

我在護理之家一樓大廳等候劉楷霍去看他父親，等他回來時，跟我說「暫時沒事了」以後，便告訴了我這些細節。他的神情總算看起來穩定下來。

我們走出護理之家，在外面庭園大樹下的板凳坐下來。我去販賣機買了飲料給他，兩個人坐在樹下休息。

「沒事了就好。」我說。

「我也不知道是不是沒事了就好。因為其實常常發生這樣的事情，好幾次以為很危急了，偏偏又化險為夷活了下來。這麼說可能有點不孝，可是有時候我真的會想，比起沒事來說，是不是『有事』會更好一點呢？每次我來看他，我都會想，他會這樣持續到哪一天？他一定不會希望這樣活著吧？太痛苦了。臥病在床，只是在折磨肉體。」

「確實是一件很兩難的事。但是我覺得你已經非常孝順了，你爸爸的狀態其實護理之家有看護會照顧，但你還是堅持每一、兩個星期就來看他一次。很多人可能會覺得其實來不來都無所謂，畢竟來了也不能做什麼，不過你還是願意來。這一點讓我很佩服。」

「稱不上什麼孝順，」他搖搖頭說：「我會來，其中帶著一種情緒是不服氣。我不服氣他還沒有接受我是同志，就中風昏迷了。」

「他知道你的事？」

「知道，他也見過沈瑞斌。其實我跟我爸兩個人的關係很不好。有一陣子他工作不順利，失業了，變得成天酗酒。最後我媽受不了，跟他離婚以後，他狀況更嚴重。不過，我跟他的關係變得變壞，主因是前幾年帶沈瑞斌回家，跟他come out，結果他把我們趕出家門，邊打邊趕，搞得左鄰右舍都知道。後來我曾經再回家一次，試圖跟他把話說清楚，但他不給我機會，叫我滾出去，不要再回來，從此以後，我就真的沒回去了。」

「我以為這種《孽子》的情節，現在不會有了……」

「當然有。我愛看BL劇，但是我知道現實世界裡，不是每個人都有幸可以擁有腐劇裡的美好生活。那些角色是我理想的投射。」

劉楷霍再見到他父親時，父親已經躺在護理之家。他說，他跟沈瑞斌結婚的隔天，帶著結婚證書過來，雖然知道父親昏迷了，但他還是把證書帶來，抓著父親的手，告訴他：「我結婚了。」

起初他只是想要氣氣他父親，想告訴他，「就算你不認同我，我還是做到我要做的事。」但是後來他不氣了，反而希望他父親醒過來。他想跟他父親辯論同志身分這件事，想讓父親看一看，身為同志的他，生活可能過得比異性戀的人還好。

「所以我不服氣，不服氣他就這樣不省人事。就算只醒來一分鐘也好，我也要讓他心服口服再昏迷，而不是像現在這樣，帶著否定我的情緒到死，對我來說這太不公平了。」

「如果我是你，我應該也會這麼想吧。」我嘆了口氣說。

「是嗎？沈瑞斌就不這麼想。他覺得我根本不應該再來看我爸，他從來不願意陪我過來，因為他覺得我爸這麼討厭我，更討厭他，沒必要自討沒趣。」

我本來想對劉楷霍說，如果以後你想要我陪你來，可以跟我說，我只要有空，就願意陪你。然而，話到喉頭，被我吞了下去。我告訴自己必須克制一點才行。

「今天謝謝你了。陪我去送貨，又忽然陪我來看我爸，真不好意思。」他說。

「別這麼客氣，是我要謝謝你，告訴我關於你的事。還有，好多追星的專業知識。我沒想過追星的世界是這樣的。很特別。」

「你覺得有趣就好，怕你覺得幼稚又無聊。沈瑞斌就常碎碎念，嫌我這麼大了，還跟高中女生一樣追星？長不大，浪費錢。其實不只是他，我也碰過一些朋友這麼說，所以我其實平常不太跟人分享這些。而且大部分的男同志對追泰腐、嗑泰國CP都沒什麼興趣，大概覺得他們不夠MAN、不夠肉慾吧！雖然我有認識幾個算滿要好的女生朋友，大家會一起追星，可是總覺得還是跟Gay一起嗑CP有微妙的差別。嗯，怎麼說呢？大概就是一種『自己人』的親暱？畢竟男同志跟腐女的成長背景不同，被社會對待的方式也不同，所以看BL劇時，有時候有感觸的點，還是有點不同。所以啊，能遇到阿普跟尼克也是追泰腐的男同志，還變成了好朋友，總算沒那麼孤單。」

「嗯……其實我雖然沒在追星，沒崇拜偶像，不過了解一下也是滿有趣的……」

雖然真正想說的是，你以後也可以跟我聊，但這樣暗示已是我最大的極限。

劉楷霍點頭，瞇著眼笑起來，掛著深深的酒窩。

「晚上要不要去『泰尚麵』吃粿條？我約阿普、尼克他們也一起去？」我問。

「今天沒辦法，抱歉。晚上沈瑞斌跟我約了晚餐，要跟一群像是孔雀比美的同志夫夫吃飯。每個月固定的聚餐，我覺得是很無聊的活動，大家好像在炫耀誰的伴侶比較好。只是從一開始就答應他每次都會出席，現在沒辦法，只好忍一忍就算了。」

夫夫之間的週末晚餐，本來就該聚在一起，我不該打擾。原本聊到忽然有點高張起來的情緒，忽然因此又被澆熄，胸口悶悶的，一股複雜的失落感。

劉楷霍明明不喜歡，又配合了沈瑞斌。說到底，就像很多情侶跟夫妻之間經常會抱怨對方，吵架時鬧離婚，但終究離不開，因為還是有愛吧？

我們去停車場開車，半路上，劉楷霍忽然給我看他的手機，螢幕上竟然是我的照片。

「什麼時候偷拍我的？我完全不知道。」我詫異。

「剛剛你去投販賣機飲料的時候。不覺得很有意境嗎？」

「對啊，還好沒露臉，不然就破壞了一切。」

「你很誇張。我覺得你這張的背影很帥氣。」

帥氣？他稱讚我帥氣？我受寵若驚。

「看來我以後都要背對著你講話才行了。」

我故意轉過身背對著他。

他伸出雙手將我轉回來，說：「我的意思是，一個男生去主動去幫另一個男生買飲料，這種舉動很貼心啊！你剛剛沒有問我要不要喝飲料，但是知道我應該渴了，需要喝水，就去買了。我覺得在按販賣機的時候，那個背影很帥氣。那種帥氣，很像是BL劇裡男主角下一秒就會轉過身，鏡頭特寫臉，風一吹，瀏海飄起來，主題曲進場。」

如此面癱的我，聽到也是會忍不住想笑的。

「你真的很入戲。」

「哎呀，反正重點是要說你這個人很體貼啦！」

其實這不是很應該的嗎？沈瑞斌到底對你有多不貼心？如果我有一個這麼可愛又願意為人著想的男朋友，像是你，為你做這些小事，那將是我每一天累積快樂的方式。

「我把照片傳給你吧！你有開AirDrop嗎？」他問。

「喔，我的手機最近有點問題，AirDrop都傳不過來。用LINE傳給我好了？」

我說謊。我只是找到恰當的機會跟他交換LINE而已。

「好啊，我來加你。」他說。

回到家以後，我洗完澡躺在床上，打開手機的LINE，看著劉楷霍幫我拍的那張照片，想到他形容背影帥氣的那些話，又忍不住笑起來。

他講話真的是奇奇怪怪，但是也可可愛愛。

「謝謝你的照片，讓我以背影出道了。」

我打出這行字，傳給他。不一會兒，他回傳貼圖，是一張泰星的大頭貼配上泰文，我看不懂，去Google查詢了才知道是「不客氣」的意思。

接著，我又收到他傳來一張照片，是一盤食物的照片。

「晚餐很難吃，我比較想吃『泰尚麵』的粿條。社交場合真的好無聊！」

我好像忽然變成劉楷霍傾訴心事的對象了。有點開心，卻也開始擔心。

他可以只將我視為一個說心事的好朋友，就像他跟阿普和尼克一樣，他所謂的「自己人」，可是我對他的感覺，如果控制不好，壓抑不住的話，那就是介入了別人的婚姻。我將會成為我討厭的那種人。

我沒有回他訊息，半晌，他又傳來一則。

「對了，今天一直沒機會跟你說，我送什麼給我的偶像對吧？其實是要你跟我一起去一個地方，才能解釋清楚。改天有空我帶你去吧！」

好像再已讀不回，就有點沒禮貌了。

「好啊，很期待！」打完這行字，想了想，又倒退回去刪除，最後改成「可以！再約。」才送出去。

回傳後又丟了一個貼圖過去，結果傳出去，才發現沒看清楚，原來是一隻小熊，比著手指愛心，衣服上竟還寫著小小的字眼：LOVE。

我趕緊收回貼圖，但就在同一瞬間，訊息已被秒讀。

09

原來「CP」這個詞彙，最早出自於日本的同人創作圈，完整單字來自於「coupling」這個英文的日文外來語，翻譯成中文就是配對的意思。

不過，CP的說法似乎只流行在日本和華人圈之間。西方國家不用CP，而是「shipping」，簡略自「relationship」也就是關係這個單字。至於崇拜CP、嗑CP的追星粉絲們（CP粉），則稱呼為「shipper」。

在泰國腐圈文化裡，CP一詞直接用泰文裡原有的伴侶（ku-cin）或情侶（feen），這些意指成雙成對的詞彙。嗑CP和CP粉，則沿用了英語圈的說法，只是念法變成泰式英文發音。像是嗑CP的動詞「嗑」就說「ship」，嗑CP的粉絲一樣會說成「shipper」。

至於BL劇或腐劇，在泰國稱作「Series Y」。泰國人近年來稱呼偶像劇會用「系列」這個字的英文series，取代原有的泰文用語；而「Y」則再度跟日本有關，典故出自於日本對男男耽美漫畫或小說的統稱「Yaoi」。在日本，Yaoi的意思比較狹隘單一，多指情色場面較多且跟同志的現實世界脫節的耽美劇情，不過在泰國定義比較廣，大概接近於台灣近年來認知的BL同志電影或電視劇，不一定跟性愛情節有關。

還有我本來就知道的「營業」這個詞。說的是被經紀公司配成一對CP的男生，走出BL劇以後，在戲外，兩個人的關係也會表現得像是一對真的情侶。日本、韓國和台灣的BL劇演員基本上演員跟戲是分開的，可是這一點在泰國非常不同。在泰國，兩個男生一旦被組成CP以後，幾乎就是不分公私場合，都真的表現得像是一對。所有的互動、對話、眼神都弄得非常曖昧。當然，他們不會真的「官宣」(官方宣布)是情侶，可是就是會在許多公開的場合，以及在社群網站透露的私生活，釋放很多粉絲們稱為「撒糖」的甜蜜瞬間。

對於電視台和經紀公司而言，這就是商機。開始賣周邊產品，代言產品，拍廣告，直播賣貨，巡迴國內外辦各種售票活動……追星的粉絲喜歡看他們在一起，想像他們真的是一對，因為有愛，就會買單。

粉絲們明知道他們戲演完了，可能為了工作還是在繼續演戲罷了，但只要不拆CP、不說破真相，最好永遠搞不清楚他們是真是假，就能繼續嗑到天荒地老。

以上資訊是我在這幾天上網惡補所獲得的成果。

在終於搞懂了CP、嗑CP、Series Y、shipping和shipper這些專有詞彙的來龍去脈以後，還爬文認識了這幾年來泰國走紅的CP明星，以及他們演了哪些BL泰劇。

當然，劉楷霍熱愛的Kit-Teung這對CP，我也總算大概知道這幾年來，他們到底在紅些什麼。只是，看著網路上許多的影片，我依舊無法想像，如今的陳力騰變成了一個什麼樣的人？那些親暱的貼心互動，所謂的營業，有一天，拆下包裝紙，是否會讓如此投入的劉楷霍傷心夢碎？

我放下手機，赫然發現已經過了兩個小時。

喝了一口紅酒，這時候才驚覺，今天晚上根本還沒有抬頭看過星星一眼。

我真的是太荒謬了。

夜空下坐在帳篷外的我，過去幾年都是一邊喝著紅酒一邊仰望星星，但是今天晚上，我卻是低頭看星星——看手機網頁裡的泰星。

晉合哥和駿光哥說，這個週末他們會去洗衣店打掃和看店，要我放自己一個假期，所以週五晚上我就來到花蓮露營，準備明天一早要去久違的划船。

距離陪劉楷霍去見面會送貨的那一天，過了快一星期。雖然交換了LINE，但我們沒有特別聯絡彼此，就跟過去一樣，我只會偶爾在洗衣店的監視器畫面中看到他，或者去「泰旁邊」買斑蘭葉雞蛋糕吃時，聽阿普和尼克在聊天中提到他的名字。

不知不覺，現在只要網路新聞或社群軟體上出現曼谷或泰國相關的事情時，我就自然而然會注意一下。

因為劉楷霍的緣故，我彷彿又回到多年前，那一個曾經跟泰國很靠近的自己。

過去我所認識的泰國，不是追星的那個泰國，很多事情我不懂。為了想要更加認識劉楷霍，為了想要聽懂他說的追星，我上網去查了很多東西，即便到了花蓮來露營，我居然還拿著手機，低頭做這件事。真的有夠荒謬。

第二天一大早，在划船的時候，我有點不專心。

我在划船，卻想著另一種划船。

我忍不住回想昨晚看的影片跟網站，然後覺得用「ship」和「shipper」這兩個字來形容「嗑CP」跟「嗑CP粉」還真貼切。

「ship」是「關係」的簡稱，但同時也是「船」的意思。粉絲們崇拜一對CP，像極了划船。粉絲希望CP建立起親密的關係，像在一艘船上，朝著交往甚至結婚的目標向前划行。在兩個人的曖昧互動中，粉絲總會腦補所有的可能性，即使是他們沒在撒糖時，粉絲總也能解讀CP私下的舉動，看出他們依舊保持著，甚至發展著更加親暱的關係，就像是努力幫忙他們划船，促成偶像加速往愛的國度邁進。

在追星世界裡，劉楷霍就是在這樣的一艘船上忘我地划船。

關於他愛的Kit-Teung，縱使一開始我不是很能認同他對於他們的崇拜，認為他們一定只是表演性質的營業，不可能是真的相愛，有必要這麼投入嗎？但是現在，在認識劉楷霍更多以後，我已經覺得倘若追星能帶給劉楷霍的苦悶生活一點調劑，讓他保有熱情，那或許是一件好事。唯一擔心的只有Kit-Teung破局的那一天，劉楷霍將會有多傷心。

週六回台北的火車上，我收到劉楷霍傳來訊息。

「明天有空嗎？我想帶你去上次說想帶你去的地方。」

我回覆他說：「好，看怎麼約再我說。」

本來還多寫了我來露營和划船，現在正在回台北路上，但壓抑的我最後又決定刪去，只是默默地把過去我和他的對話又重新看了一次。

LINE上的好友清單，劉楷霍的名字顯示的是他的英文姓名拼音。

想了想，我動手更改了他的暱稱：

「划船去摘星。」

10

怪怪的劉楷霍有他自己獨特的追星方式。

隔天下午，他為了向我解釋送什麼給他的偶像，約我去一個地方。不過，他神神祕祕地賣關子，一直不跟我說要去哪裡，直到抵達目的地，我才知道是流浪動物之家。

劉楷霍說他有時候是到流浪動物之家幫忙一些事務性的事情；有時候則是去在郊區的狗園，幫忙打掃環境，遛狗散步；又或者去市區裡固定的地點，協助員工招呼民眾認養狗狗，偶爾開車送狗去領養的主人家。

「但其實大部分的工作只是在撿狗大便啦！」

他一邊向我解釋，一邊走過那些流浪狗，神情愉悅。

「黃宇弦，你有看到那隻嗎？」他伸手指前方的角落，說：「那隻柴犬叫阿財，一臉超無辜的樣子！好可愛。他有一隻腳不太方便，但除此之外，都很健康。」

「為什麼叫阿財？」我問。

「好問題。因為牠每次便便都很大一坨！狗大便是黃金嘛，帶財囉！所以我就叫他阿財。結果流浪動物之家的員工知道了，就也叫牠阿財。」

「真的很可愛，阿財那張臉。」我說。

但是論可愛，還是差你很遠。我看著劉楷霍，心裡這麼想。

「希望阿財快被好人家給領養。領養的人一定也會因為阿財而帶財的。可惜我家太小，沈瑞斌又不喜歡寵物，不然我多想認養牠。」劉楷霍說。

「所以來流浪動物之家，跟送偶像禮物的關聯是什麼？」我還是不太懂。

「哈！看狗狗看到都忘了今天的重點。因為Kit-Teung的Kit非常愛小動物，尤其是狗。他自己有養狗，也常常會捐錢給泰國的流浪動物之家，或者捐錢給動物醫院，所以我覺得如果我也成為一個愛狗的人，幫助有需要的狗狗，Kit一定會很開心。我也會捐錢喔！數目不是很多，但希望多少盡點心力。每一次捐錢，我都會用Kit-Teung的名義，等於就是幫KT捐款給流浪動物之家。每年Kit的生日那一天，我會固定捐款，收據上會寫Kit-Teung捐款，然後我還會拍照把收據用IG私訊寄給Kit看，或是上傳IG並且標記他。」

「你也太有心了吧！Kit有讀取過私訊嗎？」我好奇。

「當然沒有，哈！他每天一定很多粉絲寄私訊給他，怎麼可能看到。不過，跟你說，前年他生日，我PO在限時動態tag他時，我有被『翻牌』，他有看到那則『限動』喔！」

「他有轉發？有回你嗎？」

「沒有，但是我有看到他的足跡。你知道限動可以看到誰有看過吧？有點閱過那則限動的人，大頭貼都會出現在足跡列表上。」

他邊說，邊把手機相簿裡的截圖拿給我看。

「你看！我用紅線圈起來的大頭圖像，就是Kit啊！超開心的。」

「他一定也很開心。你在他的生日，做了對他來說那麼有意義的事。」

「希望是啦。我送不起那些昂貴的名牌精品，而且覺得除了募資替他在大樓買慶生廣告，把想給他的生日禮金拿來做這些事，好像也不錯吧！」

「我覺得這樣很好啊。」

我們在流浪動物之家的狗園待了一會兒以後才準備離開。

走出狗園時，劉楷霍突然想到一件事。

「我剛一直在回想，想到其實我有送過Kit衣服耶！直接寄到曼谷的經紀公司。但不是什麼名牌，是我自己做的T恤。」

「你自己做的T恤？」我好奇。

他拿出手機，翻出照片給我看，是一款柴犬插畫圖樣的衣服。

「很好看耶！真的是你做的？插畫很好看，衣服的配色跟設計都很可愛。」

「真的嗎？從插畫到設計都是我自己弄的喔！這隻狗是Kit養的柴犬，我按照網路上的照片畫的。你真的覺得好看嗎？我都不太好意思拿給別人看。連阿普跟尼克都沒看過。」

「我真的覺得很好看啊！」

「有多好看？」

劉楷霍學到我那一招，居然也想考我。

「我不像你可以想出很特別的形容……反正，就很好看啦。真的。」

我確定我的潛台詞沒有說溜嘴——就跟你一樣好看。

「謝謝你。被你這麼一稱讚，忽然像是冬天又濕又冷的台北，突然下不停的雨，全部變成下起金塊那樣的開心了。雖然我知道自己其實很遜。」

「你別妄自菲薄。你是設計系畢業的，還在印刷設計公司上班的呢！」我說。

「但其實我不曉得這衣服到底有沒有寄到？Kit是不是有拿到？」

「是嗎？他沒有，嗯，怎麼說，那個專有名詞，啊，認證！他沒有拍照貼IG或是穿上去『認證』嗎？」

「沒有。你要是去看他的YouTube就知道，有一集他拍他收到的粉絲禮物，多到塞滿兩個房間，我想根本很多都還沒被拆箱吧。真的很幸運的歌迷才會被『認證』到。哎呀，幸運兒不會是我啦！我追星的命很坎坷的，哈！連一場他們的演唱會或見面會都沒看過。」

「放心，有一天一定會的。」我說。

「有勞搶票金手指了。」

他一臉對我充滿寄託的神情，完全不是開玩笑。

劉楷霍說，下午他跟阿普、尼克他們有約要去大稻埕，問我要不要一起去。我以為他們是要去逛迪化街或去那裡的咖啡館，結果他說，咖啡館也想去，但主要的目的是要去拜拜。去霞海城隍廟拜拜。

「你們是約好了要帶我去拜嗎？」我問。

「不是啊。是我們要去拜的。」

「他們兩個在熱戀，而你是已經結婚的，還需要去拜嗎？真正要拜的人應該是我吧？」

劉楷霍忽然尷尬地笑起來，說：「是厚，那就剛好可以一起拜……」

神明不會祝福一個愛上已婚者的人吧？愛上一個不該愛的人，如果要得到對方，就得去拆散人家的婚姻。光是我自己都過不了這一關，何況在神明的面前。我還真不知道該如何許願獲得我要的幸福呢！總之，我最終還是答應了劉楷霍一起去。

結果，跟阿普、尼克會合以後，我才知道他們不是為了自己，當然也不是為了我來霞海城隍廟的，是為了他們所愛的CP。

「為了來拜拜，今天下午提早打烊！」阿普對我說。

阿普推著尼克到香爐前，兩個人開始拿著香膜拜。我在一旁聽見他們先小小聲地祈求家人身體健康，然後是希望保佑自己跟對方一切平安、愛情順利，最後，聽到他們對神明祈求自己喜歡的CP，兩個人要繼續相親相愛。

我真是大開眼界。第一次看到有人在廟裡拜拜，居然是幫偶像祈禱的，而且還特地來到求愛情的廟為CP祈福。

接下來更令我驚奇的，就是站在我旁邊的劉楷霍了。怪怪的劉楷霍，用自己的方式追星，當然來廟裡拜拜的方式也是與眾不同。

首先，他按照一般程序，拿著香拜拜。他只是默念，沒像阿普他們一樣念出聲來。他拜的時間比我想像中還久，起碼超過五分鐘。終於，他插好香，我以為已經結束。

「不是，剛剛只有跟神明說自己的事，還有請求祝福好朋友平安健康。我要祈禱的偶像們都還沒說呢！」

接著，只見他拿出一個信用卡大小的車票夾，再從裡面抽出一張摺疊的紙，打開來以後大約是A4大小。

「這什麼？」我湊近前看，紙上密密麻麻的。

「CP名單啊，還有分別要祈禱的事。」

我瞠目結舌地讚嘆：「居然多到需要列印成一張紙。」

「不然怕有遺漏。我要祈福的項目愈來愈多，記不住！除了要列出來CP名單以外，還有他們每一對CP最近正在忙什麼工作、即將上檔什麼戲、發行什麼單曲……我得仔細寫下來跟神明解釋，才能不偏不倚地保佑到吧？你去廟裡拜拜的時候，也會要把想祈福的事說清楚對吧？」

「呃……是沒錯啦……只是，世界上有一種東西叫做手機，你知道吧？用手機記不是比較方便？」

「印出來一張紙，等一下過香爐，我才可以收到車票夾裡，好像平安符一樣，比較有實際的感覺！存在手機記事本很空虛。我是做印刷的。」

他確實是做印刷設計的，我不能否定他的專業。只是又要過香爐？我想到上次搶票時，他也說把幸運物拿去過香爐。

劉楷霍一邊拿著那張紙看，一邊又想合十拜拜，顯得有點手忙腳亂。

「不如我幫你拿著吧，你就專心拜。」我說。

他看著我，又露出一副很感動的模樣，說：「你今天真是來對了。」

半晌，終於把那張紙上要祈禱的事都上達天聽了。

「我以為你只會幫Kit-Teung祈禱而已，沒想到還愛這麼多其他組CP？」我問。

「這些都是愛過的CP啊！在還沒認識Kit-Teung以前，我也追過這幾組CP，Tay-New、Off-Gun、Bright-Win、Earth-Mix、Ohm-Nanon……」

他念了一大長串CP名單，有些是最近終於聽過的，大部分都還是霧煞煞。

「我現在還是喜歡他們，只是目前『本命』是Kit-Teung兩個人，所以我還是會希望以前追過的那些CP依然相親相愛，工作順利。」他說。

「所以這也算是你送給偶像們的禮物吧？幫他們拜拜。」

「對。我在Kit生日時，還會跟後援會的人一起募資，幫他在泰國的廟裡『捐棺』做功德呢！所謂捐棺，就是在廟裡捐獻買棺材的錢，讓一些貧苦的家庭，或孤苦無依過世的人，有人幫他們出錢買棺木辦法事。」

「這又是我第一次聽到的事了。怎麼那麼特別，捐棺？」

「泰國人如果要做善事，有這樣的習慣。」

「所以也是以Kit的名字去捐棺囉？」

「沒錯。」

「那Teung生日的時候，你都沒有做什麼嗎？」我試探地問。

「我預算有限啦，而且，」他尷尬一笑：「他們兩個人，我更喜歡Kit多一點。」

「那就好。」

「嗷？」

我慌張補充：「因為你已經在Kit身上花很多錢了嘛……」

「真的。沒錢真的沒辦法追星。」他結論。

聽到劉楷霍說他比較喜歡的是Kit，我居然有種鬆了一口氣的感覺。

但是，還沒安心幾秒鐘，他又補上一槍：

「我比較喜歡Kit，所以啊，希望Teung真的要好好愛他才行。對我來說，Teung的角色就是保持帥帥的，好好愛著Kit就好。當然這種話可不能對Teung的鐵粉說啦，哈！」

劉楷霍對Kit是真愛啊……

我突然在想，Teung會不會真的愛上了Kit了呢？

「我想要對Kit說的是，如果沒有你，我不可能走到這一天。謝謝你！我現在能夠有這麼多粉絲的愛，都要歸功於這些年來你願意跟我一起努力。」

我想起之前劉楷霍曾經給我看過Kit-Teung兩人受訪的影片。某個主持人，問起他們有沒有想跟對方說的話時，Teung當著Kit的面如此回答。他說得很真心的樣子，甚至說到最後聲音都有些哽咽，眼角泛淚。

Teung又繼續跟主持人說：「一開始我在公司看見Kit的時候，覺得他很沉默，很冷淡，不好親近。可是後來，我發現只要變成了Kit的親密伙伴，他就會對你付出無微不至的照顧。」

「你提到親密跟伙伴兩個關鍵字。所以粉絲們都很想知道，你們現在的關係是親密的工作伙伴呢？還是進展到親密的Partner？我指的是生活上的伴侶喲！因為我們常常看到你們的IG都會貼出到彼此的家過夜的照片！共用背包和衣服！一般工作伙伴不會這樣吧？來來來，這題我們先來聽Kit怎麼回答？還有你對Teung有什麼話想說的？」

主持人追問，很懂得CP粉的心理，一臉準備吃糖的幸福貌。

被點名的Kit應答道：「我沒有想過要用什麼名詞，來定義我們的關係。我們幾乎每一天都見面，從工作到生活，共有很多事情和東西，真的就是各種形式的伴侶。如果你問我，想對Teung說什麼，我想說的是，我無法想像，如果我們演的那齣戲，對手戲主角不是你，我該怎麼辦？我想我應該演不下去，不可能成為今天的我。我也要謝謝你！」

「Kit謝謝你成為了Kit，為我打造一個讓我安心的Safe Zone。」

Teung含情脈脈地說，摸摸Kit的手，Kit則一臉感動的回覆：

「讓我們就這樣一起走下去吧！」

原本我認為他們兩個只是做戲，然而，跟著劉楷霍看了那麼多追星的事，看了好多他們在鏡頭前曖昧不明的互動，我現在竟然也有點懷疑Kit-Teung兩個人好像真是一對。

腦中盤旋著這些想法，然後被阿普的一句話給拉回了現場。

「弦弦，你不會覺得我們很怪嗎？有病嗎？」阿普問我。

「要說有病的話，我可能也不見得比你們少啦，只是病況不同罷了。我只是好奇，你們這樣拜，真的有效果嗎？」

「我相信有啊！」尼克點頭。

「不過，不可否認我們誠心誠意拜過的CP，也是有翻船拆伙的啦。營業時如膠似漆，營業結束後打死不相往來，彼此還取消關注……」阿普說。

「想到我曾經追過一陣子的Mew-Gulf……傷心。」劉楷霍嘆氣。

「但是也有『不放手』的BKPP！所以代表有拜有保庇吧！」尼克說。

「對，Billkin跟PP Krit真的是『天花板』了，想到就感動。」阿普說。

「豈止是天花板，已經是衝到屋頂外面了！」尼克面露幸福貌。

「真的，他們太感人了啦，再說我要哭了。」劉楷霍皺眉，超級入戲。

別以為我不知道BKPP是誰，為了更了解劉楷霍的生活，經過這陣子的研究，至少我聽過名字了。BKPP是Billkin和PP Krit兩人名字的縮寫。

「可是，我有個疑問。你們為什麼不去台北的四面佛拜呢？去拜泰國也有的神明，保佑在泰國的他們，這樣不是會更靈驗嗎？」我問。

「噭……」

劉楷霍冒出招牌反應，他們三個人面面相覷。看來我又突破盲點。

「你讓我又變成刪節號了。」劉楷霍說。

「這次我看到了，有六個點。」我說。

他噗嗤一笑，那張帶著酒窩的臉，像孩子一樣被取悅的笑容，百分百真心無雜質。

11

一談到追星，劉楷霍就判若兩人。

在嗑CP這件事上，他或許是有一點瘋狂，但一個男生到了三十幾歲，還保有像是國高中生崇拜偶像一樣的衝勁，那種單純倒是令我覺得可愛。

最令我羨慕的一點，是劉楷霍在現實生活中跟爸爸、沈瑞斌的關係都不好，甚至看不到可能變好的未來，而且他又常覺得自己沒有好運，一旦喜歡哪個偶像時就無緣靠近，但是這些事並沒有因此打倒他，沒有令他變成一個憤世嫉俗又消沉的人。

反觀我，在二十歲那年夏天以後，整個人看待世事的態度早就變了。從原本一個不假思索表達喜好、付出熱情的人，變成現在壓抑情緒的面癱人。

我不禁懷疑，難道，追星是一帖良藥？

劉楷霍、阿普和尼克的追星不僅是崇拜偶像而已，還包括知識性的學習。

他們為了在心情上更貼近偶像，開始去認識他們成長的國家與文化，並且希望不必靠著等待別人翻譯中文字幕，就能夠親自聽懂偶像在說什麼，為此，他們正積極學習泰文。

學泰文？縱使我曾經去過泰國那麼多次，卻從來沒想到要學泰文，一次也沒有。畢竟，光是英文，我在學校學了那麼久，到現在也是很掉漆。至於日文，以前雖然學過，在旅行社上班的那段日子，因為業務所需常會用到，但日語能力其實也是三腳貓一隻，每次發一封信都要搞好久。日文至少有漢字，泰文完全是另一個語系，那些扭來扭去像是毛毛蟲的文字，簡直是天文密碼，看起來比韓文還令人頭痛。

劉楷霍上的是實體課，尼克因為腳不方便，跟阿普選擇線上課。劉楷霍已經學了快一年，尼克半年多。至於阿普，我本以為他是新住民第二代，媽媽是泰國人，理所當然泰文沒問題，後來才發現並非如此。因為媽媽的中文很好，在家跟在餐廳招呼客人時都講國語，所以阿普沒有泰文的環境，雖然能講能聽，但並不是非常流暢，至於讀跟寫是完全不行。

其實就算不學泰文，去泰國玩也暢行無阻吧，然而為了更加深入貼近所愛的偶像，劉楷霍他們真的充滿熱忱。

除了學泰文，他們最近還時興起日韓流行的「偶像存錢法」。

「什麼是偶像存錢法？」

某一天，他們告訴我這個名詞時，我不解，請他們解惑。

阿普解釋道：「你想存錢買某個東西，但總是失敗，存不了錢，於是在日韓有粉絲想出一種偶像存錢法，讓你可以快速存到錢。」

接著換尼克接棒說：「方法有很多。比方說，看到偶像就存錢。簡單來說就是只要看到偶像出現，就存下固定額度的錢。例如偶像在社群網站貼文，你看到了，就存三十元。看到偶像開直播，就存五十元。偶像登上雜誌封面，就存一百元。」

劉楷霍則說：「我的方法是，只要我愛的CP今天有撒糖，訪談中說出『愛』這個字，我就存五十元。當我看著存錢桶居然已經存了那麼點錢時，就覺得充滿著好多愛啊！」

他們告訴我，偶像存錢法非常有效率，而他們深信偶像如果知道粉絲因為喜歡他們，開始懂得儲蓄，一定會很感動。

為了更貼近一個人，而去從事會令他開心和感動的事，這一切都是源於愛。

現在，我好像漸漸能明白這種感覺了。

某一天傍晚，剛好在捷運站遇到剛下班的劉楷霍，他邀我一起去附近的小火鍋吃晚餐。

「你不用跟沈瑞斌一起吃晚餐嗎？」我問。

「他說他要加班。其實我們平日大多各自解決晚餐。」他說。

「原來如此。」

「對啊，所以我常一個人吃飯。」

「是喔，那……」

我本來想說那以後可以找我一起吃晚餐，但想想不對，就沒再說下去。

「那什麼？」他問我。

「那就去吃你說的涮涮鍋吧！」我說。

一邊吃火鍋的時候，劉楷霍一邊跟我聊起他學泰文的事，講得眉飛色舞。

「稍微認得一些泰文字母，聽得懂一些簡單的單字以後，有一天忽然發現，Kit推特上發的文，我居然不用靠翻譯也看得懂一點點。還有他受訪的片段，非常簡單的一兩句話，我也聽得懂了。當然啦，只是非常非常少而已，畢竟我現在程度還是很爛，但能聽懂、看懂一點點也好，我覺得就超開心的！」

「你很厲害，泰文那麼難，你居然會聽會看了。」

我看著他那張漂亮的臉，堆疊出愉悅的表情，打從心底替他開心。

「你有點敷衍喔！嘴上講很厲害，但你的臉一點表情都沒有耶⋯⋯」

怎料劉楷霍突然這麼說。我有點詫異。

「啊，不好意思，我就是面癱啊，常常面無表情的，你不要誤會。我是真的覺得你很厲害。」我有點過意不去。

「真的喔？」

「當然。」

劉楷霍，如果可以的話，我也想毫不隱藏地用各種方式，對你表達我的開心啊。如果我不控制自己的話，像是二十歲的我，可能會立刻從椅子上站起來，對整間店正在吃火鍋的人大喊：「各位，今天大家的這一餐全算我的！我身旁這個可愛的男生，他因為追星開始學泰文，成績斐然，就讓我們一起為他繼續加油打氣！來！我們用力為他拍拍手！」

但這個畫面只能停留在我自己的想像。

我怎麼能夠呢？我有什麼立場呢？一旦放開自己，表現出對你太多的喜悅，只怕我就深陷到再也出不來。我甚至在想，要是有一天，你看穿了我，發現我對你其實有好感時，是否連朋友都做不成了？我也不想成為一個第三者。

火鍋吃到一半，劉楷霍突然問我：

「你分得出牛肉的等級嗎？」

「我只能分得出很好吃的肉，跟很難吃的肉而已。」我回答。

「一個喜歡吃牛肉的人，如果有一天，舌頭敏感到可以一吃牛肉，就分辨出牛肉的產地和等級時，他一定很開心吧？」

「應該是喔。」

「對吧，我覺得如果有一天，我的泰文真的學好了，看偶像們寫什麼、說什麼，都可以直接明白每一句話的意思，應該就是這種開心的感覺吧？」

「呃？嗯，是有點奇怪的譬喻，不過，我知道你要說什麼啦。」

「真希望那一天快到來。」

小火鍋蒸騰而起的霧氣，飄在我和劉楷霍之間，有時濃有時淡。我們明明坐在隔壁，卻又好像離得很遠。

「不好意思！」我叫店員，並指著菜單說：「請給我一盤這個。」

店員上了一盤菜單裡最昂貴的和牛牛肉。我將那盤肉放到劉楷霍的面前。

「請你吃，當作慶祝你泰文漸入佳績。」

「嗷……？這盤很貴耶！」

劉楷霍常常會發出「嗷」這個聲音，直到他告訴我正在學泰文以後，我才知道那是泰文中驚訝的語氣表現。

「希望你不用字幕，就聽得懂Kit講什麼的那一天快點到來，雖然這部分我幫不上什麼忙，但至少享受一盤美味和牛的喜悅，現在就可以實現。快吃吧！」

劉楷霍愣了一下，旋即綻放笑顏。

「天啊，這也太感人了吧，我要哭了。」他誇張地說。

「最好是！我又不是你的偶像。」

可是，劉楷霍，我多麼希望我是。

不知不覺，我忽然變成劉楷霍、阿普和尼克他們的追星成員。

雖然我還是沒在追星，沒看上哪一對CP是我有興趣的（畢竟我有興趣的是那位有夫之夫），但他們自然而然就把我當作是他們的一員，會在我面前提到這些偶像的事，或是在網路上看到什麼有趣的照片和影片，就會傳給我分享。

我不是百分百真的很有興趣，所以挑著看，不一定會回應他們。這一點我有先跟他們說明過，希望他們別介意，以為我都已讀不回，很冷淡。

「還怕你會不會覺得我們很煩呢！一直傳那些東西給你，覺得幼稚又無聊？如果你真的不喜歡，請直說！」阿普說。

「不會不喜歡啦，偶爾看看你們關心的事，我也覺得滿有趣的。」我說。

這是我最理所當然能靠近劉楷霍的途徑。

劉楷霍聽了我的話，彷彿認為我很有「入坑」的潛能，再次提出追星活動的邀約。

「既然不會不喜歡，也沒拒絕，我就當你願意囉！」他說：「星期五晚上，跟我們一起去看演唱會直播，如何？有一場在曼谷的大拼盤演唱會直播，Kit-Teung也會出場，大概唱三首歌左右，另外還有好幾組我們喜歡的藝人。我買了線上票，準備跟大家一起看。沒事的話，一起來吧！我們會準備好吃的，你人來就好。」

聚在一起看直播演唱會，我從未有過的經驗。我答應了劉楷霍。

我以為是約在誰家看直播，結果他們慎重其事地去「小樹屋」租了一間房。房間有投影設備，劉楷霍帶了電腦來，連上投影機，把演唱會直播畫面投影到將近百寸的螢幕上。

「我沒想到是這樣，太豪華了！」

「用最好的規格來看偶像的演唱會直播，也是愛他們的表現。」劉楷霍說。

可不是嗎？愛一個人就會想用最好的規格去對待他吧！這我懂。

我買了四杯星巴克不同口味的星冰樂，本來放在房間桌上，想讓他們三個人自己選想喝的，但聽完劉楷霍的一席話，立刻將其中一杯今天才剛上市的新口味，鮮奶油擠得最美，而且還是最大的那一杯，不動聲色地悄悄推到劉楷霍的面前。

演唱會直播開始了，他們三個人突然興奮地拍手，把我嚇一跳。如果只看這三個人，一定以為他們就是在現場看演唱會，熱情專注的程度，絲毫不受時空的影響。偶爾有幾個他們比較沒興趣的歌手登場時，他們才恢復冷靜，會去上廁所，或討論剛才的演出，還有開始吃東西。

「你不會覺得很無聊吧？還是你想回家了？」劉楷霍問我。

「別趕我走，這一桌美食我可是要慢慢享受的！」我說。

別人聚會看直播演唱會吃什麼我是不清楚，但我們這一房簡直像在KTV點餐似的，一整桌吃的喝的，豐盛至極。雖然大螢幕上的演出，我無法跟著他們一起投入，但是吃這件事，我倒是可以充分參與的。

多虧了阿普和尼克，我們有一桌豐盛的泰國美食。阿普媽媽特別幫忙做了粿條，有湯的也有乾的，另外炸了泰式炸雞，做了海南雞飯，還炒了空心菜。阿普跟尼克帶來我超愛斑蘭葉雞蛋糕，店裡沒賣的泰式奶茶，甚至還加碼做了香噴噴的香蕉煎餅。更令我驚喜的是，即使是晚上麵店營業時也沒賣的青木瓜沙拉，今天都出現在我眼前。

青木瓜沙拉非常好吃。我多希望小店平常都會賣。

「沒辦法啦，現做太麻煩了，店裡人手不足。我媽又不喜歡先做好放著，因為那樣就會走味了。」

「沒錯，青木瓜沙拉就是要現點現刨現做才好吃。今天的真好吃！」

尼克的臉上突然顯露滿足的微笑。

「青木瓜沙拉，是我幫忙阿普一起做的喔！我第一次做。」他說。

「第一次就表現得這麼棒，你很強。」阿普稱讚。

「怎麼聽起來色色的啦！」

「哪有！你想到哪裡去了？哈哈哈。」

阿普邊說邊摸摸尼克的頭，兩個人飽滿幸福的表情。

十八歲的阿普，十九歲的尼克，真的好年輕。

當我遇見陳力騰的時候，他還是尼克這個年紀的男孩呢。時間過得好快，如今他二十八歲了，而我明年就要三十。

看完演唱會以後，劉楷霍立刻拿起手機，拚命打字。

「你在發文嗎？」我問他。

「不是。我發訊息給 Kit-Teung，跟他們說今天有看他們的表演，跳得很棒。」

「你都會這樣在ＩＧ上發私訊給他們嗎？」

「我等一下再回答你！不好意思！我打好英文，現在想擠出一點我會的泰文，怕一邊講話一打邊，會拼錯。」

「好好好，沒問題，你先忙！」

打擾到他對偶像傾訴愛意，我感到自己太失禮。

「他每天都會發私訊給 Kit 耶。」阿普代替劉楷霍回答我：「會跟他說早安、晚安。如果有看他們的直播演出，就會像現在這樣發訊息跟他們說感想。」

「真假？我又大開眼界了。每天早晚請安？即使他們根本不會看到訊息？」

「說不定會看到啊，只是粉絲不知道而已。」

「可是ＩＧ私訊如果看過，會顯示已讀不是嗎？」

「粉專的ＩＧ帳號好像可以去另一個信箱看訊息，而且看過也不會顯示已讀。所以，說不定 Kit-Teung 其實有看到，但因為沒回覆，所以不知道。」

我沉默了一會兒，深深佩服劉楷霍愛的力量。他對沈瑞斌也是這樣嗎？我不清楚。但至少我知道，我不是那個會讓他有這種熱情早晚問安的人。

說到底，我跟沈瑞斌和Kit從外貌到氣質都差很多。

我想，我從來就不是劉楷霍的菜。

「好了！我發完訊息了！你剛剛說什麼？」劉楷霍問我。

「喔，沒事沒事，阿普已經幫你回答了。」

「是嗎？」他很認真地看著我，問：「你現在是不是真的覺得我是個瘋子？」

「我不是醫生，不能判定。雖然每天發私訊跟偶像說早晚安，一聽到可能確實會覺得很奇怪，不過其實我也是聽過有個住在東京的台灣作家，每天早晚會跟Siri請安的，如果他不算瘋子，我想你就也不是。」

我的回答令他們三個人笑成一團。

「可是Siri至少會回應，我發信給Kit-Teung，不會獲得回應。」劉楷霍說。

「他們有間接回應你啊！偶像把自己保持得帥帥的，每一次上台盡力地表演，就是對粉絲最好的回應。」

話才說完，劉楷霍立刻替我遞過來兩塊斑蘭葉雞蛋糕，阿普端上我還未開喝的泰奶，尼克坐在輪椅上用力拍手，令我一度以為又是一場演唱會的開端，結果他們是在肯定我的觀點。

天啊！我說出了什麼追星的至理名言嗎？自己都嚇一跳。

「你這句話說得太好了！等等，誰能告訴我，這句話如果要翻成英文或泰文，應該怎麼說？我想立刻把這句話跟Kit分享！」

「真假？」我詫異。

劉楷霍沒在跟我開玩笑，他已經拿起手機，打開了Kit的IG頁面。

12

「搶票金手指」的我，最近開始縮小業務範圍。

自從阿普和尼克開發了我搶票的潛在才能以後，一開始會幫他們和他們的追星「朋朋」（他們都這樣稱呼追星的朋友）搶票，但最近發現手氣變得不太好，有好幾場別說搶不到VIP席次的票，就連最後面、最便宜的票居然都落空。

幾天後的晚上，我跟阿普、尼克和劉楷霍聚在「泰尚麵」吃晚餐時，討論起這件事。

「大概之前只是僥倖吧，並不是真的那麼幸運，很能搶到好票。」

我有點失落。雖然搶不到票其實跟我也無關，因為我並不追星。只是忽然發現有一種異於常人的能力，讓人刮目相看，結果又被剝奪走，那種莫名其妙的感覺令我感到失落。

「可是一開始真的很厲害耶，總是能搶到好票。發生了什麼事呢？」尼克也納悶。阿普忽然看著我，一臉不懷好意的表情，似乎想說什麼又不說。

「你想說什麼？」我問。

「你是不是最近才終於不是處男？」他問。

「怎麼忽然話題變成這個？」

「你沒看過日劇《如果三十歲還是處男，似乎就能成為魔法師》嗎？」

「沒有。那是什麼？」

「如果到三十歲都能保持處男之身，就有可能獲得櫻桃魔法，觸摸到別人，就能知道對方在想什麼。我在想，你的魔法，會不會就是搶到票這件事？然後你最近破處了，所以才失去了魔法？」

「照你那樣說，要三十歲以後才會有魔法吧？我今年二十九歲。」

「意思是說你明年就符合魔法師的資格囉？」

「你很失禮。我離處男很久了好嗎！」

本來專心低頭吃麵的劉楷霍突然放下筷子，對這話題產生興趣。

「很久是多久？你的第一次是幾歲？」他忽然問。

「對啊，我們也想知道。還想知道地點在哪裡？」阿普和尼克看著我。

「奇怪耶，我為什麼要告訴你們。我不記得了啦。」我說。

「不用記得很清楚，就說『大概』或『好像』是什麼時候就行。」劉楷霍說。

「我做人向來喜歡踏實精準，不喜歡說個大概。不記得就不記得了。」

我維持一貫面無表情，配上這樣的回答，可能讓他們認為我太冷漠。

「說個『大概、好像』有什麼困難的？阿普、尼克，你們示範給他看！」

劉楷霍突然把球丟給阿普和尼克兩個人，他們愣了一下，沒料到設局害到自己。

不過，年輕人落落大方，很快就真的回答了，顯然不太在意什麼隱私的問題。

「我大概是國三，地點在對方家。」阿普說。

「國三？還真早熟。」劉楷霍驚訝，然後追問：「那尼克呢？」

「我，」他有點害臊，臉紅了起來，說：「我大概好像是在十八歲，地點是在……」

尼克突然停下來不語，我們都在等他回答，結果卻是阿普開口。

「在我家啦！」阿普一臉神氣，說：「沒有什麼大概或好像，就是在去年。尼克千真萬確的第一次就是跟我喔。那是他的第一次，但是他表現得很棒喔！」

「哎喲，不要再多說了，沒有人要知道這些多餘的資訊！」

「喔～原來如此。」我跟劉楷霍異口同聲。

阿普摸摸尼克的頭，尼克的臉變得更紅了。看著兩個人可愛的互動，真心希望他們的關係能夠長長久久。雖然我知道他們還好年輕，還不到二十歲呢，未來的日子還會遇到很多誘惑與挑戰，但要是能夠一直這樣相親相愛，那就真的太好了。

「黃宇弦，你看，就用『好像、大概』造句，有什麼難的？你試試吧！」劉楷霍說。

「你自己怎麼不說？」我問。

「好啊，我說。我好像……我大概……是在大學四年級吧，地點在對方家。是對方主動的，我完全沒預料到那會是我的初體驗。」

「是沈瑞斌？」

我脫口而出。也不知道是什麼奇怪的情緒，一股腦兒地衝上來。我有點不爽。

「不是啦。一個社團裡的大三學弟。」

「喔。」

那就好。知道他的第一次不是獻給那個壞蛋，我心裡竟覺得好過一些。

「哇，看來霍霍喜歡『年下攻』喲！」尼克笑著說。

年下攻。難怪劉楷霍也會喜歡年紀比他小的沈瑞斌。

「好啦，黃宇弦，換你了。」劉楷霍乘勝追擊。

我猶豫了一下，那一刻在想，我是否應該說謊比較好。

「你不要說謊喔，我們大家都是實話實說。是朋友的話，就不要騙人。」

我嚇一跳，被劉楷霍看穿我在想什麼。話都說到這，我也只好乖乖回答。

「我好像……我大概……是在二十歲。地點是在，曼谷。」

「曼谷?!」他們三個人很詫異。

「一夜情？異國戀情？對方是泰國人?!」阿普跟尼克起哄。

「無可奉告。」我冷冷地回答：「這不在你們剛剛的問答範圍裡。」

我如果真說出了對方是誰，劉楷霍的反應會是什麼？應該會認為我在說謊吧。

「等一下，到底為什麼話題變成這個！我們剛剛明明是在說，我已經搶不到好票這件事。請回歸正題好嗎？」我試圖把話題拉回正軌。

「好好好！我現在忽然想到，你沒發現一件有趣的事？雖然你說你搶票失靈，但是搶不到的，都是我那些追星『朋朋』想去的見面會。我跟尼克最近想去的兩場見面會，你還是有幫我們搶到票啊！所以，這是不是說如果你只幫我們搶票就沒問題？不能幫你不認識的人搶票？」阿普分析道。

「確實。你們兩個想去看的見面會，我都有幫你們搶到票。」

「原來！你的金手指才華是我們獨享的權利！」尼克說。

「如果下次幫我搶票也依然能搶到好票，就代表真的是這樣。我上次請你幫我搶票，就是我沒去成曼谷的那一場Kit-Teung見面會，在那之後都沒有幫我搶票過。不曉得是不是真的還很靈？」劉楷霍說。

「是有那麼怪力亂神嗎？」我很懷疑。

「不知道。可能真的有拜有差吧？你知道的，我會去拜拜。」

「我見證過了。你那張A4的祈禱單，在那之後還有再增加嗎？」

「有。我把你也加進去了。」

「加我？不會是替我祈禱好姻緣吧？」

「嗷～！不好意思，我是祈禱你繼續保有搶票金手指的超能力。需要我幫你加上祈求好姻緣嗎？我下次會的。」

「不用、不用，老天爺應該不會幫我的。」

祈禱劉楷霍快快跟沈瑞斌離婚，移情別戀黃宇弦？這種話我不僅無法對神明說，更不可能對劉楷霍說吧！

「你又知道？跟我說一下，你喜歡什麼型的吧？我下次會一起拜的。」

我注視著劉楷霍，看他清秀的臉龐，臉頰上隱藏的酒窩，想著他經常冒出怪怪的想法，追星的熱情，愛護小動物的愛心，以及不被現實折磨打敗的樂觀，這些特質全匯聚在一起，我該怎麼去形容，這樣的男人，應該是屬於什麼型呢？

「很難說啦。」我敷衍。

「試著用剛剛的句型造句啊，大概、好像是什麼型，就行了。」

劉楷霍窮追猛打。我趕緊轉移話題，問：

「不要又離題了。對了，你最近都沒有要去看的演唱會或見面會嗎？有的話快跟我說，我來幫你搶票看看。」

「Sky-Land不是要來台北了？你以前不是也很愛他們，要去嗎？」

阿普問劉楷霍。

「已經很久沒有在追他們了，以前有段時間還滿愛的，有機會的話去看看也挺好，我決定了！Sky-Land的見面會，就來試試這一場吧！」

阿普和尼克點頭：「我們可以一起去看，你買VIP的票，但我們買最便宜的票就好。因為我們要把錢省下來，等之後更喜歡的CP來。」

尼克開口：「你不用將就我，如果你想坐前面看，就買前面的票沒關係喔！不要因為我的關係，屈就坐後面。」

「你想多了！我沒有配合你，我本來就沒有想坐前面。那個場地很小，身障席不會離舞台太遠，而且那一區其實比較高，可以俯瞰，更清楚！」

阿普真的很貼心。因為尼克坐輪椅的關係，要買可以停放輪椅的身障席，如此一來，隨行陪同的阿普也會坐在比較偏遠的位置。

「還是我也應該省一點，不要買這麼貴的票？」劉楷霍問阿普。

「你以前不是很想跟他們單獨合照嗎？VIP福利才能有1：2的單獨合照啊！而且這次還有Sound Check福利耶！我覺得他們以後不一定會來台北了，這次你沒有跟他們拍到照的話，會遺憾喔！」

「也是。不過，如果你們買最便宜的票，福利只有沒簽名的海報，沒有Sound Check、沒有High Touch，就連Send-Off都沒，你們這樣可以喔？」

什麼福利不福利，還冒出一堆英文，想必又是追星術語。我功力不夠，完全聽得霧煞煞。

「OK啦，我們沒有那麼愛Sky-Land，去看看就夠了。」

最終拍板定案，就是我要幫他們三個人搶Sky-Land台北見面會的票。是否能幫劉楷霍順利搶到一張最前面的VIP席次，將是搶票金手指的致命決勝點。

一週後，Sky-Land台北見面會門票開賣，一分鐘秒殺，全部售罄。

據說很多人都沒買到票，而我終於神蹟再現，順利幫他們都買到了票。

劉楷霍的位置絕佳，坐在第一排正中間，而我，則是坐在他的左邊。

等等，怎麼會有我？

當我回過神來刷卡結帳時，才發現我的潛意識作祟，竟買了兩張票。

實在不太想承認這件事，所以只好用「大概、好像」來造個句了。

從來不追星，從未看過任何一場演唱會或見面會的黃宇弦，在追星專業戶劉楷霍的影響下，不久之後「大概、好像」要破戒了。

13

我買了兩張「Sky-Land」台北見面會的VIP門票，但是我很孬，心裡雖然想著是可以陪劉楷霍一起去看，但真正跟他說的時候，卻變成「不小心手滑按錯」而多買了一張。我的理智最終點醒了我，不能跟他變得那麼親密，決定把票賣掉。

搶完票的那天，我跟劉楷霍在「泰旁邊」買了斑蘭葉雞蛋糕，坐在轉角的公園裡吃。視線穿過行道樹，還可以遠遠地看到店門口的阿普和尼克忙著招呼客人。週六的生意特別好。

「多買的這張票，我就在Sky-Land應援群組問有沒有人要囉？VIP票超難買到，一定很快就有人要了。」劉楷霍說。

「還是你要不要問沈瑞斌，看他能不能陪你一起去？」

我到底人有多好？明明討厭沈瑞斌，明明希望劉楷霍能跟他離婚，居然還說出這樣的話。因為我知道，劉楷霍應該會希望沈瑞斌能陪他去，即使一次也好。

「算了啦！他不會去的。」他揮揮手，說：「以前剛交往還有剛結婚的時候，我確實希望他能陪我去看演唱會、見面會，畢竟我們總會希望自己喜歡的人，能夠陪自己去做喜歡的事吧？他要我陪他去出席那些無聊的社交餐會，我也是答應呀。可是，每次他答應了我一起去看見面會，最後都爽約，到現在他連撒謊也懶得說，直接拒絕，我知道他根本不想陪我。所以不用問他了，我不喜歡勉強別人去做不喜歡的事。」

我們總希望自己喜歡的人，能夠陪自己去做喜歡的事。相反的，喜歡上一個人，也會想陪著他去做他喜歡的事。

「他可能真的就是對追星沒興趣吧，沒有別的意思。」我說。

「嗷？怎麼聽起來，你好像在幫他說話？」

「啊……我沒有，我不是。」
我不是要幫他說話，我只是想安慰你，希望你好過一點而已。我才不在乎沈瑞斌，一點也不在乎。我在乎的人是你。我在心底對劉楷霍說。
「你對追星也沒興趣呀，但是你願意聽我說，也願意陪我去看直播。」
劉楷霍突然對著我，認真看我。
「我只是想了解一下同溫層以外的產業，也算是一種次文化研究。」
我胡謅，裝作正經八百的樣子。不然要我怎麼回答呢？因為我對你有興趣？
「洗衣店會用到的知識嗎？」他問。
「呃……很難說呀。說不定洗衣店未來可以擴展偶像應援業務……」
說到自己都覺得心虛了。
劉楷霍似乎憋住笑意，不知道在想什麼。接著，他拿起一塊斑蘭葉雞蛋糕，用它指著我，又指著他自己，然後靠近嘴邊，瞇著眼，伸出舌頭輕輕舔了一下，再用力咬下。
這輩子我從未如此想要變成一塊斑蘭葉雞蛋糕。
他閉起眼睛咀嚼著，一臉滿足的模樣，臉上露出酒窩，最後張開眼，不懷好意地笑起來。這表情也太挑逗了吧？我不敢一直看他，但又忍不住想看他。

「該不會，你『大概、好像』是對我……」

他故意說一半就不說。又用「大概、好像」來造句，要說的絕非普通的事。

我的心跳倏地加快。難道我對他的感覺，已經被他看穿了嗎？

「對我有一點……」

他繼續說。有一點感覺？有一點喜歡？有一點動心？我緊張他會用哪一個詞彙。

他看出來了。是的，沒錯。但，現在就把這件事說破的話，我真的就會變成介入別人婚姻的第三者。不行！我必須打斷他的話，讓事情不要變得那麼複雜。

「對，我承認，但是我現在不會說出口。因為我希望，等你處理好你跟沈瑞斌的狀況以後再說。」

「嗷?!什麼意思？為什麼要等到跟他處理好狀況？」他一臉納悶。

「啊？就……就是……不然，你要說什麼？」

「我只是把最後一塊斑蘭葉雞蛋糕吃完，跟他有什麼關係？我是要說，剛剛看你一臉嚴肅的樣子，我想該不會你『大概、好像』是對我有一點不滿？因為我沒先問你，就把你最愛的斑蘭葉雞蛋糕，最後一塊給吃掉啦！吶，你看！」

只見劉楷霍拿起放斑蘭葉雞蛋糕的紙袋，開口倒過來，還甩了兩下。

「真的好好吃喔，尤其是吃掉最後一塊。最後一塊為什麼會特別美味呢？你要我幫你拍張照片嗎？看看你現在的嚴肅表情，就是在生氣吧？想吃，再去買就好啦！」

我尷尬得想人間蒸發。

「你生氣了對吧？你要承認什麼？什麼事情現在不說？」他追問。

「我沒有生氣，我的臉就是這樣臭……我，我要去上廁所！」

人間蒸發辦不到，尿遁是好方法。轉身離開前，瞥見劉楷霍在偷笑。

最後，多一張的見面會門票，總算有了圓滿的解決。劉楷霍在我的勸說下，還是去詢問了沈瑞斌。但是劉楷霍問我，如果沈瑞斌不去的話，我能不能陪他去？我想了想，如果是這樣的話，至少他先去問過自己的男友了。要是沈瑞斌不能去，他再找我去，似乎會比我自己主動說要陪他去，來得好一點吧？於是我答應了他。

結果，沈瑞斌果然不願陪他去。我感到竊喜，可是當劉楷霍告訴我，他甚至根本還未說是哪個藝人的活動，連日期也沒講，結果沈瑞斌問也沒問就直接拒絕，我聽了又感到一點酸楚。劉楷霍跟這樣不體貼的男人結婚，真是太不值了。

在見面會到來之前，劉楷霍、阿普和尼克開始參與「Sky-Land」台灣粉絲後援會的募資活動。他們贊助買捷運燈箱和大樓電視牆的廣告費用，同時「泰旁邊」也成為應援食物的供應商之一。不過，因為考量到應該提供台灣特色食物的緣故，阿普特別把斑蘭葉雞蛋糕改成了地瓜和芋頭口味的雞蛋糕。這些是平常店裡不賣的東西，而我們有幸在他試做的過程中，好幾次搶先品嘗到，突然令我這個非追星族，也感受到追星的另一種樂趣。

劉楷霍的印刷設計公司接下後援會「應援橫幅」和集資禮的印刷生意，另外也有不少粉絲們拿著自己設計的檔案，來印製要在會場免費贈送給粉絲的應援小卡。

上次聽阿普說，以前劉楷霍有段時間也很迷這對「SL CP」，我好奇他這次難道沒有想要親自參與粉絲會的應援活動嗎？或是跟其他粉絲一樣，自己製作應援物帶到會場發送？

他告訴我，他是滿喜歡看粉絲們發起各式各樣的應援活動，感覺很熱鬧！不過呢，他自己好像覺得身在幕後的應援方式，或者說一個人的應援形式，是他比較喜歡的，比如幫忙弄應援物的印刷設計、加工這些事情。

其實一開始追星時，他也會去跟各種CP後援會群組裡的網友們聚餐，大家一起討論CP，一起去看演唱會、見面會。但是後來發覺，有時候某些團體花在吃吃喝喝，認識各種陌生人的時間太多了，有點累。他也曾遇過在應援活動過程中，粉絲跟粉絲們之間彼此不合鬧彆扭，團體關係變得很尷尬；又或是太合了，結果一起亢奮到失去理智，工作、家庭都快要荒廢。總之，就是會有很多節外生枝的狀況，令他發現那已經不是他追星的初衷。

劉楷霍說，所以後來他覺得，追星也好、嗑CP也好，身邊只要有一兩個固定的好朋友，就足夠了。他沒有很喜歡跟一大群粉絲集團追星的感覺。

明天晚上就準備要去參加Sky-Land的見面會了。前一天，我們在LINE上發訊息，本來只是想確認隔天集合時間和地點，結果就聊到了這些應援的事情。

劉楷霍丟給了我一段話，令我印象深刻。

「有時候，一個人追星，或許偶爾有寂寞的感覺，但也會有一種獨占的喜悅。比如Kit-Teung吧，雖然我明明知道這世界上有好多人都喜歡他們，但是啊，每次當我一個人拿著手機，看他們的影片、聽他們的歌，一個人感動得默默落淚時，不知為何，我就會有種『這一刻只有他們跟我』的獨占感。大概是因為沒有跟一大群人在討論，沒有粉絲在爭誰追星比較厲害，所以就彷彿不會有誰來瓜分走Kit-Teung吧！」

他寫完這段，連續丟了好幾個大笑的貼圖，說自己打出這段話，重看都覺得超怪的，還說，我一定看完覺得他更怪了。

「不過，我說了這麼多，其實要回答你的是，我這次也有做應援物！」他補充道。

「真的嗎？你做了什麼呢？」我問他。

「我自己設計了一份二十頁的PDF電子書，簡單排版一下，把Sky-Land兩個人從出道到現在的大事記，演過的戲、拍過的廣告、出過的單曲，做成一份紀念小冊。還有附上連結喔，可以連去看廣告、訪談影片和MV。我跟粉絲後援會有聯繫，他們會讓我在群組貼下載的連結，然後我也會去Sky-Land的官方臉書留言，希望他們能看到。」

「可以給我看嗎？」

「你想看？當然好。」

劉楷霍把雲端連接丟給我，我連上去開啟，看到一份比我想像中還精美專業的手冊。粉絲對偶像有愛，真的是可以無償做到這種地步啊，我讚嘆。

「你做得很好。」我誇讚他。

「真的嗎？」

「對啊，真心話。」

「你真是個好人。」

我被發了好人卡。

像我這樣的一個好人，卻無法擁有一個好的愛人，而壞人卻擁有了那麼好的你。

這世界上從來就沒有所謂的公平。愛情有時候靠的不是實力，只是機緣和運氣。

「跟我好不好沒關係，不管誰來看，都會認為你真的設計得很好。」我說。

「沈瑞斌就不會。」

他回我，附上一個貼圖，一隻狗，露出超級無奈的臉。

「你有給他看？這次他願意看？」

「我在家弄完時，剛好他從我身後走過去，我就跟他分享。這次他願意看了，看完以後，我期待他的評語時，他只是淡淡地說，這兩個人長得又沒有很帥。我聽了整個傻眼。重點不是這個吧？重點是我做得怎麼樣呀！」

我不知道該回什麼。覺得靜靜聽劉楷霍說似乎就可以了，因為一旦加入我的任何主觀感受，一不小心都會變成干預他們之間的相處。我雖然希望劉楷霍能如願離婚成功，可是我也不應該成為推波助瀾的角色。

「喜歡他們的粉絲，一定會喜歡你這一份應援禮物的。」

說出這樣的話，就是我所能做到安慰與鼓勵他的方式。

「謝謝你。」

「千萬不要再說我是好人。」

「好的。那麼我就說你是善心人士好了。」

我是嗎？也許我是。

二十歲那一年，我就是太善良，才會被人欺負。

14

Sky-Land台北見面會的這一天，劉楷霍約好跟我、阿普和尼克在「泰旁邊」集合，一起搭計程車過去會場。

VIP的「粉絲福利」必須提早報到，所以我們中午就抵達現場。雖然這段日子，我稍微認識了一點追星文化，但還是有很多細節，沒有親自參與的話，依然難以理解。

首先是「福利」這兩個字，起初我有點搞不清，後來才知道意思就是購票會享有的額外禮物。禮物有時是實際的物品，像是海報、拍立得或各種紀念小物，或許上面會有親筆簽名，那就是買高票價的人才能擁有的福利，而有時便宜的票種也能拿到，但就少了簽名。

福利可能也不是物品，而是一種偶像的粉絲服務。比方說，這場SL見面會持有VIP票的福利，其中一個就是可以在演出前先行進場，看一小段藝人的試音彩排，這叫做「Sound Check」福利。劉楷霍告訴我，Sound Check是活動開場前的「試音」，但台灣通常會翻譯成看彩排。有些藝人會把彩排當作一小段表演，選唱在正式節目裡不會唱的歌，那就會讓搶到VIP票的粉絲，有種被寵到的感覺。

「粉絲福利的形式，現在是花樣百出。每組泰國CP，到每個國家，端出的粉絲福利都不一樣。當然，福利最好的，大家都公認還是在泰國舉辦的活動。」

劉楷霍娓娓道來，整個就是專業達人的口吻。

「我們今天這場的福利算是不錯的！可以跟Sky-Land合照，VIP票的粉絲是1：2單獨合照，票價第二高的是10：2團體照，第三高的也能合照，是20：2團體照，只有最便宜的票沒有合照。另外VIP票的人還能上台跟他們High Touch，就是擊掌。最後是Send Off，很佛心的，除了最便宜的票以外，其他的都有Send Off福利。」

「Send Off是什麼？」我問。

「就是『送客』的意思。CP兩個人會站在舞台上，或是站在會場門口跟大家說掰掰，親自送粉絲們離開會場。這也是一種福利喔！對了，雖然聽起來最便宜的票什麼福利也沒有，但其實有些活動會安排抽選的機會，看誰是幸運兒，能獲得意外的福利。比如這場見面會，就會從最低票價裡抽出四十位可參與Sound Check、二十位能合照、三十位獲得簽名海報和三十位可以上台High Touch，最後還有五十位是享有Send Off的名額。所以粉絲就算沒買比較貴的票，幸運的話還是有機會接近偶像。」

「原來如此。沒想到光是福利，就有這麼多的花樣。」

真不知道劉楷霍到底花了多少時間研究，才走到這一天？

「還有其他很多花招呢！比方說，有些CP的活動，可能會從現場購買寫真書的粉絲，或是購買現場門票的人，又或是無法來到現場，但有買線上串流直播票的粉絲當中抽選出幸運兒，日後進行Video Call的福利。」

「這又是什麼？」

「就是打視訊電話給粉絲。」

「這麼特別？居然可以接到偶像打來的視訊電話？」

「對啊！雖然可能只有三十秒、一分鐘或最多兩分鐘而已，但是對粉絲來說，那是很難得的幾秒鐘呢！因為雖然去看現場見面會，也有合照或擊掌這些跟偶像近距離接觸的機會，但其實時間非常趕，可能只有三、四秒鐘，就會被工作人員推著往前走了，所以像是Video Call福利，至少在那三十秒到兩分鐘的時間裡，偶像是專注看著你，而你也看著他們，彼此能夠好好講上幾句話，確定他們會聽到你聲音的時刻。抽到Video Call的粉絲，大家都會想辦法錄影留念。而且我覺得這個真的很貼心，因為視訊電話是不限國境的，所以就算是粉絲不是在泰國，在國外也可以接到來自泰國的電話。」

「外國粉絲的話，Video Call就是講英文囉？」

「是啊，不過有學泰文的話，就可以在這時候派上一點用場。」

「你有講過Video Call嗎？跟你喜歡的CP。」

「目前為止沒有，但是希望以後可以跟Kit-Teung通話。至於要講什麼泰文，我都已經做好小抄，背熟了。泰文程度還沒很好，硬背的。」

「你真用心。」

關於追星「福利」領域的知識，今天又從劉楷霍老師身上學習到了很多。

雖然我拿的是VIP票種，擁有劉楷霍所說的各種福利，但我沒在迷偶像，不太清楚Sky-Land那兩個人到底演過什麼戲，因此決定把所有的福利讓給阿普，至少他認識他們。

對我來說，只要能夠陪著劉楷霍來，坐在他旁邊陪他一起看，我已經感到滿足。

阿普得知後有點開心，但是他很快就想到一旁坐著輪椅的尼克。

「真的嗎？可是……」他猶疑。

尼克知道阿普放不下他，所以趕緊跟他說：

「你去啊，不用擔心我啦，很棒的機會耶！Sound Check在開場前，其他的福利在節目結束後，我在場外等你就好。放心，我會自備好椅子坐著等你，很輕鬆的。」

尼克幽默地說，惹得大家都笑起來。

「我會陪尼克的。別擔心！」我說。

於是，阿普這才總算答應。

見面會表演結束以後，我把票根給阿普，讓他跟劉楷霍一起留下來進行粉絲福利，而我則推著尼克先離開會場，到外面的大廳等候他們。

合照、High Touch再加上最後的Send Off，花上不少時間，我們在外頭等了很久，看著一批又一批完成福利的粉絲，帶著幸福滿足的笑容離開。

一會兒，劉楷霍傳來訊息，告訴我快輪到他們了，再等一下就會出來。我開始注意會場的出口，因為大廳的人潮很多，怕劉楷霍出來時找不到我。

「我好像看到一個面熟的人，可是，應該是我看錯了吧？不可能啊！」

尼克突然跟我說，然後指了某一個方向。

「你沒有看錯。」我說。

我居然看見沈瑞斌。縱使他戴著口罩和一頂鴨舌帽，但是我依然可以認出他來。可是，他怎麼會在這裡？難道他也來看見面會？不可能呀，劉楷霍說沈瑞斌對這些沒有興趣，邀約他一起來，結果還被拒絕。

他站在廁所外面，看似在等人。不久，一個小男生從廁所裡出來與他會合，兩個人有說有笑的。小男生手上提著購買周邊商品的提袋，他們確實是來看見面會的。

沈瑞斌怎麼能夠這樣？說是沒空沒興趣，不跟他的伴侶來看，卻跟另一個男生來。

我希望他們兩個快點離開這裡，因為我擔心劉楷霍就快出來了，我不希望他撞見這一幕。我無法想像這對他來說，會是多大的傷害。

我拿出手機，打算發訊息給告訴他，出來以後就立刻右轉，我跟尼克在這個方向等他。我想，這樣的話就是跟沈瑞斌反方向，應該可以避開他們。

可是，一切已經太遲。

訊息才剛打完，準備傳送出去以前，我抬頭看見劉楷霍早已站在大廳的一隅，從另一個角度遠遠地盯著沈瑞斌。

他一臉不可置信，最後自顧自地搖搖頭，一閃而過無奈的苦笑，彷彿是在嘲笑他自己。

15

在見面會散場的大廳，劉楷霍沒有上前去堵沈瑞斌，沈瑞斌也沒有發現我們。回家的車程上，雖然劉楷霍完全沒提這件事，而我們也刻意不說，大家只是回顧著表演的內容，表面上看起來氣氛不錯，但我們都知道劉楷霍只是強顏歡笑。

那一晚睡前，我發了訊息給劉楷霍，但是他整夜都沒回覆。

翌日上午，訊息仍呈現未讀狀態。我問阿普和尼克，劉楷霍有沒有跟他們聯絡，阿普說，他有發訊息給他，但也始終是未讀。

「是不是心情太糟，連LINE都不看？」阿普問我。

「如果只是這樣也還好，我擔心有什麼其他的狀況。」我說。

「其他的狀況？你指的是什麼？」

「嗯……比如……跟沈瑞斌吵架之類的。」

其實，我本來要說的不是這句話。

我突然想到，最初在洗衣店前遇到沈瑞斌，在那個下著大雨的夜裡，沈瑞斌看起來是異於常態的頹廢，而且臉上還帶著傷。當時我一直覺得那是意外受傷，不知道為什麼，昨晚我卻擔心是不是沈瑞斌讓他受傷？但畢竟沒什麼證據，只是猜測，或許不應該亂說。

聯絡不上劉楷霍的這個早上，我到洗衣店打掃。週末時洗衣店的生意最好，人多環境也容易亂，所以星期一上午我都會去店裡整理。有些客人習慣在半夜來洗烘衣，但懶得等，就會把衣物放到早上才來拿。如果我有看到的話，也會戴上拋棄式手套，幫忙先把他們的衣物取出，甚至還會幫他們疊好。通常做疊衣服這件事情時，我都感覺滿療癒的，因為是一段可以放空的時間，可是今天不同。我一直掛念著劉楷霍，不知道他還好嗎？

「帥哥，謝謝你喔！每次都幫阿姨疊衣服，可是今天這衣服……」

當我疊完一堆衣服，一個常客來店取衣物時向我道謝，但同時她卻有點尷尬地指著桌上的那堆衣服。我順著她的手看過去，自己都被嚇一跳。

天啊，這是什麼疊衣服的鬼方式?!衣服夾著褲子，褲子夾著襪子，完全一團亂。我連忙道歉。這時候才意識到，劉楷霍影響我未免也太大了。

為了抑止這種不當影響的擴散，我必須直接去劉楷霍的公司找他才行。中午用餐時分，印刷公司的人進進出出。我看了看手機，劉楷霍依舊未讀訊息。我在他公司門口打電話給他，他沒有接聽，最後我只好詢問櫃檯小姐。

「他今天請假沒來上班喔！」小姐回覆我。

「找誰啊？」一個男人突然從辦公室裡走出來。

「要找楷霍的。」

「他今天沒來上班，早上臨時來電請假的。請問你是？」男人問。

「我是他朋友。因為手機也聯絡不上他，想說直接來公司找他。」

「喔，他手機沒電，所以早上也是打公共電話來請假的。」

「原來如此。可以請問一下，他有說他為什麼請假嗎？」

「他是請事假。他沒多說什麼，只是說他爸爸身體有點狀況。」

「那我知道了，謝謝你。」

原來是因為爸爸忽然有狀況。那麼，他現在應該是在護理之家吧？昨晚去看見面會發生那樣的事，他的心情已經夠不好了，想不到還雪上加霜。他曾說沈瑞斌從來不會陪他去看他爸爸，我想劉楷霍現在一個人肯定非常無助。

我趕去護理之家，但是抵達後才覺得自己太衝動，畢竟我根本不確定劉楷霍是不是真的在這裡。無法聯絡到他，我問櫃台的工作人員，是不是有一個叫劉楷霍的人早上有來？現在是不是還在病房？對方問我是誰，我說我是他朋友，上次有陪他一起來過。工作人員沒有印象，並說如果沒有病人家屬同意，他們無法告知任何隱私，包括是否有來探病。

正當我感到束手無策時，忽然有人從背後喚我。

「黃宇弦？你怎麼會在這裡？」

轉過身，我終於看見劉楷霍。

「你怎麼確定我在這裡？萬一我不在，豈不是撲空？」他好奇問我。

我們坐在大廳的椅子上，喝著我剛剛去販賣機買的飲料。

「我聽你的同事說，爸爸身體有狀況，所以猜你一定是來這裡。那你剛剛怎麼知道是我？我都沒回過頭，你就那麼確定喊了我的名字。」

「你的背影，我不會認錯的。」

「啊，我的背影又獲得青睞了。看來我的背影跟護理之家放一起就有加乘效果。」

劉楷霍笑起來。整個人看起來比昨晚輕鬆一點了。

「爸爸還好嗎？」我問他。

「嗯，老毛病。昨天一回到家不久，忽然接到護理之家來電，我就知道又是很緊急的事，不然他們只會發訊息來，不會突然打電話，而且已經那麼晚。總之就是又高燒不退，肺部感染，有一度心跳和血壓都不規律，情況很緊張。他被送到醫院急診室觀察，我趕過去，到了醫院以後才發現匆匆忙忙的，手機都忘了帶。一直到今天早上他才退燒，血壓恢復正常，才把他送回這裡。」

「難怪。我怎麼聯絡你，都找不到人。他現在情況穩定了嗎？」

「嗯。我本來打算去病房再看一下他以後就要離開，沒想到看見你。」

「沒事就好。那不如一起走吧？我來叫車。」

「你想不想去病房看看我爸？」

劉楷霍遲疑了一下，忽然這麼問我。我很意外他的邀約。

「好，如果不會打擾的話。」

「你忘了他昏迷，已經沒有所謂的打擾不打擾。」他淡淡地說。

我跟著劉楷霍走進病房，拐進一個角落，看見一張靠窗的床位，一個打著點滴、戴著氧氣罩的孱弱男人躺在那兒。那就是劉楷霍的父親。

「其實每次來也沒有做什麼，就是會幫他刮一下鬍子，剪一下指甲。」他說。

「能做到這樣，就已經很不錯了。」我說。

劉楷霍站在床邊，握起他父親的手，向閉著眼睛的他開口說話。

「這是我新認識的朋友，他叫黃宇弦。你別看他好像一臉嚴肅，沒什麼表情的樣子，其實是個貼心的好人。」

「又發我好人卡。一直發卡，到底是有多好？」

「大概就像泰式奶茶一樣，只是沒加糖。」

他回答，又是怪怪的譬喻。每一次從劉楷霍的口中，聽他描述他所認識的我，我都會感到一陣莫名的喜悅。

「而且爸，我告訴你，他也是Gay喔！」

沒想到是這種結尾。我聽了傻眼。

「拜託，哪有人這樣跟爸爸介紹朋友的？」我覺得太滑稽。

「故意氣他啊！他那麼恐同，我就偏偏要讓他身邊充滿Gay。最好他被氣到睜開眼，跳起來對我發飆。」

想到劉楷霍上次跟我聊他和他父親之間的關係，這句玩笑話就變得挺感傷。

要離開時，我轉身瞥見病床旁的矮桌放了一個相框，裡面的照片是一個女人，看起來像明星。劉楷霍看到我注意到那張照片，告訴我那是他放在那裡的。他問我，能不能猜到她是誰？既然他會這麼問，就代表一定是大家都可能知道的明星了。我看了很久，終於想起來是誰。

「松田聖子？」

「果然。每個人都這麼說，但是她不是。」

我拿起相框更近一點看。仔細再看，確實不是，只是長得非常像。

「她是我媽，年輕的時候。」

「你媽媽？也太像松田聖子了。」我詫異。

「更有趣的是，我媽年輕時不只長得像剛出道的松田聖子，她也是松田聖子粉絲。而很巧的是，我爸也曾經瘋狂喜歡松田聖子，所以才對我媽一見鍾情。」

「這是一段佳話了吧？」

「是啊，如果能一直相親相愛下去的話。據說他們剛認識的時候，每次聊松田聖子都可以聊一整個下午，還會交換彼此買的卡帶聽，我記得我媽說，他們從前最大的夢想是去日本看松田聖子的跨年演唱會。可惜，最後他們還沒來得及實現就離婚了。現在一個改嫁，另一個躺在這裡，永遠不可能實現了。」

「有點無奈也有點感傷。可是，很慶幸他們曾經在一起過。」

「是嗎？如果預知結局是悲劇，不如不要開始，難道不會更好？」

「如果當初沒有開始，後來怎麼會有你？」

「說得也是。」

他笑起來，窗邊的陽光透過白色窗簾，柔和的光映照在他的臉龐上。

這個世界上如果少了劉楷霍，或許現在我就不會遇到想愛卻不能愛的窘境了。可是，我寧可深陷在這樣的折磨裡，也不希望這世界少了劉楷霍。

「這麼說起來，你的追星特質是一種遺傳。」我說。

「有時候我會想，其實，我跟我爸應該是可以相處得很好的才對，因為我們都崇拜偶像，都喜歡追星，比起許多不明白我嗑CP的人來說，他應該更可以理解我的那些追星舉動，應該是有話題可以聊的。可惜我們最終變得那麼對立，從難以溝通，到現在他這個樣子，已經變成了無法溝通。我們到底是什麼環節出錯了呢？因為我是個

Gay嗎？」

「你別這麼想。是Gay不是錯，錯的是汙名化我們的社會價值觀。你父親因為在那樣的價值觀中被教育長大，所以變成不理解、不接受自己的小孩是同志。」

「如果他有一天真的醒來，我是說如果，你覺得我真的有辦法說服他嗎？」

「你帶他去看一場松田聖子的演唱會，相信你說什麼，他都會願意聽一聽的。」

「然後他會發現去看松田聖子演唱會的男人，八成都是男同志。」

「希望到時他不會崩潰。」

劉楷霍露出他的招牌酒窩。看著他的笑顏，我總是感到安心。因為知道他的心情是好的，那同時也就撫慰了我的情緒。

回到市區已經是傍晚，出捷運站時，我問劉楷霍要不要去吃晚餐，他說好，問我想吃什麼。我想了幾個提案，結果劉楷霍都沒選。

「那我再來找一下。」

我拿出手機在Google Maps上查詢附近的餐廳。過了好一會兒，一直沒說話、不知道在想什麼的他忽然開口。

「我其實想問你，不知道你是不是可以接受我……」

「蛤？」我吃驚，怎麼突然問我這問題。

「怎麼了嗎？我是要說，你可以接受我又吃泰國菜嗎？因為昨天見面會上，他們一直講到打拋飯，害我好想吃。我話都還沒說完，你的反應就這麼大。你在想什麼？」

「呃……沒事。不要理我。打拋飯？我可以。」

「可以接受？不會膩？」

「當然可以接受，而且永遠都不會膩。」

我認真地看著劉楷霍說，心裡想的當然不是打拋飯。

「我不知道你這麼喜歡。」劉楷霍說。

我也不知道有一天，我居然會這麼喜歡你。

16

當天晚上，我在監視器畫面上看見沈瑞斌難得一個人拿衣服去洗衣店。印象中，最近幾乎都是劉楷霍去，已經很久沒看到他出現在店裡。

我懶得看他，去做別的事，一會兒，手機的訊息聲響起。是洗衣店的APP，有會員傳送了訊息過來。我一看，是沈瑞斌。他說洗衣機投了錢，但沒動靜。我瞄了一下監視器的遠端畫面，看到他在洗衣機前有點茫然，一直不斷用力拍打機器上的按鈕。

「沈瑞斌，你不要再拍打了，壞掉你要賠錢！」

我透過店裡的擴音器廣播，沈瑞斌沒料到原來店裡不只有監視器，還能遠端廣播，嚇一跳，一直左顧右看是哪裡發出來的聲音。

「我這裡可以控制，送錢到你那台機器，你等一下。」

店裡的每一台洗衣機和烘乾機，店家老闆透過手機上的APP進入管理模式以後都能操控，如果發生機器投幣後無反應的狀況時，我們也能遠端解決。

可是，今天不知道怎麼回事，我怎麼調整都沒反應。

「我過去一趟，你稍等。」我說。

最後我趕去洗衣店，把洗衣機的設定重新Reset，再將手機上控制機器的軟體更新以後，總算解決了問題。

「不用道歉，不用說聲不好意思嗎？」

沈瑞斌逮到機會，一副趾高氣昂的樣子，以為可以讓我對他低聲下氣。

「看是對誰。對你的話，不需要。如果你不滿意本店服務，你可以不用來。」

「你好像對我很隨便？隨便到我的伴侶，都可以當成自己的男朋友？」

「你在說什麼？」

「不是嗎？昨天陪他去看見面會，今天又陪他去看他爸爸，剛才還一起吃晚飯？接下來要不要乾脆同居？他都跟我說了，說我不願意陪他，而你都願意，問我這樣的婚姻死撐著有什麼意義？就是因為你，他現在又在鬧離婚，在跟我冷戰。」

難怪他一個人抱著自己的衣服過來洗。活該！劉楷霍很有骨氣。

「別胡扯。你們要離婚的事，本來就與我無關。你還好意思說見面會的事？你不願意陪你另一半去，卻陪其他男生去？你可以這樣，卻不准劉楷霍跟其他人一起去看見面會？你嘴上說你只要能維持婚姻關係就好，說可以接受開放式關係，但事實上你只允許你自己跟其他男人亂來。你自不自私啊？」

「哇，黃宇弦，我認識你這麼久，第一次看到你這麼生氣。你不是向來面癱嗎？不是從來不表露情緒嗎？你知道你剛才說那段話，是多帶情緒嗎？這裡，那裡，還有那裡，你店裡裝了很多監視器，都有錄影是吧？你可以回去看看你自己的樣子。為什麼那麼生氣？為什麼要替我的另一半生氣？是因為你喜歡他對吧？你沒忘記我跟他還是在婚姻狀態裡吧？你知道你這樣是勾引他外遇嗎？你這麼想當第三者嗎？我是可以告你的。」

面對沈瑞斌連珠炮似的質問，我沉默不語。我想反駁卻無法再說什麼，感覺無力。

回家的路上，開始飄起小雨，一踏進家門，雨勢轉為滂沱大雨。

整個晚上，我的心情很亂，躺在床上卻翻來覆去，怎樣都睡不著。伸手拿手機，點開螢幕，發現已經半夜兩點半了。

外頭的豪雨沒有停歇的意味，依然嘩啦啦下個不停。我輾轉難眠，打開洗衣店的監視器畫面看，赫然發現店門口蹲著一個人。那個人本來背對著監視器，看不到臉，半晌，他側過身，我才看到居然是劉楷霍。

半夜兩點半，下著這麼大的雨，他又在那裡做什麼？一定是跟沈瑞斌吵架了。我從床上跳起來，抓了雨傘就往洗衣店衝去。

我遠遠地看到劉楷霍蹲在門前的遮雨棚下，低著頭不知道在看什麼，直到走近時才發現，有一隻小貓咪在他腳邊。小貓咪全身都濕透了，他正拿著一條手帕，在替貓咪擦乾身體。雨聲太大，劉楷霍沒有注意到我的腳步聲，我已經站在他的身後。

「怎麼會有那麼可愛的小貓？」我開口。

「嗷?!」劉楷霍側過身，抬頭看見我，有點驚訝。他抱起小貓咪，小貓聽話地窩在他懷裡，他問我：「你怎麼來了？現在很晚了耶。」

「這才是我要問你的吧？」我說。

劉楷霍沒回答我的問題，卻反問我另一個問題。

「你沒發現過洗衣店附近，偶爾會徘徊著兩隻貓嗎？一隻大的，一隻小的，就是這隻。有時候我會看到牠們，總是膩在一起，好像感情很好。雖然不知道牠們真正在想什麼，但我每次看到牠們走在一起，靠在一起，看到牠們彼此作伴，心情就很好。」

「我還真沒注意到有貓。」

「大概兩個星期前，我發現大貓不見了。後來看到貓的時候，只剩下這隻小的。總覺得牠有點寂寞，少了一起陪伴的朋友。然後剛剛看到牠在大雨中淋濕，冷到發抖，我覺得有點難過。你覺得牠希望被人帶回家養嗎？要不是沈瑞斌討厭動物，我應該會把牠帶回家照顧。」

劉楷霍的語調低沉，情緒低落。他難過貓，也難過他自己。他其實比貓更需要有人作伴。他跟沈瑞斌是吵到什麼地步，才讓他在半夜兩點半，下著大雨都要離開家呢？

「可是，如果牠是流浪貓，習慣自由自在的生活，不見得願意當家貓。」我說。

「喵喵，喵喵喵，喵，喵喵喵喵。」

劉楷霍突然把頭靠著小貓的頭，發出一連串貓叫聲，我被他這舉動給嚇到，但沒想到小貓居然也喵了一長聲回應了他。

「原來如此，我知道了。你說得對，牠不想。」

劉楷霍說，然後把小貓從懷裡放下。

「該不會你們剛才進行了一場對話吧？」我詫異地問。

「我剛剛才發現自己原來好像會寵物溝通？我對小貓在心裡說話，我對牠說，如果你覺得你習慣當流浪貓，就長喵一聲，然後牠就真的喵了一長聲。」

「呃……」

劉楷霍果然夠怪，但又覺得好笑。在他心情那麼沮喪之際，依然保有他的個性。

我注意到劉楷霍的褲管，因為大雨的緣故濕了一大截。

「先進去店裡吧，你的褲子都濕了。」我說。

劉楷霍站起來，把小貓移放在門邊，讓牠緊靠在廊下的遮雨棚裡，不會再被雨淋到。小貓抬頭看看我們，劉楷霍摸摸牠的頭，小貓乖乖地躺臥在地。

進到店裡以後，我想起儲藏室有放一條大浴巾，是之前我拿過來洗，就一直忘了帶回家的。我把浴巾拿給劉楷霍。

「你把長褲給脫下，我烘乾一下吧，不然穿著濕答答的褲子很不舒服。」我說。

「就在這裡脫？」他問。

「這裡又沒其他人。還是你沒穿內褲？」

「有啦。」

他準備要把褲子脫下時，我阻止他。

「喂，等一下，我拿浴巾給你，是要你圍著浴巾再脫啊！」

「我有穿內褲呀。都是男生，沒關係吧？」

「你是有老公的人，等一下沈瑞斌又忽然出現怎麼辦？看到我跟你大半夜獨處在這裡，然後你只穿一條內褲，我真的跳到黃河洗不清。」

劉楷霍於是才把浴巾圍上，然後脫下長褲，讓我把褲子丟進烘乾機。明明是我叫劉楷霍圍上大浴巾的，但此刻看著他這個模樣，我腦子卻胡思亂想，好奇他穿什麼樣的內褲？三角褲還是四角褲？貼身的還是寬鬆的？

我深呼吸一口氣，用手敲敲頭讓自己清醒一點。

「等一下，你又受傷？怎麼回事？」

我突然注意到劉楷霍的左手臂上有傷口，而且還冒一點血絲，顯然是新傷。我抽了張衛生紙，幫他把傷口擦乾淨。擦完左手，這時發現右手也有傷。很明顯是割傷。

「要擦一下藥吧？消毒一下。」我說。

「應該還好，沒關係。」他說。

可是如果是被東西割到的話，不知道是不是有細菌，我覺得還是有必要消毒擦藥，再貼上OK繃也比較不會感染。

「你等我一下，我去買藥。路口就有屈臣氏，現在也有開著。」我說。

「下很大雨耶！真的不用啦。」

我沒理他，撐著傘就去買藥。回來時，剛走到洗衣店門口，雨突然停了。對比剛才雨下得如此癲狂，簡直太戲劇性。要不是地上還是濕的，真懷疑是一場夢。

「好香，你還買了什麼吃的？你買麥當勞？你怎麼知道我肚子餓？」他問我。

「沮喪也是要花力氣的。看你心情那麼不好，我想你肚子會餓。這附近半夜還有營業的店只有麥當勞，不然應該買斑蘭葉雞蛋糕給你，吃了心情會好。」

我一邊替他擦好藥，一邊回答他。

「麥當勞很好。」劉楷霍看著我，過了幾秒又補上一句：

「你人也很好。」

「都說過不要再發好人卡給我了。」

「不然你也發卡給我，那就扯平了。」

「我不想發好人卡給你。」

互發好人卡，這輩子不就真的不可能在一起了嗎？

「那你想發什麼卡給我？」

他好奇問，眼睛跟酒窩都太迷人，我趕緊轉頭不要繼續再看。

「我不知道。」我說。

我當然知道。我看著那袋剛從麥當勞用「甜心卡」買A送B的東西，忽然想到，如果劉楷霍是我的男友，我想發給他的卡，就是甜心卡。

可以擁有一個雖然怪怪卻可愛的男友，能夠結婚生活在一起，還需要麥當勞的甜心卡？發給他就夠了。沈瑞斌真的太不知道惜福。如果我是他，我每半年都需要健檢一次，我怕劉楷霍會甜到讓我血糖超標。

劉楷霍的長褲已經烘乾了，他換上長褲，提議把麥當勞帶去對面的公園吃。我覺得也不錯，雨停了，氣溫變得很涼爽，而且我從未在半夜的公園裡吃消夜，算是人生新體驗。我把浴巾帶出去，準備擦公園的濕椅子，最後決定了一張長椅子，擦乾後就坐在那裡開吃。

「甜心卡」買麥克雞塊送蛋捲冰淇淋，劉楷霍先吃兩塊雞塊，最後說還想吃冰淇淋，問我可以嗎？我說當然可以，我正是猜他會想吃冰淇淋，所以才挑這款。吃完以後，我才想到沒買飲料，有點口渴。問劉楷霍想喝什麼？他說都可以。

「還是你現在想喝泰式奶茶？」我問。

「你該不會又要回家弄吧？真的不用麻煩。」他說。

「我家這麼近，怎麼會麻煩。怎麼樣，你喜歡喝對吧？」

「喜歡是喜歡，但是……」

「好，你再等我一下。」

我跑回家拿隨行杯，沖了兩杯泰式奶茶，不到十分鐘又回到公園。

「大半夜的，我想還是喝熱的比較好，所以今天沖熱的喝。」我說。

「真的很謝謝你。」劉楷霍喝了一口，笑起來：「今天的泰式奶茶很像你。」

奶茶無糖，像我。我是一個面癱且說不出甜言蜜語的人。

「我想剛剛吃了冰淇淋，奶茶不要再加糖，可能好一點。」我解釋。

「這樣很好。這個公園有史以來，只有我們兩個會半夜三點多坐在這裡喝泰式奶茶吧？」

「應該是的，沒有誰會比我們瘋，總在半夜喝泰奶。」

我和劉楷霍似乎漸漸擁有愈來愈多屬於兩個人的回憶了。

這該怎麼辦才好呢？

喝完奶茶，劉楷霍問我，能不能跟他一起坐蹺蹺板。他說，他很喜歡玩蹺蹺板，只有以前剛認識沈瑞斌時，他願意陪他坐，結婚以後就再也不願意了。

我點頭答應。於是我們對坐在蹺蹺板上，一升一降，在好沉靜的夜晚，彼此像是小心翼翼保護著什麼似的，只讓蹺蹺板發出的聲響，迴盪在空氣裡。

「蹺蹺板這種東西，無論你再怎麼喜歡，總是需要另一個人陪你才能享受到。」

劉楷霍劃破沉默，說了這段話。

我聽得懂他在暗示沈瑞斌跟他的關係。

「你剛才跟他吵得很兇嗎？他還是不願意跟你離婚？」我終於問他。

「對啊。我發了很大的脾氣說要離婚，惹得他更生氣，一直亂摔家裡的東西，把廚房裡的盤子都摔在地上，有夠神經的。我坐在餐桌前，被摔破的碎片給割到手。」

「居然是這樣。太過分了！他沒有打你吧？」

「他是不至於打我，但每次吵架他會亂摔東西，有時候會不小心弄傷我。」

所以上回看到劉楷霍在大雨中狼狽的模樣，臉上也有傷口，應該是這樣來的。

「他有暴力傾向，這樣怎麼行？他摔東西也是傷到你啊。況且現在是摔東西，你怎麼知道以後他會不會直接傷害你？」

「我一邊蹲在地上收拾殘局，他就會跪在旁邊反省道歉，叫我不要離開他，請我一起幫助他好好改掉這個壞脾氣，說什麼要是我跟他離婚，不會有人願意幫他，他就會變得愈來愈糟糕，要我不能這麼狠心放棄他。」

「這是情緒勒索吧！傷害對方就道歉，然後不斷重蹈覆轍，這種暴力性格，在情感關係中是很典型的。」

「當初喜歡上他，是以為他很在乎我。同婚通過時，跟很多人一樣，一頭熱就去結婚，婚後很快就發現，他其實不是真的在乎我，而是在乎『擁有我』這件事。他想要到手的東西，就是要入手。他只是愛上那種據為己有的感覺而已。」

「他就是這樣的一個人。我從大學就認識他，我懂。」

「我跟他興趣不同，這沒關係。比方我迷偶像，愛追星，當然如果他願意陪我一起去，我會很開心，但如果他不喜歡，我也無所謂。可是，如果他不喜歡，應該要尊重我的喜歡，而不是抱著一種看不起的態度，對我喜歡的偶像嗤之以鼻。」

「可是，你也看到了，他陪其他的男生去見面會。他不是真的有多討厭那些明星，他只是在欺負你。」

劉楷霍不語。夜太黑，但劉楷霍圓鼓鼓的眼睛，在路燈的折射下顯得依然閃亮，因為噙著淚珠的緣故。

「劉楷霍，如果你有需要，我可以請專業的人來幫忙你，調解離婚的事。」

我想到我可以請駿光哥和晉合哥幫忙，他們在同志團體中應該處理過類似的事。

這算是我第一次主動正式插手了，雖然一直不願意介入劉楷霍和沈瑞斌兩人的關係，但我真的不忍看劉楷霍這樣受到折磨。

「謝謝你，雖然我很想稱讚你的貼心，但我不能再發你好人卡了。」他說。

「是的。你這麼怪，這麼有創意，想想其他說法吧！」我說。

「不如我再用『大概、好像』來造句好了。」

「看看你能造出什麼奇奇怪怪的句子囉。」我好奇。

夜空下的蹺蹺板升升降降，像是節拍器似地，替劉楷霍打著節奏，倒數計時等候他說出創意的造句。

半晌，劉楷霍開口，但並不是說出他的造句。

「為什麼你這麼堅持叫我全名？你可以跟阿普和尼克一樣，叫我霍霍就好吧！」劉楷霍忽然這麼說。

其實我也想過這件事，覺得「霍霍」這個小名念起來配上他的人就感覺很可愛，想試著這麼喚他，但是我總怕這麼一稱呼，兩個人的關係就變得太靠近了。

「因為你也叫我全名不是嗎？」我反問。

「是喔？好像也是耶……」他搔頭，尷尬笑起來說：「OK，那我從現在開始，就跟阿普、尼克一樣，叫你弦弦了。你就叫我霍霍吧！」

我點點頭，然後彼此又陷入一陣沉默，只聽見蹺蹺板不停上上下下發出的聲響。

不知道過了多久，劉楷霍總算開口。

就在那一刻，蹺蹺板突然不動了。

我的雙腳落在地上，整個人重重地壓著座椅，沒有力氣再蹬上去。

我沒想到他會對我說出那樣的話。

劉楷霍被高高舉在半空中，我仰望著他，他俯瞰著我。

「弦弦，我大概、好像，有點喜歡上你了。」

他說。

在一條失去平衡的蹺蹺板上，緘默的我們變成了十二個刪節號的小黑點。

17

泰式青木瓜沙拉（Som Tum）的製作步驟，首先是要將青木瓜洗淨後去皮去籽，然後用專用的刨刀來刨絲，再把青木瓜絲泡入冰水裡浸泡，降低苦味。接著，將蒜頭、辣椒、花生、蝦米、小番茄和青豆依序放入杵臼中搗碎。待食材搗碎完成後，就開始加入調味料。添一點糖漿、擠檸檬攪拌，再依照個人口味放適量的魚露。完成後，放進剛剛浸泡好的青木瓜絲，在已經調好味道的配料醬汁裡均勻攪拌。如果試吃覺得味道不夠，可以再調整調味料，調整出喜歡的口感，即大功告成。

「蹺蹺板事件」的隔天傍晚，阿普和尼克找我去「泰尚麵」吃晚餐。阿普說，他們今天有做青木瓜沙拉，知道我喜歡，所以叫我過去一起吃。

青木瓜沙拉不在他們店裡的菜單上，但是一直以來有太多客人詢問，表示想吃，因此阿普和媽媽正在考慮是不是要開始賣。

「不會每天都賣，目前考慮只在週三晚上賣。」阿普說：「因為做青木瓜沙拉不管是備料或製作過程都太麻煩了，我們人手不夠。」

接著，阿普就將青木瓜沙拉的製作過程，從頭到尾完整地說了一遍。

「真的滿費工的。上次幫你們弄了一次，就覺得如果客人一直點的話，光是搗沙拉就會累死。可是，又不能先做好放著，因為青木瓜沙拉一定要現點現搗才好吃。如果先做好放在那裡，吃起來味道就不同了。」尼克說。

阿普點頭同意。我看著他們，吃著美味的青木瓜沙拉，雖然有聽他們的對話，卻沒有回應，因為我有一半的靈魂還留在昨夜的蹺蹺板上。

「你怎麼都不說話？今天看起來心不在焉的，發生什麼了事嗎？」阿普問我。

「我？沒事啊，就覺得青木瓜沙拉很好吃，專心品嘗。」我心虛。

「那你覺得我們應該開始賣嗎？」阿普又問我。

「你要是問我，我當然說應該啊，因為我很愛吃青木瓜沙拉，就算一星期只賣一天也很好，感覺是回饋給原本就愛來『泰尚麵』的老主顧吧，像是我。」

「我也很喜歡青木瓜沙拉，但是我知道有些人沒那麼愛，覺得吃起來口感怪怪的。可能是因為魚露的味道？或者有人怕味道酸酸的菜。你呢？你從以前就喜歡吃嗎？第一次吃時，不會覺得不習慣嗎？」

這會兒換尼克對我發問。

「青木瓜沙拉酸酸甜甜的滋味，帶著一點辣，令人胃口大開又回味無窮……」我陷入一陣沉思，半晌，才又開口娓娓道來：「雖然老實說，那種又酸又甜又辣全都混在一起的味道，一開始我確實覺得怪怪的，沒有好感，甚至還帶點反感，但後來發現那只是因為我沒有去認真了解而已。漸漸的，熟悉以後，才發現比我過去想像中好得太多、太多。雖然現在偶爾還是會感覺有點怪怪的，但更多時候是覺得可愛。只是我現在真的擔心已經過度深陷了，應該開始拉開距離，對大家都好。畢竟，我真的沒料到他……」

突然發現，阿普和尼克兩個人瞪大眼睛看著我。

「確認一下，我們是在說青木瓜沙拉沒錯吧？」

「蛤？是啊……」

突然回過神來的我，快要冒出冷汗。

我趕緊低下頭猛吃粿條，又繼續假裝專心品嘗青木瓜沙拉，但腦海中想到的卻是劉楷霍。酸酸甜甜又帶點小辣的滋味，用來形容我和他現在的相處感覺，確實還滿貼切的。

阿普跟媽媽商量，決定「泰尚麵」開始在每週三賣青木瓜沙拉，那酸酸甜甜又帶點辣勁的滋味，從此以後將在這裡蔓延下去。

那麼我和劉楷霍呢？酸酸甜甜又帶點辣的感受，一旦開胃了，怎麼能說戒就戒？

昨天晚上，蹺蹺板上的劉楷霍在半空中說的話，令我太震撼。

那句話是我的潛台詞，沒想到卻被他給搶先說出來。

「我大概、好像，有點喜歡上你了。」

他的聲音很小聲，但是在沉靜的夜裡，每一個字，我都聽得好清楚。

劉楷霍對我告白？我以為我們之間，只有我對他有好感，自始至終我認為我不是他的菜，沒想到他對我也有感覺？

這本該是兩情相悅，值得歡喜的事，然而，他是已經結婚的男人啊。這話一旦說破了，接下來該怎麼辦呢？所以我才一直努力壓抑自己的情緒，希望不要露餡內心的真實感受，以免兩人關係變得複雜，讓事情失控。

我真的不想成為第三者，像是當年一樣。二十歲時的夢魘，如今我不要再重來。

懸在半空中很久的劉楷霍，見我毫無反應，最後終於忍不住開口。

「如果你一直讓我懸在半空中的話，可能小鳥會把我當成一棵樹來築巢。」

喔，抱歉抱歉，我真的因為太驚訝而失去回應的能力，忘記把他給放下來。

我腳一蹬，蹺蹺板的此側上升，劉楷霍彼側下降，他才終於返回地表。他下來以後，我也跟著離開蹺蹺板。

「你看起來受到驚嚇了。」他說。

「我一直都是這種呆滯的表情。」我說。

「但是你剛才不只是沒表情而已，連動作都凝固，整個人失神。」

「嗯……我有點意外吧，沒想到你會說出那句話。」

「沒想到會說出你心裡想說的那句話來嗎？」他笑起來。

該死。他的酒窩真的太讓人無法招架。

「什麼啊……那句話、這句話……像繞口令一樣。你不要再說那些奇奇怪怪的話了。」

真是對不起，劉楷霍，我不得不扮演一個狠心的人。

他突然轉身，站在我面前，抬頭注視我。收起笑容的臉龐，變得相當嚴肅。

「我已經說了，你也聽到了。所以，你的想法是怎麼樣？」

他單刀直入地問。

「……我不知道該怎麼說。」我閃躲。

聽見我的回答，劉楷霍面無表情，只是淡淡地說：

「不過你剛才應該算是承認了吧？」

「承認什麼？我哪有承認。」我急忙辯解。

「你叫我別再說那些奇奇怪怪的話，等於就是承認我剛剛那個用『大概、好像』造的句子，夠奇奇怪怪的對吧？看你被嚇成這樣，我應該是成功了。」

「造句？」

「對啊，剛才在翹翹板上，你不是叫我不要再說你是好人，發你好人卡，然後想看看我能用『大概、好像』造出什麼奇奇怪怪的句子嗎？」

「喔……對，只是在造句。」

「只是個造句練習而已，你不要大驚小怪的！別想太多了。」

劉楷霍用力拍拍我肩膀，若無其事的樣子，不過，我想他是故意的吧？

他說謝謝我今晚陪他，他已經好多了，再過幾個小時就要天亮上班，現在該回家了。我送他到他家巷口，彼此道別。每一次他跟我掰掰以後，走幾步路都習慣再回頭，但是今天他卻一路往前走，直到消失在我的視線裡。

他說他只是在造句練習，我才不信。

就像他心底一定不相信，我沒喜歡上他。

在「泰尚麵」吃完晚餐，我準備離開，正好奇他們怎麼沒找劉楷霍一起來吃青木瓜沙拉，結果他就出現在店門口。

「你終於來了！早上你明明跟我說會來，怎麼一直沒出現。正想發訊息問你，怕你忘記呢！」阿普對劉楷霍說。

「不好意思，今天工作有點多，一直忙不完。」

劉楷霍邊走邊說進到店內，目光落在我這裡，但我避免跟他對視，迅速站起來，與他錯身往外走。

「弦弦，等等！你這麼快要走了？還沒跟你說，我們今天有做泰式奶茶耶！還有特地弄香蕉煎餅，吃完再走啊！」

尼克推著輪椅，滑到前方的櫃檯，拿起兩杯泰奶給我。

「一杯給你的，一杯幫我拿給霍霍。」

我接過手以後，卻把其中一杯拿給身旁的阿普。

「幫忙一下，拿給他。」我小小聲地說。

「喔……」阿普一臉不解。

「還有香蕉煎餅，這份也幫我拿給霍霍。」

我從尼克手上接過來煎餅以後，結果又轉給阿普。

「再幫忙一下，拿給他。」這次我的聲音更小聲了。

阿普疑惑地搔搔頭，看看我，又轉頭望向角落的劉楷霍。他很想問為什麼，但又一副怕說錯話的表情。

我就近坐在店門口旁的座位吃香蕉煎餅跟喝泰奶，背對著坐在店裡角落的劉楷霍，忽然有點想知道他受傷的手肘，是否已經好一點？但又覺得不應該太關心他。

阿普端著青木瓜沙拉和粿條去給劉楷霍，陪他一起吃飯，尼克則推著輪椅過來我這裡。他可能也發覺了今天我跟劉楷霍都怪怪的。

「霍霍怎麼沒跟你一起吃？不對，」尼克更正：「應該說，你怎麼不過去跟他一起坐啊？你們兩個今天沒有說話耶！怎麼回事？」

「沒怎麼啊，只是剛好沒坐在一起而已。」

我回答得令自己都難以說服自己。

泰奶喝完，煎餅也吃光以後，我湊到尼克耳邊，終究忍不住說：

「我有瞄到他手上有貼OK繃是吧？」我裝作剛剛才知道似地說：「你去問問看他現在傷口還好嗎？提醒他今天要換藥，洗完澡要擦乾，避免傷口發炎。」

「你要『我』去跟他說？」

尼克指著自己的腿和輪椅，又指了指我的腿。

「喔，不好意思。不然，你發個訊息問他好了。」

「蛤？這麼長的一段話！」

尼克指著自己的手機，又指了指我的手機。

我用我那面癱的一張臉，努力對尼克擠出一個稍微哀求的表情。

「你再說一次，我記不住。」尼克說。

於是，我把剛才要他去跟劉楷霍說的話重複了一次。語畢，尼克卻紋風不動。

「你記住了嗎？」我問。

「我記住了。」

「好。」

嗯？等等，剛剛回答「我記住了」的，不是尼克的聲音。

我轉過身，發現居然是劉楷霍。不知道從什麼時候開始，他就一直站在我身後。

「我都記住囉！現在傷口癒合得很好，晚上會換藥，也會記得保持乾燥。」

他憋住笑意，故意一個字一個字慢慢地說。

「我要回家了。」我尷尬地丟下這句話。

「雖然你刻意跟我保持距離，但其實心底『大概、好像』還是很關心我嘛！」

「拜託別再造句了。」我低聲地說。

「想關心我就直接說出口。」

「只是隨口問問而已，你不要大驚小怪的！別想太多了。」

我學劉楷霍，用力拍拍他肩膀，裝作若無其事。

離開餐廳以後，我到自助洗衣店打掃，終於注意到小貓咪出現在店門口徘徊。去店裡找了個保麗龍碗，裝一點水給牠喝，小貓咪很乖，喝完以後就窩在門邊。

「喵喵喵，喵喵喵。」

我蹲下來，對小貓發出一陣貓叫，但牠沒抬頭理會我。

「你說，你是不是比較喜歡霍霍？」

我摸著牠的頭，開始喃喃自語。

「不回答喔？好吧，不然你說，霍霍為什麼會喜歡上我？我面癱，又不會講甜言蜜語。他喜歡上我了，這下子很麻煩啊。你知道為什麼麻煩嗎？因為我也喜歡他呀！

可是怎麼辦呢？他是有老公的。你如果覺得我應該遠離他，不要變成第三者，你就喵兩聲。或是你覺得我應該努力爭取，想辦法促成他離婚，你就喵一長聲，好不好？」

小貓終於看了我一眼，然後又懶得理我，閉起眼呼呼大睡。

講完以後，覺得自己真是有夠蠢。

回家的途中，天空飄起雨，而且愈下愈狂，就像昨晚一樣的雨勢，令我一直不斷回想起昨天跟劉楷霍的互動及對話。

回到家洗完澡，睡前打開手機看洗衣店監視器的畫面，倒轉看今天錄下來的畫面時，赫然看到劉楷霍去麵店以前也去了洗衣店。

他不是去洗衣服，而是去看貓咪。他蹲在門前，幾乎跟我剛才同樣的位置，也撫摸著貓咪，不知道在跟牠說些什麼。不同的是，貓咪有抬頭看他，聽他說話。

他在說什麼呢？好好奇。下一秒，我發現我已經在網路書店搜尋寵物溝通的書籍。

這場雨連下三天沒停過，忽大忽小，有一刻甚至因為暴雨，台北盆地有好幾處地方都淹了水。濕氣超重，家裡簡直快長蘑菇，很惱人。

這幾天，劉楷霍依然丟來手機訊息，分享他追星的話題，丟來 Kit-Teung 要去首爾、東京開見面會，有人傳言說不定也會來台北開見面會的消息。他的言詞中飽滿興奮期待，但我都已讀不回。

他當然知道，我是刻意跟他保持距離的吧？希望他明白就好，不要怪我。我猜他不會知道，雖然我裝作不理他，但還是忍不住會去看監視器裡出現的他。

今天看到他跟沈瑞斌兩個人睽違許久連袂出現在洗衣店，我原本受到下雨影響的心情變得更煩躁。

看樣子他們和好了吧？床頭吵床尾合，結婚的伴侶都是這樣的吧？

雨嘩啦嘩啦下個不停。

啊，煩死了，整個人好煩躁。

18

Kit-Teung公布了最近一次的見面會地點和場次。

結果令人意外。在官方新聞稿上，最新一場見面會的舉辦地點既不是首爾也並非東京，而是台北。這將是Kit-Teung第一次到台灣舉辦見面會。

這新聞當然成為劉楷霍的頭條。在我和劉楷霍、阿普和尼克的ＬＩＮＥ聊天群組裡，劉楷霍不停發訊息，興奮至極，告訴我們，他已經想好要做哪些應援物來歡迎他們。

雖然他不習慣參與團體的追星活動，但KT要來台畢竟對他來說是一件大事，因此他決定要破例加入KT台灣後援會，報名成為這次見面會後援會的成員之一，跟很多粉絲一起籌備應援活動，希望能讓Kit-Teung好好感受到台灣粉絲對他們的愛。

「不過，你們不會覺得這活動辦得有點趕嗎？從今天公布到舉辦日，只有一個多月耶。」

阿普在群組裡提出他的疑惑。

「我也覺得有點奇怪。已經這麼趕了，還不同時公布票價跟相對應的福利？而且舉辦場地、什麼時候賣票、在哪個系統賣票，都沒寫。」尼克附和。

「嗯，其實在KT台灣後援會的群組裡，大家也在這論這個。」劉楷霍繼續傳來訊息，說：「時間真的很趕，後援會要做應援也必須知道確切時間表跟地點才行。只有一個月，怎麼能租到好的場地呢？適合辦見面會的場地，早就被租光了吧！所以，今天已經有人發信去問主辦單位了。」

「主辦單位辦過什麼其他場活動嗎？」阿普問。

「網路上查不到。不知道是不是新公司？」劉楷霍說。

「應該可以查到公司登記立案的資料。」尼克說。

「等等，有了！」劉楷霍轉來一則訊息，接著說明：「剛才KT群組裡有人查到了，是一間兩週前才登記立案的公司。兩週前？現在大家忽然都有點怕怕的，覺得是間奇怪的公司，完全沒辦活動的經驗，不知道會不會搞砸。」

「不管怎麼樣，前提是一定要幫你搶到最好的VIP票！」尼克說。

「沒錯！從今天開始，你要加倍地說好話做好事，積德搶好票。」阿普說。

「你們改天再陪我去拜拜，去做功德好嗎？好擔心沒辦法搶到好票……」

劉楷霍的訊息夾帶著幾個哭臉的圖。

「搶票，那得要有勞我們的搶票金手指出場！」阿普說。

整個對話，雖然我都有即時跟看，而且我也抱著破釜沉舟的心，一定要幫劉楷霍搶到好票，但是為了刻意保持與他的距離，不要顯露太在乎他，因此一直都沒有回話。現在，被阿普給點名了，我不得不出個聲才行。

我簡單地丟了一個「OK」的貼圖，再補上一句：

「搶票的好運，希望還能靈驗。」

到底是什麼力量，能讓一個人喜歡上另一個人，明知道自己是局外人，卻還是甘願為對方做出許多希望他開心的事呢？

我沒有在追星，卻用著跟劉楷霍追星一樣的心態在為喜歡的人付出。

我們不在同一艘船上，卻都暈了船，而且還暈得愈來愈嚴重。

過了三天，台灣主辦單位的臉書幾乎快被粉絲留言給罵爆，才終於公布了Kit-Teung見面會的進一步訊息，結果引來的是一陣更凶猛的撻伐。

因為他們只有公布票價和賣票日，其他包括粉絲福利、活動地點都依然沒公布。

「什麼細節都不說，卻要開始賣票，太誇張了！」劉楷霍跟我們說。

主辦單位的臉書又被罵了兩天以後，才總算公布所有後續的細節。結果，粉絲更爆炸。他們挑選的會場地點非常奇怪，又遠又小，且不適合舉辦這類型的見面會。票價很敢開，相對應的福利卻很差，就連最貴的票，拿簽名即可拍還要用抽選的，而且只能拍1：4的團體照，沒有1：2的合照，令粉絲們直呼不可置信。

主辦方除了在臉書有下廣告以外，幾乎沒看見有任何的活動宣傳，甚至一般來說會請CP拍攝宣傳短片，也沒有。劉楷霍和後援會在IG限時動態下的廣告，以及在台北捷運站買的燈箱廣告，都遠遠勝過主辦單位的誠意。

「見面會的前三天，我們還會在西門町的三個電視牆下廣告。最近很忙，晚上都在跟後援會的人準備這件事，看怎樣能剪輯出不同風格的三款廣告影片。」

劉楷霍在LINE上這麼說。雖然我沒有看見他的人，卻能夠感覺當他打出這一行字時，一定因為開心和期待而眼神有光。

不過，他更在意的是搶票。門票發售日在下週六早上，依照往例，我們約好聚在「泰旁邊」搶票。尼克要買身障席的票，阿普則會陪他；劉楷霍說，希望能搶到兩張VIP票。

兩張？我沒多問他想找誰跟他一起去，該不會他仍以為沈瑞斌會陪他去吧？劉楷霍被沈瑞斌欺負成這個樣子，如果他仍抱著希望實現沈瑞斌能陪他去看一場見面會的天真想法，那實在是太傻了。又或者，其實他是希望我跟他一起去呢？可是，我沒有自信是否能夠面對台上的人。

就在搶票的前兩天，沈瑞斌發生了一件大事。

在Youtube上以「小斌」名義拍片經營頻道的沈瑞斌，網路上有人貼出他在台北郊區的某間汽車旅館停車場，跟一個年紀很輕的男孩子又親吻又擁抱的照片和影片。沈瑞斌的臉被拍得很清楚，而他親吻的那個小男生，雖然多半時間都是背對著鏡頭，但也有一兩秒的短暫時間轉過頭來，被拍到了五官。

沈瑞斌的頻道以吹噓夫夫甜美生活為賣點，但從未讓另一半露臉，所以網友們紛紛誤以為那個男生就是「小斌」的伴侶。這麼多年來，小斌傳說中的神祕伴侶首次曝光，這當然變成鄉民的熱議話題。

我本來以為沈瑞斌會出面拍片澄清道歉的，萬萬沒想到，他貼文公告，說謝謝大家對「他們」的關心，原本只是跟另一半的生活小情趣，沒想到會被偷拍上網，甚至還說他的另一半比較喜歡低調一點，雖然這次曝光了，今後還是會一如既往維持過去拍片的形式，不會露臉，期盼大家不要打擾他伴侶的私生活。

這段文字被他的粉絲們解讀為貼心，說想不到結婚好幾年了，小倆口仍然會想去汽車旅館製造情趣，好羨慕、好甜蜜。沈瑞斌的頻道追蹤人數因此又增加了很多人。

只有知道真相的我、阿普和尼克，翻盡白眼。沈瑞斌為了自己的利益，真是不擇手段的一個人。好可怕。他怎麼能做出這種事呢？為了不被推翻人設，竟順水推舟說謊，謊稱那個他外遇的對象，就是他的伴侶。

當事人劉楷霍呢？他被犧牲到這個地步，絕對是更氣憤的吧？

這陣子一直盡量避免主動過度關心他的我，晚上忍不住主動發訊息給他。

「吃飽了嗎？後天早上要搶票，我會早點去店裡吃斑蘭葉雞蛋糕。你會幾點過去？」

我問他，旁敲側擊他的心情。訊息才剛送出去，立刻秒讀。

接著，手機響起，劉楷霍直接打了電話過來。

「如果你是指消夜的話，已經吃飽囉。」他說。

「你在哪裡？怎麼有時間打電話？我想說你最近晚上應該都很忙，忙著跟KT後援會的人討論應援活動的事，所以才想說發訊息就好，等你有空再回我。」

「嗯，剛忙完，跟後援會的人在寧夏夜市吃完消夜，準備回家。」

「消夜吃了什麼？」

「豆花，好好吃。我剛剛一邊吃一邊在想，如果有一天我死了，告別式會場要用花來布置的時候，我希望只會出現一種花，就是豆花。」

「蛤？」

我傻眼。不過，聽到他又說出這麼怪的話來時，我好像有點放心了。

「此花非彼花吧。擺滿豆花的靈堂，難以想像。」我說。

「但是你已經想像了。」

「呃……確實。」

腦海中浮現出一個畫面，所有親朋好友聚在劉楷霍的照片前一起吃豆花。這個怪異的告別式，滿符合劉楷霍的風格，但是，我才不要那樣的一天發生。我用力搖搖頭，把這畫面給甩得遠遠的。

「你是不是想問我沈瑞斌的事？」他主動提起。

「嗯。你一定早就看到了吧？他實在太過分了。」我為劉楷霍抱不平。

「現在他的婚姻生活這麼美滿，這麼多人被他圈粉，他更不會願意離婚了。」

劉楷霍語帶諷刺，同時充滿無奈。

「乾脆你也拍片，上網告訴大家你才是他的伴侶，拆穿他。」我說。

「這種事我做不出來。」

「我知道。」

我當然知道，不然，他就不會是這個如此善良的劉楷霍了。

「他的為人會做出這樣的事，應該不意外。所以我其實比較在意的事情，是不知道那個被拍到的男生，現在狀況還好嗎？」

「你居然還關心跟你先生出軌的第三者？」

「你跟我都很熟悉沈瑞斌的個性，但是那個小男生可能才剛認識他不久，被沈瑞斌甜言蜜語給沖昏頭，而且他又不是公眾人物，現在卻要承受在網路上曝光的後果。認識他的人，認出了他，一定也跟網友一樣認為他就是『小斌』的伴侶吧？但是他很清楚自己並不是呀，難道他從此被迫要跟沈瑞斌一起說謊嗎？他怎麼承受這些？」

我真的對劉楷霍的善良感到敬佩。這麼好的一個人，應該要被好好對待。

我話鋒一轉，決定用正面積極的方式，讓劉楷霍獲得他該有的回報。

「後天搶票，我一定會幫你搶到VIP，而且一定要讓你坐到最好的位置！」

雖然不曉得運氣到底怎樣，但我先給了承諾，同時也是向我自己信心喊話。

「拜託你了！我昨天有去龍山寺拜拜求好運，希望讓我們搶到好票。」

劉楷霍果然又去廟裡拜拜。真的有效嗎？雖然我還是有點懷疑，但希望搶到好票這件事，確實需要一點好運。

隔天晚上，我跟好久不見的駿光哥、晉合哥約吃晚餐。我們約在行天宮站附近的餐廳，吃完以後，他們說想去行天宮拜拜。

「你可以先回去，或者想跟我們一起去也行喔。」晉合哥說。

我原本想說不打擾他們兩個人，準備回家，但忽然改變了心意。

「我一起去，你們方便嗎？」

「當然方便啊，沒問題！拜完再去喝個咖啡什麼的？」駿光哥說。

我點頭。一行人踏進了夜裡亮晃晃的行天宮。

關老爺是武將，充滿戰鬥力，搶票這種事，我想他一定能夠幫忙加持的。

拜託關老爺，劉楷霍真的很愛Kit-Teung，請保佑明天早上Kit-Teung台北見面會的搶票一切順利，保佑我搶到VIP中間好位子，讓生活中飽受折磨的劉楷霍，至少在追星這件事情上能開開心心。拜託了！拜託。

雙手合十，此時此刻，從不追星的我，居然在向神明祈禱追星的事。

19

我不得不承認，劉楷霍的追星運真的很差。

好不容易Kit-Teung要來台北辦見面會了，結果，居然在門票開售前六個小時，主辦單位在網站上電擊宣布活動取消。沒有給出詳細的解釋，只發出一篇簡單的新聞稿，說明因為台灣主辦單位與泰方對於活動的認知有落差，再加上主辦方內部有不可抗力的問題發生，因此忍痛在賣票當天緊急宣布終止本次活動。

這個令人意想不到的結果，以及不明不白的解釋，粉絲們難以買單。在主辦方的臉書留言欄內盡是一片不滿的抱怨，大家都很氣憤，更多的是失望。這其中一個人，當然是包括了Kit-Teung的超級粉絲，劉楷霍。

「粉絲後援會已經花出去的錢，像是買廣告、做周邊產品，等於付諸流水，接下來還得一一處理粉絲募資的退款，很麻煩。不過，這些都比不上心情上的失落。畢竟本來抱著滿滿的期待，以為這次真的終於可以在台北見到他們了，沒想到發生這種鳥事。」

雖然見面會取消，不用搶票了，但這天早上，我還是依約來到「泰旁邊」跟劉楷霍、阿普及尼克聚在一起。

我們一邊吃著斑蘭葉蛋糕，一邊喝著泰式冰奶茶，分擔劉楷霍失望的情緒。

其實，知道見面會取消以後，我立刻就跟阿普、尼克兩個人私下通了訊息。我告訴他們，等一下劉楷霍絕對會說今天不用搶幫他搶票了，所以聚會取消，但是無論如何我們還是要見面才行。因為發生這種大事，我想劉楷霍一定沮喪至極，需要有人聽他訴苦抱怨。

果然，劉楷霍在四個人的聊天室說，今天可以不必聚會了，而早就串聯好的我、阿普和尼克則依照沙盤推演告訴他，就算不搶票了，我們還是要聚，因為阿普今天難得做了泰式炸香蕉。

「炸香蕉?!嗷！怎麼會有？這可以拯救今天的我。」

劉楷霍非常興奮，感覺他整個人像是在黑暗的洞穴，忽然看到前方有光。

Kit-Teung 見面會在賣票前六小時緊急取消，而我在宣布活動取消後的一小時，緊急拜託阿普幫忙，跟他一起想辦法變出炸香蕉。

我記得劉楷霍跟我說過，他喜歡吃炸香蕉。我想，如果在這樣一個晴天霹靂的日子裡，能夠讓他吃到他愛吃的東西，多少可以感到療癒一些吧？

把剝皮切半的香蕉，裹上用椰漿、椰糖、椰子油和雞蛋攪拌過的中筋麵粉，然後撒上一點椰絲，再滾一層白芝麻，用手輕輕捏壓一下，讓芝麻能均勻緊實貼合在香蕉的麵皮上。最後下鍋油炸，炸到表皮呈現金黃色時即可起鍋，炸香蕉就大功告成。

昨天晚上去行天宮拜拜，雖然今天沒有機會展現搶票金手指的魔力，但如果能變出炸香蕉來，讓劉楷霍吃了心情變好，我想也是神明保佑吧。

明明不是我在追星，但Kit-Teung不來台北了，我卻覺得很失落。當然，我的失落不是因為Kit-Teung，而是本來以為可以幫劉楷霍搶到好票，讓他能有件開心的事情期待，結果見面會取消了，我失去幫忙的機會。

「不過仔細想想，也許這次活動取消也是好的。」劉楷霍說。

「怎麼說呢？」尼克問。

「因為從一開始台灣的主辦單位就很掉漆對吧？那個場地、票價跟福利都很糟啊，所以如果真的辦成了，說不定當天有更令人生氣的事。」阿普說。

「對，冷靜下來以後，我現在就是這麼想的。Kit-Teung第一次在台灣辦見面會，應該要有更專業的主辦單位來辦才對！隨隨便便弄一場，最後搞到粉絲生氣，Kit-Teung也對台灣留下不好的印象，這樣的話，寧願取消。」劉楷霍說。

「真不知道泰方當初怎麼同意，讓這個沒經驗的台灣公司來辦活動？」尼克問。

「那就要去問Kit-Teung的經紀公司了。」阿普說。

「就算是發信或留言去問，也只會得到很官方的答案。怎麼可能問到真正的答案？

只有在經紀公司裡的人才會知道真相。我們沒有那個管道。」劉楷霍說。

阿普和尼克聽了同意點頭。我因為一直都沒說話，劉楷霍這時候突然轉過頭來，對我說：「你說對吧？」結果，我一時之間竟有點慌了手腳，吞吞吐吐回應他：「嗯……你是說認識……經紀公司的管道？這件事情……」

劉楷霍打斷我的話，說：「對啊，我們哪有這種管道。」

「嗯……」

我沒回答「有」也沒回答「沒有」，這樣應該不算是說謊了吧？難道我真的要為了這件事破例嗎？可一旦這麼做了，後續肯定會有更難收拾的發展。

這件事我掙扎了兩天，所幸第三天局勢有新發展，焦點因此轉移。

Kit-Teung在網站上宣布，首爾見面會即將舉辦。不同於毫無經驗的主辦單位做事方式，首爾見面會舉辦日公布的同一時間，票價、相對應福利、會場及賣票日都一起公告。

「我決定要飛去首爾看！搶票，就拜託大家了！」

劉楷霍已從台北場取消的失望中走出來，新的希望寄託在首爾見面會上。

「好的。」我淡淡地回覆，但心底卻是慷慨激昂。好的！沒問題，劉楷霍！包在我身上！我一定要幫你搶到最好的票，把你送進首爾會場。

「網站上有說，首爾場賣票時會問問題，雖然我想不會是很難的問題，但可能要對Kit-Teung多加了解才行。當天搶票還是要麻煩大家聚在一起，萬一搶到票的人，結帳時被問到答不出來的問題，我可以馬上幫忙回答。」

劉楷霍解釋，為了防止黃牛，所以有時候賣票時會設問題，問一些只有粉絲才能回答出來的問題。為此，我從當天晚上就開始在網路上看更多Kit-Teung的影片和報導，希望到時候遇到搶票問題時能暢行無阻。

可是，當我看愈多Kit-Teung的東西時，心情也變得愈是複雜。如果不是為了劉楷霍，我實在不願意看。因為看見出現在每一個鏡頭前的陳力騰，就會令我跌進二十歲那年夏天的不愉快往事。與此同時，我也相當矛盾。這個站在舞台上的Teung，舉手投足之間其實已經跟過往我所認識的那個男生很不一樣了。

他真的是陳力騰嗎？我甚至懷疑。我寧願他不是。因為如果他不是，就代表這個Teung在私底下，絕對不會再做出陳力騰當年做的事情了。那麼劉楷霍對他所崇拜的CP，就不會有夢碎的可能。

沈瑞斌爆出跟小男生的親熱事件，撒謊犧牲掉劉楷霍，卻在YouTuber網紅圈比以前更為有名，這件事實在令我感到非常不舒服。

這天晚上，我在睡前突然想到應該去清理一下洗衣店的垃圾，半路上在公園附近撞見沈瑞斌。他和被拍到的小男生兩個人從公園裡走出來，親親熱熱的，直到發現我在不遠的前方，才稍微收斂一點。他拍拍小男生的頭，不知道跟他說什麼，小男生親了他的臉頰一下，跟他道別離開。離開時，他瞄了我一眼，對我點頭微笑。路燈照亮他的臉，這時候我才看清楚他應該就是上回在Sky-Land見面會會場看見的那個男生。

劉楷霍真的是人太好了。他還擔心那個小男生是否心情不好，結果人家好得很，堂堂正正扮演著第三者，一點也沒有愧疚之意。但我再想想，或許不能全怪那個男生，因為真正有問題的人是沈瑞斌。

「你把外遇的對象帶到你家附近，是不是太過分了一點？」

經過沈瑞斌旁邊時，我停下來對他這麼說，語氣很冷淡。

「你好像對我愈來愈敢表達不滿了？」他說。

「我應該早在十年前就這樣對你。」

「現在是因為霍霍的關係，才改變了你吧？」

我沒回答他的話。雖然心裡知道，確實是這樣子。

「黃宇弦，你們天秤座的，是不是都很難擺平自己內心的矛盾？」

「我的內心怎麼樣，用不著你來關心吧？你應該多關心你的另一半。」

他笑出聲，說道：「果然，你始終都很在意霍霍。」

「你有沒有想過，因為你的謊言，網路上的人都真以為那個小男生是你的伴侶，劉楷霍內心是什麼感觸？你把他踩在腳下，只為了讓自己安全上壘。」

「然後呢？你想對我說什麼？你真正想說的，不只這個吧？所以我說你們天秤座的，明明心裡真正想說什麼，卻總是不直接說，怕說了會破壞目前的和平狀態，害怕失去平衡，不是嗎？內心的矛盾很難擺平。」

我看著沈瑞斌，內心充滿怒火，不知不覺拳頭緊握。如果可以，我真的很想此刻對他一拳揮下去，但是我的理智又再次壓抑住了我的情緒。

沈瑞斌轉身準備離開，又忽然停住腳步，翻過身對我說：

「你喜歡霍霍，就應該大大方方說出口。就算他是我的另一半，你要是真的喜歡他，就應該努力去追到手吧？我知道大家都在背後說我什麼，說沈瑞斌這個人為了自己想要得到的東西總是不擇手段，對吧？可是不管如何，我想要的，我確實是忠於自己會努力去得到。不像你，想要卻不敢說，你不覺得你這樣子，其實比我更偽善嗎？」

偽善？我居然被沈瑞斌這樣的壞蛋這麼說，令人憤怒。然而，那個憤怒的情緒，或許有百分之幾其實是針對自己，因為，他看穿了我。在二十歲以後，變得愈來愈不會表露情緒和態度的我，確實常常處在想什麼卻不說的壓抑及矛盾之中。

沈瑞斌說完這段話，轉身離開，我突然在他身後對他喊道：

「請你這次也忠於自己！你如果喜歡那個男生，請你這一次也忠於自己，就去跟那個男生在一起，讓他成為你真正的另一半，離開霍霍。」

不知為何，一股熱血忽地衝上腦門，我好像被開啟了一個勇氣的開關，決定把憋了很久的話說出口。為了反駁他，也為了不再讓自己和劉楷霍受到委屈。

「對，你說得沒錯，我是喜歡霍霍，而且愈來愈喜歡，但是，我不想讓他變得跟你一樣，成為婚姻中外遇的那種角色。我有努力，但是我的努力是讓他好，希望他快樂，不是不顧一切去把他搶過來，為難到他。這就是我忠於自己的方式。」

語畢，彷彿這段話的餘音仍迴盪在空氣中。

沈瑞斌駐足，背對著我，聽我氣憤地講完一大串話。他轉過頭來，看著我，突然不懷好意地笑了兩聲。

「你什麼時候也開始叫他霍霍了？」

我愣住，沒想到一時心急，在他面前喚了劉楷霍的小名。

「我現在知道，霍霍對你來說是多有魅力了。他真的改變了你不少呀！」

因為劉楷霍的緣故，我在剛才那一刻，變回了往昔那個習慣直話直說的自己。

「總之，我說出我要說的話了。順便補充，真要論偽善的話，我遠遠不及你。」

沈瑞斌冷不防地回了一句話：「我會跟霍霍離婚的。」

這是我第一次聽到沈瑞斌同意離婚，我恨不得有錄音，要立刻傳給劉楷霍聽。

「你不用急，等到我跟我男友談妥結婚細節時，就會簽離婚協議書。我想你也知道，現在只差我的簽名而已，霍霍早就已經簽好了。」他補充說道。

原來，他真的打算要跟那個男生結婚。我不禁好奇，到底是什麼原因會讓一直為了維持網紅形象，始終不願意離婚的沈瑞斌，現在竟突然同意了呢？很神祕。

沈瑞斌走了以後，我到自助洗衣店，看見小貓咪今天也窩在店門前的角落。我走近小貓，蹲下來，摸摸牠的頭，牠很難得地抬頭看看我，發出喵的一長聲。

「什麼什麼？你想要說什麼？你是不是想恭喜霍霍終於可能離婚成功了？還是你想恭喜我終於可以名正言順追霍霍了？」

小貓咪又叫了一聲，我不懂，但就當作牠在為我道賀吧。

一轉眼，Kit-Teung首爾場見面會搶票的這一天就到了。

我們為了搶票做好萬全的準備，一如既往，該有的設備沒有少，該做的儀式也都有做到。前天阿普找我去吃涮涮鍋，昨天晉合哥找我去吃牛肉麵，我都說這幾天腸胃不舒服婉拒了，但那其實都是謊言。因為我真的不好意思直說，在搶票的前三天，我許願吃素。

為了偶像見面會的搶票而吃素？這種荒謬絕倫的事，我怎麼會做得出來？我自己想到都覺得害臊，哪敢對別人說呢？就連劉楷霍，我都沒有告訴他。反正只要最後的目標能夠成功，吃三天素也無所謂嘛。人偶爾避免大魚大肉，進行健康飲食也是很不錯的，我這樣說服著自己。

「其實泰星在韓國還沒有非常火熱，所以應該很有希望搶到最好的票。」阿普說。

「可是很多『泰妃』會想飛去首爾看見面會，因為比在泰國更容易搶到票。還有別忘了，中國的粉絲也會來搶票，所以我們還是不能掉以輕心。」

劉楷霍戰戰兢兢地說。

「好了，倒數五秒開賣，五、四、三、二、一！快！」尼克喊著。

我真的不是迷信，但是又覺得似乎不能不信。

就這樣，我替劉楷霍搶到了第一排最中間的VIP門票。

20

Kit-Teung首爾見面會的舉辦日愈來愈接近，代表劉楷霍距離看見Kit-Teung本尊的那一天也不遠了。看見劉楷霍開心期待的模樣，彷彿我的生活過得更有意義。

我和劉楷霍的關係卻漸漸恢復成之前的狀態。在蹺蹺板事件以後，我曾經想要刻意與他拉開距離，但自從那一天，沈瑞斌親口告訴我他將會同意離婚，而我一時衝動坦承我喜歡劉楷霍以後，當我面對劉楷霍時，似乎有一堵高牆就突然被推倒了。

雖然我仍堅持不能讓劉楷霍在離婚前做出踰矩的事，不願他有把柄落在沈瑞斌的手上，但此刻我已不覺得需要再刻意迴避他。縱使我不清楚，我們真的有可能談成戀愛嗎？坐在蹺蹺板的那一晚，他說他有一點喜歡上我，難道真的只是造句的玩笑話？然而，我告訴自己，至少，他會離婚。倘若他真的有一點喜歡上我，並知道我對他的心意，現在全都因為他離婚有望這件事，讓我終於感覺我跟他的未來有了可能性。

劉楷霍為了迎接KT台北見面會，擔任起粉絲後援會工作人員，那些為了台北場宣傳進行的募資經費，原本因為活動取消要一一退給參與募資的人，不過他告訴我，粉絲們都很團結，信任後援會不會將經費挪作私用，於是決定不退費，直接將費用轉為首爾場的應援支出。台灣粉絲後援會決定跟韓國粉絲後援會一起合作，購買在首爾弘大和新村的地鐵站廣告。劉楷霍說，Kit-Teung 一定會去跟廣告合影認證，那麼他們兩人就會看到來自台灣粉絲們的祝福，知道台灣粉絲在想他們，期盼不久的將來能實現在台北辦活動。

這天晚上，我在洗衣店的時候，碰到阿普拎著一袋衣物來洗。他說要來洗家裡用的幾條大浴巾，因為覺得在洗衣店洗完直接烘乾，比在家裡洗完曬乾，觸感會更好一點。

「這麼多條大浴巾？」我有點意外要洗的數量。

「對呀，我、我媽跟我爸，還有尼克的，四個人。大浴巾不會每天都洗，所以本來應該只有四條的，但是尼克很堅持每天要換大浴巾，所以才會變成這麼多條。」

「尼克是個很有原則的人吧？」

「算是吧，但可能更多的是潔癖啦。」

「有原則又潔癖，代表是個小心翼翼的人，做出選擇都是經過深思熟慮。」

阿普突然露出他招牌的自信笑容：「沒錯呀！不然怎麼會選擇我?!」

「你們兩個感情真不錯。」

「對啊……」阿普雖然說「對啊」，但是臉上卻忽地閃過一抹奇怪的神情。

「最近有吵架，或發生什麼事嗎？」我問。

「嗯……也不是吵架。」阿普深呼吸一口氣，說：「只是尼克最近認識了一群新朋友，很談得來，常常會一起去打籃球。」

「打籃球？」

「對，那群新朋友也是身障人士，他們組了一個籃球隊，邀請尼克加入。就是你會在電視上看到，大家坐輪椅打球的籃球隊。本來尼克說他不會，沒想到愈來愈有興趣。」

「那不是很好嗎？他好像一直都沒有一群身障的好朋友？」

「是啊，我是很替他感到開心啦，畢竟他以前有點社交恐懼，而且剛好新朋友裡面也有在追泰星的粉絲，他們喜歡的CP恰好一樣，回來常常跟我說他們天南地北聊的事，看得出來他很開心。」

「很不錯。他能夠踏出這一步，都是因為你的努力。可是為什麼你好像看起來，有點擔心什麼似的？」

「嗯……該怎麼說呢，就是最近我覺得他花在新朋友身上的時間愈來愈多。昨天跟我說，以後每個月單數週的週六，他沒辦法幫忙一起賣斑蘭葉雞蛋糕，要跟他們去練球。這當然沒問題啦，只是我好像忽然覺得……有種奇怪的感覺，說不出來。」

我替阿普找適當的詞彙，替他說：「有點落寞是吧？覺得他好像不那麼需要你？」

「嗯，好像是有那麼一點這種感覺。」

「我還以為是你們感情上碰到什麼問題了呢！原來只是這樣的事。你就是吃醋了吧？其實我覺得大家各自有自己的朋友圈比較健康，每天兩個人膩在一起，長遠來看不見得是好事吧？還是你是擔心，怕他跟其他男生在一起？」

「是不至於啦！」阿普又亮出他自信的眼神，說：「像我這麼優秀的男生，他深思熟慮後選擇的我，怎麼可能輕易放棄？不會有第二個我喲！」

看著阿普，我有點羨慕他。要是現在的我和劉楷霍，都能像他這麼有自信的話，或許生活就能夠過得更簡單一點，不會那麼猶豫不決吧。

「尼克他有新朋友圈，有新的生活，我好像也應該去拓展一下我的人際關係，認識一些新朋友，才不會覺得停滯不前。」

「如果你有這樣的動力想去認識新朋友，我贊成。不過斑蘭葉雞蛋糕還是要賣的，好嗎？如果你因此荒廢『泰旁邊』的生意，我就會全力反對。」

阿普笑起來，對我保證我會一直吃得到斑蘭葉雞蛋糕。接著，我們的話題聊到劉楷霍準備要去首爾參加 Kit-Teung 見面會的事。阿普說，他沒想到票很快就售罄。

「原本以為 Kit-Teung 在韓國沒有很紅，票應該不會全部賣光，但沒想到不到兩天也全部賣光光。雖然不知道買票的歌迷，到底是哪一國的最多。」

「還好有幫霍霍搶到一張好票了。」

「你不陪他一起去嗎？」

「我？如果是在台北，還可以陪他去，但一起出國不太好吧？再怎麼說他也是有家室的人，這樣容易讓他被閒言閒語。」

「只是一起出國參加見面會，飯店房間各住各的，有什麼關係？」

「話是這麼說沒錯……還是等到沈瑞斌正式跟他離婚再說吧。」

「所以你真的喜歡霍霍？我跟尼克早就看出來了。」

「啊？……」

被阿普這麼一問，我才驚覺我的回答方式暴露了太多祕密。

我什麼也沒說，心虛地轉身離開，走到店門口想看看小貓咪在不在，不過這一天完全沒見到貓咪的蹤跡。

劉楷霍這兩週特別忙，除了投入Kit-Teung台灣粉絲後援會，每天忙著規劃KT首爾見面會的應援活動以外，泰國經營腐劇規模最大的電視台GMMTV，在這兩週宣布旗下幾組藝人要來台開見面會，那其中也有劉楷霍喜歡的CP，所以他同時得進行其他人的應援活動，當然除了應援以外，更重要的是還得搶票。

這個週末，我跟著劉楷霍到假日花市，不是為了買花，而是流浪動物之家這週末在花市有設攤位。劉楷霍因為Kit-Teung的Kit愛動物，為了響應偶像，偶爾就會來這樣的地方幫忙。如果有民眾要認養狗狗的話，他會協助員工幫忙解說認養事項。每次活動結束後，流浪動物之家都會在網路上公開感謝志工的熱情幫忙，而劉楷霍每一次用的名義都是Kit-Teung台灣粉絲。按照他的說法，就是幫Kit「做功德」來的。

上次陪他去過郊區的狗園，一直對市區裡認養狗狗的攤位如何運作有點好奇，聽到這週末劉楷霍恰好要去，於是我決定跟隨。

假日市集人聲鼎沸，氣溫炎熱，如果不是有愛，真的很難堅持待上好幾個小時。劉楷霍是出自於對Kit和狗的愛，而我則是出自於對劉楷霍的愛。

看著劉楷霍保持微笑招呼前來詢問認養流浪狗的民眾，我覺得他真是精力充沛。明明他年紀比我大，怎麼好像我比他還老，一下子就累了。

「你參與那麼多粉絲應援活動，占去很多時間，應該很累了，我很佩服你還有精力來幫忙流浪動物。」

「回到家才會開始感覺累，在外面做這些事的時候，因為是喜歡的事吧，就會不知不覺很投入，沒感覺到累。」他說。

「我沒記錯的話，明天又要搶票了對吧？GMMTV藝人台北見面會的票？」

「對！真不好意思又要麻煩你了。」

「能幫上忙當然沒問題，只是不一定能搶到最好的票。說真的，雖然你們都說我是搶票金手指，但每次我都覺得自己只是僥倖，永遠不曉得下一次能不能成功。」

「沒關係，只有**Kit-Teung**，我會希望能買到VIP票，其他的CP活動，只要能進場我就很滿足。你別有壓力，其實現在我覺得，其他CP的活動就算沒買到票，沒看到也無所謂。畢竟我的本尊是**Kit-Teung**呀！能看到他們就好。我應該把所有的關注跟好運，都集中『迴向』給他們。」

他這番話，簡直讓我以為看見他站在蓮花上，天浴神光了。他真的好期待看見**Kit-Teung**本尊。只是我也在想，偶像背負著粉絲這麼大的期望，面對每一個決定，看見每一次成績，應該也是很有壓力的吧？

「追星的粉絲，大家都像你一樣，這麼專情在嗑同一組CP嗎？」我好奇。

「當然不是啊。有更多的人是見一組愛一組。嗑CP讓人有戀愛的感覺，但是跟真正的戀愛最大的不同，是方便而且簡單很多。很多追星的人都會說，在現實中的戀愛關係，你無法說換就換說分就分，對吧？可是嗑CP，你如果不愛就不愛啦，不用對誰負責。有新的CP出來，想嗑就嗑，馬上跟舊CP無痛分手。當然你要很博愛也行，開一艘愛之船，把所有你愛的CP全都放上床，啊不是啦，全都載上船。」

劉楷霍俏皮地吐了舌頭，三十幾歲男人絕不輸給十幾二十歲男孩的可愛模樣。

粉絲是這麼追逐偶像的，而偶像們或許也明白，表面上自己像是被這麼多人愛著，但其實粉絲的熱情也是轉移得非常容易。他們會感到不安嗎？那種愛，說起來比現實中的愛情更虛無飄渺。

想紅卻紅不了，令人不安；紅了也擔心隨時不紅，依舊不安。這一陣子不知不覺跟著劉楷霍認識了追星嗑CP的領域，開始會去思考一些過去從未想過的事情。

我突然在想，當年在我面前，那個不到二十歲的陳力騰，為了想紅，是否曾經也是抱著不安，所以做出了那樣的事？後來，他終於實現了他的願望，成為舞台上那個聚光燈下的Teung，然而，他的不安是否還在呢？

我同時也想到沈瑞斌。就像時下很多人都想變成網紅一樣，當他成為了人氣YouTuber，對小小走紅食髓知味，卻為了維持名聲而利用伴侶，那一切也是源自於他內心的不安吧。其實，他早就忘記拍片分享生活的初衷了，活在社群網站的世界，流量、名氣和業配收入變成唯一關心的事。

說到現實世界中的分手，我想到劉楷霍跟沈瑞斌的離婚進度，不知進展到什麼階段。

「你跟沈瑞斌，有任何新的狀況嗎？」我問。

「就跟上次說的一樣，沒什麼改變，他總是習慣主導一切。」

劉楷霍說，沈瑞斌告訴我他同意離婚的那一晚也跟他說了。可是在那之後，沈瑞斌還是一樣我行我素。明明結婚跟離婚都是兩個人的事，沈瑞斌卻只顧著自己，還要等他處理好他跟他新男友的狀況，才願意簽離婚協議書？真是自私自利到不可理喻。

但是，我盡量不在劉楷霍面前說這些話，除了避免過度介入他們的事，更重要的是不願增加他的煩惱。我知道，他當然也想快點離婚，但是操控權不完全在他，旁人一直碎碎念，聽多了恐怕也會感到煩躁吧。

假日花市裡認養流浪狗攤位的工作結束後，劉楷霍收到一封訊息，臉色突然有點凝重。我問他還好嗎，他告訴我是護理之家傳來的訊息。

「我爸他又發燒了。老毛病，因為感染而發燒。」

「狀況怎麼樣？需要送醫院嗎？」

「目前先觀察一下，看護給了退燒藥，說如果還是高燒不退，可能就得再送到醫院急診室，就跟之前一樣。」

「希望沒事。他這樣實在很辛苦，常常得送醫院。當然，你也是很辛苦。」

「慶幸他之前有買保險，也還好有姑姑的幫忙，不然我媽等於是不聞不問。當然我沒有怪她的意思，畢竟他們都已經離婚，她也有自己新家庭的事情要煩惱吧。」

關於劉楷霍母親的現況，我沒有問。我想如果他想說的時候，自然會告訴我。不然問多了，我幫不上任何忙，恐怕還徒增他的困擾。

「要回家了嗎？還是晚上有空一起吃晚飯？」我問他。
「今天星期日對吧？晚上又得跟沈瑞斌去吃飯，參加他們一個月一次無聊的夫夫聚餐，所以等一下要去餐廳，今天在西門町。」
我聽了，頓時心又一沉。
「你們都在談離婚了，他卻還要你去參加這種聚會？」
「我不想去，你知道的。可是，他一直非常在意這個活動。我擔心如果在這個節骨眼上，他要是不爽又反悔離婚的話，事情更沒完沒了。算了，反正再陪應該也沒有幾次了，就算是我的慈善回饋吧，以德報怨，這一次為自己做功德。」
他苦中作樂笑著說。劉楷霍容易心軟的個性，讓沈瑞斌對他變得予取予求。我對自己的無能為力感到無奈。
「沈瑞斌在網路上宣稱那個被拍到的小男生是他的伴侶，根本是胡說八道，那些來參加你們聚會的夫夫們都知道吧？事情爆發以後，你們是第一次聚餐嗎？不知道那些人會怎麼看你。劉楷霍，你確定真的可以嗎？要去面對這些人這些事。」
被我這麼一說，他沉默不語，變得心事重重。他抿起嘴，好像他也不知道該怎麼辦的模樣，兩顆圓鼓鼓的眼珠子轉啊轉的，竟彷彿漸漸紅了起來。
天啊，霍霍你不要這樣。為什麼你的不知所措也如此惹人憐愛？為了防止自己一不小心抱起他來，我只好避開他的目光。讓他陷入這樣的情緒，我突然滿懷歉意了，覺得剛才似乎說得太多。如果就這樣道別，放他一個人走，我有點不忍心。

「你吃飯的地方在西門町是嗎？我跟你一起過去，我想去蜂大咖啡買桃酥。」

「好啊。那能不能麻煩你也幫我買？我再跟你拿。」

「我不知道原來你也喜歡？」

「我沒吃過呀。不過，既然你會想要特地去買，我想應該就是好吃的。我想吃吃看你覺得好吃的東西，我想，你的品味不會差。」

喜歡一個人的時候，情緒總是容易上上下下，好容易受到波動。幾分鐘前才因為劉楷霍說要跟沈瑞斌去吃飯而失落，現在又因為他這一句話而感到窩心。我曾經以為我的品味很糟糕，因為陳力騰的緣故；如今我知道我的品味其實是不差的，因為劉楷霍的存在。

「可以嗎？幫我買一點。」他追問。

「當然可以，買很多都可以。」我回答。

他笑起來，彷彿剛才那些困擾他的情緒，從來沒有出現過。

我們搭捷運到西門町，出站時，站在十字路口等紅綠燈，等過了這個斑馬線以後，我們就會各自走向不同的方向。

「你有看到對面那棟樓嗎？」

劉楷霍指著十字路口的另一側。我點頭回覆表示有看到。

「那棟樓的二樓有一間賣訂製T恤的店，我們公司有跟他們合作，做偶像應援商品。我跟你說過吧？我曾經送過Kit一件T恤，是我自己設計的，畫了他養的柴犬插畫，然後寄到曼谷給他的經紀公司。你還記得這件事嗎？」

「我記得。你畫得很好。」

「就是在那間T恤店印製的。全世界只有兩件，一件寄給他，一件留在我自己身邊。」

「他還是沒有穿過，拍照『認證』嗎？」

「哈！沒有。可能一直埋在粉絲送的禮物堆裡，根本從來沒發現過。」

「沒辦法，明星收到的禮物真的太多了。」

「我決定這次要穿那件衣服去看首爾見面會！」

「我覺得很不錯。」

「超期待！」

他臉頰上的酒窩，在夕陽下顯得柔和且溫暖。

「你有仔細看過你的酒窩嗎？」

我不著邊際地忽然這樣問他。

「有啊，有一次我很仔細看，酒窩出現時把食指點下去，結果收起笑容時，酒窩居然卡住我的手指，拔都拔不出來。本來想去醫院掛急診，後來沒有。」

我愣住，沒想到怪怪的他又出其不意開始發功，但很快地，我就反應過來。

「後來是不是看了Kit-Teung的撒糖影片就解決了？」

我不像以前剛認識他時會被他嚇到了，我已經懂得如何接招，找到跟他步伐一致的方式。他聽了以後相當開心，感覺有人懂他。

「你怎麼知道？很聰明耶你！一直對著手機傻笑，酒窩放大，手就拿出來了。」

他的酒窩笑得更開更深了。那一刻我懷疑，劉楷霍的酒窩是宇宙的一個黑洞，可以把現實生活中惱人的情緒都吸走。

綠燈亮起，我們走過斑馬線互相道別。

他要去找沈瑞斌，但其實整個人的心思卻是走向Kit-Teung。

21

我真的以為不久以後劉楷霍要實現他的夢想了，但是他沒有。

他終究沒有見到Kit-Teung。

不過，這一次不是外力的阻撓，而是他主動放棄。

在首爾見面會舉辦前一週的週五中午，晉合哥突然打電話給我。他通常都是傳LINE訊息，很少會直接打電話，可見有緊急的事。

晉合哥問我，今天晚上有空一起吃飯嗎？他說，他們在永康街的餐廳訂了位，是吃合菜的，本來邀其他幾位朋友一起去，但朋友們不巧有的確診新冠肺炎，有的得流感，臨時去不成。餐廳已經付了訂金，老闆也準備好食材，早就事先預告不能取消訂位，所以來問我能不能一起去吃。我告訴他今晚沒事，我可以去。

「對了，是我們邀請你去，所以費用我們出。」晉合哥補充說明。

「那怎麼好意思，我知道那間餐廳很有名，很貴的。」

「不要緊。本來那一桌，就是我跟劉駿光要出錢請我們朋友吃飯的，只能說他們沒有口福囉！對了，你有其他朋友也有空可以一起去嗎？」

「我可以找人？還缺幾個人？」

「當然可以，我都問你了。嗯，我想想喔，你跟我們已經三個人了，還有三個空位。你可以找到三個朋友一起去嗎？這樣都是你認識的朋友，比起我們去找你不認識的人來，你會比較自在。」

「真的嗎？好，我來問一下。謝謝喔！」

「謝什麼？是你幫了我的忙。」

「幫忙被請吃飯，這種『忙』也太好了。啊，對了，有一個朋友，他的腳不太方便，必須坐輪椅，如果他要去的話，餐廳OK嗎？」

「我們訂包廂，一定沒問題。交給我，我打電話給餐廳，請他們事先準備一個比較寬敞的包廂。那我就等你回覆喔！」

我說好，現在立刻就去聯絡，馬上回覆給他。

我想到了尼克、阿普，還有劉楷霍。電話掛去後就聯絡他們，三個人真好說話，立刻答應。他們知道平常經常會去的自助洗衣店，老闆其實是晉合哥和駿光哥，而我也曾經跟他們提起晉合哥和駿光哥兩個人跨越二十多年的戀愛故事，所以他們也很期待相會。就這樣，當天晚上，我身邊原本不相干的兩群朋友，終於相識了。

忽然吃到高級好料，我們向晉合哥和駿光哥道謝，晉合哥笑著說：

「是我們要謝謝你們來，把這個包廂的平均年齡層給拉低了！」

「沒錯、沒錯！」駿光哥說：「本來今天要來的那些朋友，年齡比我們兩個還大呢！我們不知道多久沒跟不到二十歲的年輕人一起吃飯了！你們年輕人，胃口好，多吃一點！」

在場的尼克十九歲，阿普只有十八歲，他們兩個被點名，笑得很開心。

「晉合哥和駿光哥看起來還是很年輕，一點都不像四十幾歲了。」我說。

「會用『看起來』就代表其實年紀很大囉！哈！說是四十幾歲，其實再過幾年就要五十歲了。不過，我們已經沒有那麼在意年齡了，健康才是最重要的。」晉合哥說。

「快五十歲？不可能吧！」天真的阿普脫口而出，驚呼道。

「你很失禮！」劉楷霍用手肘推了推身旁的阿普。

「我是在場三十歲世代的代表，今年三十三歲，」劉楷霍說：「雖然距離四十歲還有一段時間，但我最近也開始漸漸體會，健康比年齡更重要。」

「健康不只比年齡重要，其實也比工作成就，甚至比婚姻還重要。總之沒有了健康，一切就是歸零。年輕的時候大家愛比誰比較帥，但是年長以後要比的是誰更健康。健康的才是贏家。」駿光哥說。

「雖然我沒看過駿光哥年輕時的照片，但是現在的駿光哥，我覺得很帥。」

阿普說。他的嘴真的很甜。

雖然我跟晉合哥、駿光哥不常見面，但每一次相聚，我總是能從他們身上獲得一種安心的感覺。比起隱藏許多情緒的我來說，他們也算是有話直說的個性，我常在想，身為男同志，活到四十歲後段班，想必這大半輩子也遇到許多困擾與折磨人生的事吧？然而，究竟是怎樣的人格特質，能讓他們依然保持如此清爽的生活態度呢？

再看看身旁的劉楷霍，生活中充滿那麼多的煩惱，同樣也沒有失去自己真實的那一面。喜歡明星，想靠近他們，就努力付出他能做到的，那種不被現實打敗的夢想也好、熱情也好，先不論旁人是否認同，其實本身就是一種堅毅不屈的人生觀。

相較之下，我覺得自己太沒用了。難道只因為多年前發生的那一件事，就讓陳力騰打敗了我？

「好啦！不要再對年輕人講這個了！顯得我們真的很像老人耶。來一點屬於你們年輕人的話題吧！讓我們見識一下不熟悉的世界。」晉合哥說。

晉合哥和駿光哥很好奇劉楷霍、阿普和尼克的事。除了知道他們在經營斑蘭葉雞蛋糕店「泰旁邊」以外，聽到尼克提到他們因為追星認識，而且還是大家比較少在追的泰國明星，感到非常新鮮有趣。

追星、嗑泰國腐劇CP、聽泰文歌，甚至學泰語，這話題在餐桌上正式開啟。

「同樣是追星，追泰國的，跟追韓國或日本的，有什麼不同嗎？」晉合哥問。

劉楷霍像是切換進另一種模式，眼睛突然亮起來。

「很不同。」他說：「泰國的偶像明星比起其他國家來說親民很多。他們站在舞台上表演時，是遙遠而閃亮的明星，但下台以後卸了妝，無論是走在街上或是在社群網站上，就感覺『明星』這件工作下班了。如果粉絲私下遇到泰國藝人，他們基本上都很樂於跟粉絲聊天、合照，甚至互開玩笑。大部分的他們沒什麼『偶包』，生活裡任何瑣碎的事情都願意發文發照分享，更不在意素顏曝光。至於演BL戲的CP們，韓國也好日本也好甚至台灣，大家都只是把湊成一對演戲這件事當作公事公辦，在宣傳期時，面對媒體配合講幾句曖昧但是超客套的話。可是泰國的CP常常戲裡戲外都很親暱，被人拍到私下的互動，明明不是面對鏡頭也還是感情融洽，有時候甚至曖昧到引人遐想。當然，很多人說那只是因為泰國CP『營業文化』很徹底，但是對我們這些嗑CP的粉絲來說，倒是對泰國這種『售後服務』感到相當滿意的。總之啊，只要你一旦嗑上泰國CP，就很難回頭去對其他國家的CP付出真感情了。而且他們活動祭出的各種『福利』也是其他國家藝人難以辦到的。」

「偶像親民，跟粉絲們沒有距離，會不會也有一些麻煩的事發生呢？像是如果遇到瘋狂粉絲就很危險？藝人跟粉絲之間的關係拿捏很微妙。」駿光哥問。

「大部分的泰國粉絲都還滿守規矩的，以前從沒有發生過什麼事。不過，最近這兩年確實有點改變了。因為很多國外的粉絲也會衝去泰國追星，可是某些人很不懂得分寸，沒禮貌，遇到藝人時不先問一下能不能合照，居然就立刻衝上去又摸又抓，亂拍一通，經常把藝人給嚇到。不懂得尊重藝人隱私權的『私生飯』愈來愈多，到處跟蹤偶像偷拍，到藝人家樓下站崗，讓他們徹底失去日常私生活的自由。」

阿普舉手，向晉合哥和駿光哥補充說明：

「私生飯，最初是來自於韓國的名詞，指的是喜歡刺探藝人私生活的歌迷。『私生』是韓文『私生活』的縮語，『飯』就是粉絲，英文『FAN』的諧音。」

晉合哥和駿光哥聽了猛點頭，一副原來如此的表情。

「還有些外國粉絲非常自大，覺得有錢就是老大，好像認為是他們賞飯給泰國藝人吃似的，藝人會紅全是因為他們。只要藝人說出任何一句讓他們不滿的話，他們就無限上綱到認為汙辱他們國家，嚷嚷著退粉，要他滾，從此別想再賺他們錢之類的。其實，又沒有人拿槍逼他們去買見面會門票，逼他們掏錢做應援廣告、做食物應援或買周邊啊！本來就是他們自願的。愛的時候把偶像捧上天，跟自己想法稍微有點不同時就變成黑粉，什麼難聽的話都講得出口。不想看就不要看、不要買嘛，那些人根本稱不上是真正的粉絲。說真的，少了他們搶票，我們還比較好搶呢！」

劉楷霍滔滔不絕，但是因為話中有太多「術語」，我知道晉合哥跟駿光哥一定不懂，所以在他講完以後，馬上做了名詞的補充說明。

這會兒換尼克舉手：「重點是這些心態扭曲的粉絲們，總是心口不一。嘴上說著要退粉，其實還是會在網路上偷看影片，甚至花錢去買黃牛票參加見面會。」

晉合哥跟駿光哥露出佩服的神情，大概也是對原本話不多的劉楷霍，突然提到追星就變了個人的形象感到驚訝。

正當我們以為劉楷霍已經說完時，他忽然又開口。

「另外，住在曼谷很容易見到明星。除了要買票的見面會或演唱會，他們很常會在百貨商場出席商演活動，為產品做廣告宣傳。雖然每次時間都不長，人很多，多半也只能很遠地看到他們，但至少是本尊。只要你願意早一點占位子，還是可能看得到。」

「有點像以前歌手會去西門町廣場或是百貨公司前辦簽唱會，還有跑全省唱片行的簽售會。」晉合哥說。

「對，笑死，太懷舊了，連『全省』這兩個字都冒出來。」

駿光哥笑到合不攏嘴，晉合哥推了推眼鏡，搔搔頭說：「對吼，現在已經不太會有人說『全省』了。」

「楷霍說的這些很有趣，沒想到泰國演藝圈是這樣的模式。」駿光哥說。

「還有還有，大家都說在曼谷只要常常逛商場，就會很容易看到明星。因為曼谷太熱了，大家都想躲到冷氣強的地方。我也不知道是不是真的？」劉楷霍說。

「以後去看看，就會知道啦！」尼克說。

「準備要去曼谷玩嗎？」晉合哥問。

「還沒有啦。」劉楷霍回答。

「不過他下星期要去首爾喔！參加他愛的CP舉辦的見面會。」

阿普補充說道，可是，他的話才剛一說完，劉楷霍忽然就搖搖頭。

「喔，我還來不及告訴你們一件事。雖然還沒定案，但今天晚上應該會決定。那就是我大概有九成的可能，不會去首爾了。」

「蛤?!」我跟阿普、尼克三個人瞠目結舌，狂問原因。

「是這樣的，前幾天，KT台灣粉絲後援會的聊天群組裡，有人轉了一篇文章，是韓國粉絲後援會群組裡的貼文，剛好有人會韓文，就翻譯給我們看。原來是有個韓國姊姊說，她罹患了癌症，前幾年病情控制得還不錯，但這一年來跑醫院的機會增加很多。她很愛看泰劇，但因為健康狀況不穩定，一直沒機會去泰國玩，只有泰星去首爾辦活動時，她才能參加，感受一點泰國的氣氛。她的本命是Kit-Teung，本來這次想去看，可惜沒搶到票。她不知道KT未來還會不會去首爾，也不知道她的身體狀況能不能撐到那一天，但無論如何，在她還能夠付出的時候，就算去不了見面會，她仍然會很努力做應援物到場外支持KT，希望有票的粉絲們能玩得開心。」

「怎麼聽起來有點感傷。」尼克說，阿普聽了點點頭。

「應該不是騙人的吧？」我問。

「我們覺得應該不是。因為群組裡有幾個她的朋友，知道她的狀況。」

「嗯。所以，你想把票讓給她嗎？」我問。

「我想了兩、三天，決定要做這件事。今天晚上應該會請群組裡的朋友幫忙，如果那位姊姊願意接受，我就讓票給她。」

「可是……」阿普支支吾吾說：「你確定嗎？是Kit-Teung耶……」

「當然是有點捨不得啦，畢竟搶到這麼好的位子，如果去成，就是實現願望，最靠近他們的一次。不只座位近，還可以擊掌，還能一對二合照。可是，那個韓國姊姊好像比我更迫切想見到他們吧？我這次沒見到，還有以後；韓國姊姊的健康不佳，能有多少以後真的不知道，對吧？我常常幫Kit『做功德』，如果能幫助到韓國姊姊，我想這也是一種做功德啊！要是Kit知道了，一定會很開心我這麼做的吧？」

劉楷霍非常誠懇說完這一席話，我靜靜聽著，突然有點感動。

我完全沒料到事情會有這樣的發展。劉楷霍竟然願意放棄親自見到、甚至能觸摸到Kit-Teung的好機會。然而，他的理由卻又非常符合善良的他，會做出來的事情。

劉楷霍轉過頭來看我，忽然向我道歉。

「為什麼要跟我道歉？」我問他。

「因為是你花力氣，努力幫我搶到票的呀！結果我卻要讓給別人。」

我確實是花了一點力氣，祈求能順利搶到好票，不過，我完全贊同他的決定。

「別道歉！我完全沒有問題，我只是幫你搶票，但票是你的，你可以決定要怎麼處理。況且，我覺得你想做的事，是一件很好的事，我支持。」

「真的嗎？太好了，謝謝。」

晉合哥和駿光哥今天才第一次聽我們談起追星的話題，就直接進入前所未有的特殊轉折。他們兩個直說特別，原來追星的粉絲們彼此這麼相親相愛。

「也不一定啦！」尼克解釋：「嫉妒對方總是太幸運，或是一起搶票，本來感情不錯，結果你有我沒有，搶到鬧翻的也是有。」

晉合哥說，他也支持劉楷霍的想法，他想那位韓國女生一定會很感動的。

「話說回來，我們這裡不是坐了一位搶票金手指嗎？只要有他在，相信在不久的將來，楷霍很快可以有再看到偶像的機會。」駿光哥看著我說道。

「不會覺得我很麻煩？真的願意再幫我嗎？」

劉楷霍一副苦苦哀求的表情，令人又同情又好笑。

「雖然不知道還能不能那麼幸運，但是我會努力的。」

我當然會繼續幫他，想辦法讓他見到Kit-Teung。在如此善良的他面前，我的腦中忽然閃過一個念頭。即使動用到最後一招，打破過去立下的原則，但為了達成劉楷霍的願望，或許我願意嘗試。

吃飽飯，阿普推著尼克搭電梯先下樓招計程車，劉楷霍去上洗手間，我陪晉合哥、駿光哥結帳時，因為只有我們三個人在，駿光哥提起了沈瑞斌。他知道沈瑞斌對外謊稱，被偷拍到的男生是他的伴侶這件事。

「知道時很意外吧？」我問。

「可以說意外，也可以說不那麼意外，畢竟我們同志熱線裡的幾個人，很久以前就聽說過沈瑞斌的為人。不過我今天要跟你說的是，那個被拍到的男生，我們也知道是誰。」

「你認識？」

「不算認識，只是一起吃過飯，在一個企業尾牙的場合。你聽過『光傳媒』吧？」

「我知道啊，好像是哪家銀行投資的網媒公司，旗下好幾個知名網紅。」

「對，那個男生是『光傳媒』總監的兒子。」

「居然。」

「所以我說不意外，因為依照沈瑞斌『往上爬』的性格，他會親近那個男生，背後多少有點什麼盤算吧？」

「說『往上爬』是客氣了，他根本是攀權附貴。啊……難怪……」

「難怪什麼？」

「難怪沈瑞斌先前說什麼都不願意跟霍霍離婚，但這一次突然願意了。我本來一直納悶為什麼，原來是因為這個原因。他找到更大塊的浮木了，對他有利的。」

駿光哥突然壓低音量悄悄地說：「楷霍上完廁所過來了。」

我們停止了原有的話題。畢竟，不知道劉楷霍知道這些祕辛，是好還是不好。

「對了，剛剛吃了蘿蔔絲餅，他們可以外帶嗎？我想買幾個回家。」

劉楷霍問，結帳櫃檯後的店員聽到了，回覆說可以。劉楷霍於是買了六個外帶。

「不知道你這麼愛吃蘿蔔絲餅？」我問。

「我喜歡啊，這家餐廳真的做得很好吃。剛剛想到沈瑞斌也滿喜歡吃的，就順便多買幾個帶回去給他吃吃看好了。」

我跟駿光哥對看了一下，他聳聳肩，有點無奈的表情。

「你對他太好了，他應該要感到慚愧。」我說。

劉楷霍笑起來，說：「不只該慚愧，他該感到無地自容才對。算了啦，反正快離婚，以後不相往來了。買蘿蔔絲餅這種事只是舉手之勞，我就當自己是終身童子軍好了，日行一善，反正我自己也想吃。這樣吧，如果他一聲謝謝都不說，我就祝他吃了以後便祕七天。這樣算夠痛苦的懲罰吧？」

「非常痛苦。」駿光哥笑出來。

怪怪的劉楷霍，人真的太善良了，而我心底依舊為他的遭遇抱屈。

我是不是應該要幫他報名什麼好人好事代表，還是十大傑出青年啊？

劉楷霍帶著美味的蘿蔔絲餅回家，當天晚上，他傳訊息告訴我，他已經正式把票讓給那位韓國女生了，據說對方感動到哭出來。

「而且我沒收她票錢，我送她。」

「真假？那一張VIP票，不少錢耶！」

「對啊，但是我跟姊姊說，可不是請她看喔，是因為國際匯款手續太麻煩了，所以乾脆就先這樣吧，等到我有機會去首爾玩時，她請我吃一頓大餐就好。今年是不可能去，也許明年，甚至後年，總之請她一定要好好健康生活著，等我去。」

還好此刻沒有人看得到我，因為看著手機螢幕的我，終於難掩情緒波動，濕潤了眼眶。

「你做得很好。」我回訊息給他。

「還好啦，日行一善嘛。」他回我。

「說到日行一善，沈瑞斌有吃蘿蔔絲餅嗎？他有謝謝你嗎？」

「他吃了，說好吃，笑得很開心，但沒謝謝我。」

「還笑得出來？他不知道明天開始有一星期，他將嚴重便祕。」

「七天大不出便來，好像真的有點恐怖？我想到跟一個一肚子大便的人同在屋簷下，就覺得恐怖。我改成三天好嗎？」

剛才讓票的感動，瞬間又被他搞笑的想法給破功。

「可以啊，就三天吧！」

「好。」

劉楷霍丟了一個Kit的貼圖過來，泰英雙語的圖說寫著：「You're so great！」

你才棒，你最棒，比我，比你愛的偶像都還棒。

相較於舞台上經過包裝而閃亮的明星，劉楷霍對我來說才是閃亮的星星。

22

劉楷霍放棄去看Kit-Teung首爾見面會，為了讓他不要太遺憾，我請阿普和尼克幫忙買了線上直播的票，並且預約了「小樹屋」，在活動當天大家聚在一起看直播。

雖然沒辦法在現場看到真人，少了臨場感，不過大家如同之前看直播一樣，準備好一大堆吃的東西邊看邊享用，氣氛倒也很高昂。我坐在劉楷霍身旁，不時偷瞄他，看他盯著螢幕時不自覺綻放的笑容，感覺他還是很開心。當然，我知道如果他能坐在現場，真正看一次Kit-Teung的表演，跟他們同台合照，一定會更興奮。

不知道從什麼時候開始，想要幫他實現這個願望，竟成了我的願望。

在劉楷霍、阿普和尼克的熱烈掌聲中，見面會直播圓滿落幕。

「粉絲見面會一半是在玩遊戲，期待之後他們辦演唱會，可以聽到他們表演更多的歌。」

劉楷霍仍一臉意猶未盡的模樣。

「他們最近都是在各地辦粉絲見面會，好像很久沒辦演唱會了？」尼克問。

「對啊，所以這次沒去首爾見面會也沒關係，我等待以後的演唱會。」劉楷霍說。

「到時候我們一定會努力幫你搶到好票的！」阿普說。

「我的追星運那麼差，有時候忍不住想，我真的會有見到Kit-Teung的一天嗎？會不會就這樣一直錯過呢？」

原本興致高昂的劉楷霍，突然垂下雙肩，笑容變愁容。

我見狀，立刻開口：「沒問題的，只要一直想著這件事，你一定有機會看到他們的演唱會。整個宇宙都會幫你的。」

劉楷霍看著我，笑起來，大概覺得我說得太誇張。不過，他重展笑靨了，顯然被我的這番話給鼓舞士氣。雖然整個宇宙到底有什麼力量，我其實根本也摸不著頭緒。

回到住家附近的捷運站後，大家道別，我說我要去洗衣店看一下。

「我跟你一起去，我想去看看貓咪。」劉楷霍說。

「說到貓咪，我好幾天都沒看到牠了。」我說。

「真的嗎？是去哪裡旅行了嗎？」

「可能去追星了吧。」

劉楷霍聽了笑起來。顯然我真的已經合格，跟他跳躍性的思維得以旗鼓相當。

我們抵達洗衣店，可是今天在門口依然沒有看見貓咪的身影。自從劉楷霍告訴我，店門前常有貓咪徘徊，我才注意到這件事。明明有一整排店面，我不知道為何那隻貓對我們的店情有獨鍾。因為劉楷霍喜歡牠的緣故，我也愛屋及烏，後來甚至買了一個小盆子，專門給貓喝水用，放在店門口的角落。

「貓咪可能不會回來了。我的預感。」劉楷霍說。

「你會難過嗎？」我問。

「我願意相信牠真的遠行去一個更好的地方。只是我沒有機會跟牠說再見，再摸摸牠，總有點小遺憾。」

「嗯，畢竟我們不知道牠要離開了。」

「大部分的時候都是這樣吧？其實大家總是來不及好好道別，因為誰也不知道，哪一次的相會可能就是最後一次見面。」

劉楷霍忽然語重心長，而在我耳裡聽起來，像是某種預言。

隔天清晨，我起床時一滑開手機，看到劉楷霍在幾個小時前傳來的訊息。

他的父親在半夜再次因感染發高燒，而且比過去幾次都更嚴重。照護中心聯絡他，將他父親送到醫院的急診室，經過緊急處置後狀況仍未改善，目前推進加護病房。

劉楷霍人在醫院，已經向公司請了假。我回傳訊息給他，問他目前的狀況呢？他很快就回我，說目前沒什麼好轉跡象，變數很大。

想了一會兒，雖然覺得有點不妥當，最終還是發出了這則訊息給他。

「要不要我過去陪你？」

因為我想，可能只有他一個人在醫院裡。

「沒關係，謝謝你。我姑姑還有沈瑞斌他們等一下就會過來了。醫生剛才對我透露，有沒有什麼家裡的人想要見我爸的，可以聯絡一下。」

醫生會這麼說，通常都是病患情況很嚴重了。連平常根本不會去看劉楷霍父親的沈瑞斌都要趕去醫院，我想，這一回他父親的狀況應該真的是很不樂觀。

出門去自助洗衣店的時候，巧遇沈瑞斌，他正走往捷運站的方向。我們正面相迎，四目交接。他沒想說話的意思，但我秉持以德報怨的精神，主動開口。

「你要去醫院對吧？請幫我帶上問候，希望劉楷霍的父親能度過難關。」

「我為什麼要去醫院？我要去上班。今天早上有很重要的會議。」

我沒想到他竟然如此回答，非常驚訝。

「你沒有要去醫院？可是劉楷霍說你正要過去？聽起來他爸爸的狀況不太好。」

「他爸爸這種情形，反反覆覆不知道多少次了。每次都說危急，最後還不是又活得好好的？我確實本來跟他說我要去，可是我忘了公司有會議，所以沒辦法。」

「你沒跟他說你不去嗎？他在等你吧？」

他冷笑一聲：「為什麼需要等我？他爸爸根本昏迷狀態，我去不去，有差嗎？再說，他爸以前清醒的時候，多討厭我，我去劉楷霍他家的時候，當著我的面講過多麼難聽的話，把我趕出去，劉楷霍在場，也被他爸趕出家門，他很清楚他爸讓我多難堪。這件事我是不可能忘記的。他爸現在變成這個模樣，根本是現世報。」

「他爸爸現在都生死一瞬間了，不要講那麼難聽的話。他們那一代，對同性戀有根深蒂固的誤解，很難改變。」

「我知道他很難改變，所以我改變自己。我改變自己的方式就是再也不要去見這種人。」

「那是你的選擇，我沒有意見。我只是覺得如果你不去醫院，你應該現在就跟劉楷霍說一聲，他以為你正趕過去。」

「黃宇弦，你應該知道我跟霍霍還沒有離婚吧？」

「當然知道。」

「那就好。我不知道你從霍霍那裡到底聽到了些什麼？但只聽一個人的說法，應該多少有點偏頗吧？我跟霍霍雖然現在準備要離婚了，但是我跟他相處這麼多年，婚姻生活過了這麼久，我們有自己的相處方式。我應該沒有義務要向外人解釋，而你也沒有立場對我發號司令，告訴我該怎麼做吧？」

這番話令我頓時無語。我只是不希望劉楷霍被欺負，但是他們兩個仍是夫夫關係，彼此會怎麼溝通甚至誰應該被指責，外人確實沒有置喙的餘地。

使不上力的感覺，令人鬱卒。

我離開，走到自助洗衣店門口時，發現不知道是誰，把放在門口給貓咪喝水的碟子給拿走了。直到這一刻，我突然跟劉楷霍的直覺一樣，覺得貓咪是真的不會回來了。

過了中午，我收到劉楷霍傳來的訊息，告訴我，他的父親走了。

劉楷霍的父親長年臥病在床，離開無論是對病患或照顧者而言都是解脫，可是對劉楷霍來說，他的心情非常複雜。他曾經告訴過我，他一方面不諒解父親對他的態度，另一方面他又想跟父親辯駁和證明，身為同志身分的價值，可惜父親昏迷不醒直到離世，這成為他永遠無法和解的遺憾。

「有任何需要幫忙的事，隨時跟我說。如果沒有需要幫忙的事也可以找我，只是想一起吃個飯也沒問題。」

我傳了訊息給劉楷霍，想讓他知道我關心他，如果他需要我的話，我都在。

不過我同時希望給他一點空間，畢竟我想除了處理父親的後事會非常忙碌，他也需要時間消化情緒，那恐怕是唯有一個人才能面對的。

劉楷霍父親的後事主要都由他的姑姑處理，所幸父親生前有保險並留下一點積蓄，所以基本上從醫療花費到葬儀費都從積蓄支出，算是幫了親人很大的忙。

他的父親沒有特定信仰，不過姑姑是信基督教的，所以葬禮形式就依照姑姑的意思來決定，劉楷霍沒有特別的意見。比起道教的繁複儀式來說，基督教的告別式簡單很多，不必看日子也無須看時辰，他父親過世後幾天，遺體就先行火化，並決定一個多星期後的週六，在教堂辦一個簡單的安息禮拜，就算完成所有儀式。

「如果不介意的話，我可以出席你父親的告別禮拜嗎？」

劉楷霍告訴我，他父親後事的流程以後，我在電話中詢問他。

「我不介意，不過其實你真的不用這麼麻煩特地去一趟。他的告別禮拜應該會弄得很簡單，我姑姑沒找太多人。」

「我不麻煩。雖然我不是家屬，如果你不介意，讓我去跟你爸爸道別一下吧。我跟你爸有過一面之緣，去安養中心看過他，所以想去致意一下。」

劉楷霍答應了我。一個多星期後，我參加了他父親的告別禮拜。在一個小教堂的安息禮拜會上，我第一次見到他的姑姑，還有他的母親。

劉楷霍的母親看起來很溫柔和善，確實有一點松田聖子的神韻。她跟劉楷霍的互動還不錯，只是看久了會覺得彼此太相敬如賓，反而顯得有點生疏。

沈瑞斌也出席了，雖然我不喜歡他，但是見到他，竟然有放下心中一塊大石的感覺。至少他終於願意現身，畢竟作為劉楷霍的伴侶而言，即使已經論及離婚，如果連他父親的告別式都不願意來，一定會讓劉楷霍感到很沮喪。劉楷霍當然清楚沈瑞斌討厭他父親，如今沈瑞斌選擇禮貌性出席，我想對於他來說，應該有某種程度的安慰。

追思禮拜結束後，劉楷霍和他的姑姑站在教堂門口，向來參加禮拜的朋友道謝及道別。沈瑞斌站在劉楷霍身後，隔了一點距離，雖然沒有參與家屬道謝的行列，但每當劉楷霍跟姑姑向人握手答禮時，他也會跟著點頭致意。

參加告別禮拜的一行人列隊步出教堂，在劉楷霍的母親離開後，最後只剩下我和站在我前面的一位阿姨。我認得阿姨的臉，她是在護理之家的照護。劉楷霍告訴過我，長年以來，她算是照顧父親最久的人。當劉楷霍和姑姑向阿姨握手致意並道別時，她突然從提包裡拿出一袋東西，交給劉楷霍。

「本來以為那天，你和姑姑已經把你爸爸的私人物品都帶回家了，結果我們在整理儲物櫃時，又發現了這一袋東西。是你爸爸指名要給『你們』的。」

阿姨語畢，我注意到她的目光，轉向劉楷霍身後的沈瑞斌。

「指名給『我們』的？」劉楷霍一臉詫異。

劉楷霍好奇地打開袋子，拿出了一張黑膠唱片，是松田聖子的專輯。接著又從袋子裡拿出一個牛皮紙袋，看見紙袋上寫著潦草的兩個字：楷霍。

「這是他的字跡。」劉楷霍說。

他一副難以理解的樣子，皺起眉頭來，緩緩地打開紙袋，抽出一張有點泛黃的票根。他很仔細辨識著票根上變得有點模糊的印刷字樣。

「松田聖子的演唱會？這是好多年前的了。他什麼時候去日本，還看了演唱會，我都不知道。我還沒去日本看過演唱會呢！他比我還會追星。」

劉楷霍的父親喜歡年輕時長得像松田聖子的母親，恰好他父母兩個人都是松田聖子的粉絲，曾經希望一起去日本看一次演唱會。這張票根，是劉楷霍的父親一個人去看的演唱會嗎？或是還有另一張票根，留在他前妻那裡保管著呢？他父親如此慎重其事把喜歡的錄音帶和演唱會票根留下來，還當作遺物交給劉楷霍，雖然我不清楚真正的目的，但我想那蘊含著非常重要的意義。

劉楷霍和他的父親即使生命質地是那麼地不同，選擇不同的人生道路，但在追星這件事情上，他們確實是血脈相承的父子。

生命中最快樂與最脆弱的那一刻，偶像都接住了他們。他們面對彼此劍拔弩張，從來無法好好溝通，可是在偶像面前，他們是同路人。

「紙袋裡好像還有東西！」阿姨提醒。

劉楷霍一邊伸手進紙袋，一邊好奇問還有什麼，最後拿出來的是日本神社的御守，而且有兩個一模一樣的，上面寫著「緣結御守」。

我見過這個京都知名的神社御守，專門保佑愛情順利的護身符，有兩個顏色，白色和粉紅色。男生通常買白色，女生會買粉紅色，而劉楷霍父親留給他的兩個御守，居然全部都是白色的。我有點詫異。

「留這個給我幹嘛？我還以為至少會打個金鎖片給我呢……」

劉楷霍握著那兩個白色御守，一副滿不在乎的語氣，但是其實只是嘴硬。

「你知道這間神社的愛情御守，有分白色和粉紅色嗎？」

我問劉楷霍，他點點頭，說：

「他買錯了吧？他幹嘛買兩個都是白色的呢？他不是應該買一個白色的給我，另一個買粉紅色的才對嗎？他……真的是喔……」

劉楷霍握著御守的雙手愈來愈緊，說到最後聲音有些顫抖。

他當然知道他的父親並不是買錯的，兩個同樣白色的御守，說明了一切。

劉楷霍一直以為他的父親直到中風、直到過世都沒有接納他，但其實他的父親早就留下了祝福，給他和他的另一半。

我不免有點羨慕起劉楷霍來。

如今，他的父親跟我的父親一樣，都離開了人間，可是，至少他的父親這輩子知道他的事，從不能接受到間接包容，但是我的父親還來不及知道我是個什麼樣的人以前，就已經撒手人寰。我好奇，如果他也知道了我是個同志，會接納我嗎？或也需要一場辯論？

劉楷霍念茲在茲，希望昏迷中的父親醒過來好好跟他辯論一番，而此時此刻，在父親留下的兩個御守面前，那一場沒辦成的辯論會已經失去了正方和反方。

23

「他留下那些東西暗示接受了我，可是我卻不知道，還一直說，希望他醒過來跟我辯論一場再去死。突然覺得自己好幼稚。」

追思會結束幾天後的這一晚，我在自助洗衣店裡遇見劉楷霍。

他在等候衣服烘乾時，跟我說了一些心裡的感觸。劉楷霍覺得他到底是不夠了解父親的，他說，他把父親想得太壞了，同時也對自己的任性感到愧疚。

「他沒有等到我原諒他，應該是帶著遺憾走的吧……」他說。

「可是在我看來，你經常去探望他，幫他擦身體、翻身子和跟他說話，這就是你原諒他，跟他和解的方式了。雖然他一直躺在病床上昏睡，但是他的身體會知道的。你們兩個果然是父子，都用了一種不說話的方式，去表達想說的話。」我安慰他。

「是嗎？謝謝你的安慰。聽你這麼說，我好像感覺好一點。明明你年紀比我小，算是我的弟弟吧，結果我這個做哥哥的，還需要你來安慰我。」

我聳聳肩，笑了笑，心裡想的是，你就是一個很需要別人照顧和安慰的葛格啊。記得是阿普或是尼克曾經說過的，劉楷霍經常喜歡的都是年下攻的男生。如果他是一個精明幹練、獨立自主、什麼事情都可以自己來的人，做底迪的我怎麼會有機會向上攻呢？

「從告別禮拜那天到今天，你看起來都好無精打采的。應該是最近都沒睡好吧？打起精神把自己過得好一點吧，我想你爸會希望你這樣的。」

當然不只是你的父親，我也希望你每天過得快快樂樂的。

雖然說劉楷霍的父親過世，對他和父親來說都是解脫，但畢竟是家人一場，失落的情緒仍不可避免。

劉楷霍沉默地點頭，若有所思。在他身後的烘乾機轟隆轟隆地旋轉著，恍如他此時的思緒一樣，轉啊轉地停不下來。

「對了，沈瑞斌今天早上終於簽字了，離婚協議書。我們打算明天送去戶政事務所，登記之後就算是正式離婚。這個月底，他就會搬走。」

從烘乾機取衣服出來時，劉楷霍突然這麼說。他的語氣沒帶什麼情緒，令我不知道他究竟是高興呢，還是難過？

「拖這麼久，他總算簽了。」

「我爸留下來的那兩個御守，其中一個我本來要給沈瑞斌，因為我說那應該是我爸要給他的，不過，沈瑞斌婉拒收下。」

「他還是恨你爸？」

「相反。他突然良心發現，說我們要離婚了，他沒資格收下那個御守。他說，我爸應該會希望，那個御守是給真正能跟我長長久久的人。」

「真不像是他會說的話。」

「是吧？我都懷疑他吃了什麼仙丹嗎？突然會說人話了？」

「雖然通常離婚不會被人當作一件好事看待，不過，這應該是你期望的結果吧？終於達成，我是不是還是應該說聲恭喜你？」

「沒錯，是我期望的結果。歹戲拖棚，終於落幕，是應該恭喜我。不過我更應該恭喜他才對，恭喜他抓到一塊更大的浮木，可以獲得更多利益好處。」

原來劉楷霍知道，沈瑞斌最終同意離婚的真正原因。
「那……就恭喜你，也恭喜他了。」
是否我也要恭喜自己呢？因為劉楷霍終於要恢復單身了。
「恭喜他沒殺了我，我也沒殺死他，哈哈哈。畢竟這年頭經常發生分手命案，所以，沒出人命，就算是和平分手吧。」
劉楷霍自嘲，淡淡笑起來。或許他看起來有倦容，今天的笑容顯得滄桑。
「說真的，應該還是覺得有點受傷吧？」我關心他。
「受傷倒是沒有，說真的也不會難過。可能有一點點感傷吧，但不是感傷我跟他離婚這件事。大概是感傷命運還真捉弄人！歷經一場像是鬧劇的婚姻，還好終於告終。解脫了值得慶幸，不過現在的心情是很疲憊，就像是跑步跑很久，結束以後全身好累。」
「再加上爸爸過世，會累也是很正常的。你需要一段時間好好休息，然後去做一些讓自己開心的事。像是追星啊，如果最近有你想看的演唱會或見面會再跟我說，我會想辦法幫你搶到票的。」
果然一說到追星，劉楷霍的臉上就突然恢復血色，眼神又亮起來。
「不瞞你說，過不久有一場KT在大阪的見面會要售票，我想請你幫我搶票。」

「好啊，當然沒問題。」

「太好了！怎麼覺得比拿到離婚證書還高興。」

劉楷霍抱著剛烘好的衣服，臉貼了上去，閉著眼直說，「好暖和喲！」然後終於綻放出我熟悉的笑容。

熱呼呼的衣服明明是在他的手上，看著他的我也感覺到了溫暖。

大概是這陣子累到了，再加上心情影響，劉楷霍的免疫系統抵抗力下降，幾天後，他傳來訊息告訴我，他確診了新冠肺炎。前一晚忽然發燒、喉嚨痛，還好吃過藥以後，已經退燒，但是喉嚨還是挺痛。

晚上，我到「泰尚麵」去吃粿條時，阿普和尼克也在店裡，他們聽說了劉楷霍的事。

「本來想說這幾天要來幫霍霍開一場Party，慶祝他脫離婚姻苦海的，沒想到他確診了。還好沒什麼大礙，只是說喉嚨很痛。」尼克說。

「我們打視訊電話給他吧？」阿普提議。

我說好，於是阿普拿出手機，撥視訊電話給劉楷霍。電話接通後，看見畫面上的劉楷霍，我們都忍不住笑出來。

「你真的不適合這種戲路耶！滿臉鬍渣，這麼頹廢的樣子。」阿普說。

「哎喲，我兩天都沒出門，鬍子也懶得刮。一直睡，睡起來就吃，吃飽了又睡，簡直像是豬。謝謝你們關心，每天送餐外加甜點過來，不過，真的不用再送吃的了啦，我吃不完！我怕我痊癒以後，胖到卡在門框，出不了家門！」

劉楷霍的聲音變得很沙啞，因為生病的關係，氣若游絲。

「我們想看看成天叫喉嚨痛的人，卻還能一直吃，到底是有多厲害。」阿普說。

「其實今天喉嚨好多了，」劉楷霍目光轉向我，對我說：「那個舒緩喉嚨痛的草本飲料，好像還滿有效的，謝謝你！」

「不客氣，有效就好，我明天再拿幾罐過去。放心，不會有吃的。」我說。

「這幾天家裡都只有你一個人嗎？」尼克問。

「對，我叫沈瑞斌不要回家，不然會傳染給他。其實我們送出離婚協議書那天以後，他就沒有回家過夜了，所以也是剛好而已。這個月底，他會把他的東西都清掉。我明後天再快篩看看，沒事的話就會去上班了。雖然我們公司的人都說，現在確診也可以去上班，戴好口罩就好，他們不介意，可是我覺得還是保持距離比較好。確診的最初幾天，病毒量也比較多，過幾天以後可能就好一點。」

「對了，KT大阪見面會的票什麼時候賣？記得跟我說。」我問他。

「大後天。不過，日本的票都比較麻煩，是用抽票，不是搶票，而且常常會需要日本的電話號碼實名認證。這次主辦單位選的賣票系統好像是新的，看網路上說，大家還不確定到時候會不會需要電話認證。如果要，就有點麻煩。」

「別擔心，」阿普展現追星的專業，說：「如果真的要電話認證，我在後援會群組裡有認識住在日本的台灣網友，可以請他幫忙。」

「真的嗎？可以的話那就太好了。」

「總之你好好休息吧！看起來還是有點虛弱的樣子，沒事就多睡吧！」我說。

「不能一直睡，我得起來多動動。要是卡在門框出不去，怎麼去參加見面會？」

大概每個人的腦海，同時都浮現出劉楷霍胖到卡在門框的景象，那畫面實在太滑稽，讓眾人皆失笑。

父親過世，結束一段不傷心但感傷的無緣婚姻，接著又確診，劉楷霍這陣子也是夠多事情了。為了讓他走出陰霾，鼓舞他邁向新的未來，我告訴自己，就算日本的門票對外地人來說很難買，我也必須盡全力幫他拿到入場券。

這場見面會的售票確實是用抽票的，而且需要電話認證，幸好有阿普的幫忙，順利完成抽票的填寫流程。可是，我忽然有點擔心，既然是抽票，而不是搶票，那麼就等於我這個「搶票金手指」毫無用武之地。

果不其然，三天後公布第一次的抽選結果，我落選了。這令我們都感到緊張，因為只剩一次抽選機會，而且第二次的抽選，名額會比第一次的少。

阿普又請朋友幫忙，再找了三個住在日本的朋友，讓我們用他們的電話號碼來抽票。於是，除了我以外，阿普、尼克和劉楷霍也加入了第二次的抽選。

心中有股隱隱的不安，我不敢說出口，或其實是不想去面對。很遺憾的是，不好的預感最終還是成真了。第二次的抽選，我們全軍覆沒。

「沒想到這麼難買？」阿普抱怨。

「聽說這次售票系統是跟日本某個電信公司合作，只要是用那家電信公司的歌迷都能優先買票，再加上會場不大，門票不多，所以很快完售。總之去日本追星，如果沒有當地的朋友幫忙買票，對外國人來說實在門檻太高。」尼克說。

沒有幫劉楷霍買到票，我有點沮喪。

第二次抽選結果公布的週六午後，我們幾個人來到廟裡。劉楷霍康復後，氣色恢復，回到之前的模樣，整個人神清氣爽。他約了我們一起來拜拜，今天來萬華龍山寺。

「應該在抽票以前，就先來拜一下的。」阿普說。

「對啊，但是我復工這幾天特別忙，抽不出空。」劉楷霍說。

「呃，其實……」我壓低音量，尷尬地說：「我有來拜。」

「你有來拜？為了抽票？」

劉楷霍、阿普和尼克看著我，不敢相信。

「哇！一個以前從不追星的人，現在居然為了買票來拜拜?!」

他們的反應太激烈，令我不好意思說，其實早在上次幫忙搶KT首爾見面會的票時，我就去行天宮拜過了，只是沒說而已。事實證明搶票有效，只可惜劉楷霍最後放棄。

「嗯，我有拜，可是，最後沒有成功。」

劉楷霍安慰我，說：「看來兩邊的神，作業系統不相容。」

他再度冒出奇奇怪怪的話來，令人莞爾。

「沒關係，首爾跟大阪我沒看到沒關係，那兩場是見面會，真正要衝的是演唱會。」

「還好演唱會是搶票，不是抽票了。」尼克說。

「沒錯！回到我們的搶票主場，泰國。」阿普說。

不知為何，此話一結束，彷彿耳邊響起泰國傳統音樂，四面佛前酬神舞蹈的景象。

以前認為搶票辛苦，抽票比較輕鬆，但是兩種都在看運氣的情況下，這一次，忽然覺得搶票好像還是好一點？抽票完全是被動的，誰會中選，誰又會落選，說是由電腦亂序選取，但實際上背後究竟是怎麼運作的呢？根本不曉得。至於搶票，雖然總是搶得辛苦又心酸，但至少可以自己看著螢幕打地鼠，主動碰運氣。

「所以，這就是我們今天來拜拜的主要目的！」

劉楷霍一股充滿氣勢的口吻，聽到會讓人想握起拳頭向前衝的那一種。

阿普和尼克兩個人猛點頭。只有我沒進入狀況，我不知道他們在說什麼……

「敢問現在說的是哪一場？」我小心翼翼詢問。

「Kit-Teung曼谷雙人演唱會。」劉楷霍不厭其煩地對我說明：「不是玩遊戲只唱兩三首歌的粉絲見面會，而是扎扎實實的演唱會，三小時從頭唱到尾的。在大阪見面會結束以後，他們暫時就不會有任何見面會行程，兩個人會專心準備這場在曼谷睽違已久的雙人演唱會，時間是十二月第二個週六。」

「希望你這次一定要看到……不然，不知道以後他們會變怎樣。」阿普說。

「什麼意思？」尼克問。

「你沒看到？最近在推特上，有人在傳聞Kit-Teung要拆CP。」阿普說。

「其實拆CP的傳聞，在他們身上一直沒停過。」劉楷霍說：「我當然是希望他們不會拆CP，可以一直長長久久的，希望Teung能好好照顧Kit，可是如果他們真的不合了，硬湊在一起工作，還要裝得甜甜蜜蜜的樣子，應該也是很痛苦吧！想到我跟沈瑞斌的狀況，再想到Kit-Teung，就會希望他們選擇讓自己快樂的路走，才是最重要的。」

「是怎樣的傳聞呢？」我忍不住試探。

「最常聽說的就是Kit好像對演藝圈愈來愈沒興趣，打算回清邁鄉下老家。或者也常聽說Kit跟Teung的性格本來就差很多，一起工作多年漸漸疲乏，兩個人私下的互動愈來愈冷淡。然後，這陣子最新的傳聞就是Teung其實私下早就有交往的對象了，而且還換來換去，有男有女。不過呢，其實也沒人證實，只是道聽塗說的網路傳聞而已。在我看來他們兩個沒有什麼改變啊！彼此還是很相親相愛。我相信Teung不會辜負Kit的！」

聽到這裡，我背脊一涼。原本在記憶中已經逐漸模糊的陳力騰，輪廓逐漸清晰，最後疊合在Teung的臉上。偏偏在這時候，劉楷霍突然點名我。

「你應該覺得我們真的有夠無聊吧？去關心這些有的沒的？」

「因為你喜歡他們，當然會想知道他們的狀況呀。」我趕緊轉開話題，說：「什麼時候賣票？」

「開唱前的一個月。要再次麻煩你了！」劉楷霍說。

「沒問題。」

再次被劉楷霍賦予重責大任的我，彷彿人生忽然又有了衝刺的新目標。

結束拜拜行程後，我們去附近吃「兩喜號」魷魚焿，吃到一半，突然接到駿光哥打來的電話。這時看手機才發現早前晉合哥有傳訊息給我，但我沒注意到。

「宇弦，我們剛剛開車經過你家附近，想說順便繞去洗衣店看一下，結果，發現出了一點緊急的狀況。」

「什麼樣的緊急狀況？」我緊張起來。

「有人惡意噴漆。」駿光哥說。

「怎麼會這樣！」

「我跟何晉合討論過，決定要報案。因為針對性太強，不應該放縱。」

「你們現在正在洗衣店對吧？等我一下，我現在趕過去。監視器畫面應該都有拍到吧？我跟你們一起去警局報案。」

我讓劉楷霍、阿普和尼克留下來吃飯，一個人先離開，趕回洗衣店。

在路上，我打開手機調閱監視器的畫面，這時才終於看到洗衣店正門的落地玻璃，被人用紅色的噴漆，噴上了大大的幾個刺眼的字──「死Gay」

24

我們的洗衣店有得罪了誰嗎？在警局報案做筆錄時，警察如此詢問。

晉合哥說，除了家人以外，他幾乎沒跟其他人提過，他投資開了這間洗衣店。駿光哥說，他跟在同志運動團體認識的幾個朋友提過，但是那些人也是同志，對性別議題和性傾向的歧視很在意，不可能跟洗衣店噴漆扯上關係。

「難道是我得罪了誰嗎？如果是，真的很抱歉……」

他們為了我好，找我來幫忙打理洗衣店，要是真的因為我的關係而發生這種鳥事，我真的會很過意不去。

可是我有得罪誰嗎？我立刻能想到的人只有沈瑞斌。不過，沈瑞斌雖然做人失敗，我卻不覺得他會做出這種事情來。況且他經常到洗衣店洗衣服，本身也是同志，要找我麻煩的話，噴漆也不至於會寫出「死Gay」這種話來吧？

「我覺得一定不會是你的問題，」駿光哥對我說：「你幫我們經營這間洗衣店，做得非常好啊，店總是維持得乾乾淨淨，業績很不錯，客人多，大家在網上留言也都是好評。」

「這種事情有可能是附近鄰居做的。你們店裡常進出同志伴侶是嗎？如果有，可能剛好附近居民有人恐同，或討厭同志，就會做出這種事，逼你們關店。」警察解釋。

「我們標榜同志友好店家，客層裡應該有滿多同志伴侶的。」我說。

「可惜嫌犯有備而來，帶著頭套去噴漆，監視器雖然拍到了，但從頭到尾沒有拍到臉，我們也很難循線調查。」警察無奈地說。

「只希望不會再發生了。」我說。

「嗯，以後我們警察會加強巡邏洗衣店那一帶的。」

就這樣，雖然帶著監視器錄影畫面去警局報案了，卻對案情真相無可奈何。

離開警局，駿光哥開車載我們去賣裝潢工具的量販店，買了幾瓶噴漆去除劑，回到洗衣店時，看見劉楷霍、阿普和尼克出現在店門前。

「我以為你們還在萬華。」我說。

「怎麼可能放著你不管呢？我們是來幫忙的！」尼克說。

「你們去買了去汙劑嗎？其實我們已經準備了清潔劑。網路上看到，有人提供對去除玻璃噴漆非常有效的配方。」

阿普一手提著水桶，一手舉起抹布。

劉楷霍指著洗衣店的玻璃，這時候，我才注意到被噴漆的玻璃暫時被遮起來了。

他很細心，剛才我們都沒想到應該先做這件事，再去警局報案的。只不過，我們一伙人看到那塊遮擋用的塑膠布時，忍不住都露出驚嘆的表情。

「我在公司找到一塊很大的塑膠布，尺寸剛好，暫時可以蓋上被噴漆的玻璃。」

劉楷霍解釋著，然後突然露出一副害臊的神情。

「不好意思，只有這一塊布，所以……」

駿光哥和晉合哥看著那塊布，納悶地問：「請問這兩位是……？」

「就是霍霍他最喜歡的那對泰國CP，Kit-Teung。」阿普回答。

「我得解釋一下，這不是我印的喔，是之前有粉絲來我們公司做大圖輸出的應援物。這塊布上面因為有句子的英文拼錯了，所以廢棄，我就一直堆在倉庫裡忘了丟，沒想到今天派上用場。現在可以把它拆下來，我們開始來清理噴漆吧！」

劉楷霍踩上梯子，一邊說，一邊開始將那塊布給撤下。撤下後，他小心翼翼地將那塊塑膠布疊好，收進一個袋子裡。我想他才不是忘了丟吧？我真的好奇，他到底有多愛Kit-Teung呢？

我們開始拿起清潔劑和抹布，擦拭被噴漆的玻璃，而坐在輪椅上的尼克，則幫忙看哪裡還沒擦乾淨，一伙人同心協力，花了幾個小時，才總算將玻璃上的噴漆汙漬給弄掉，大功告成。

洗衣店遭到噴漆，而且還是歧視同志的字眼，令人感到氣憤，不可諱言也感到難過與恐懼。在這個同婚已經合法的社會裡，對於性別相關的事情，表面上看似比從前進步許多，但事實上不如我們想像中的包容，還是有不少人對同志抱持著惡意。

這一次是在洗衣店噴漆，有如恐嚇，下一次呢？會不會直接對我們攻擊？

雖然這件意外發生以後，看似一切恢復正常，洗衣店也一如既往的平靜，客人們耳聞此事，紛紛在網上留言給我們打氣，甚至這兩天的人潮比以前更多，但因為沒抓到犯人，不知道究竟是誰對我們充滿怨氣，總覺得有個揮之不去的陰影。

而我所能做的，就是比過去更常來店裡駐守，沒來的時候更頻繁確認監視器。

駿光哥跟我說，我們得更加小心一點，因為這個人顯然是目標明確，針對同志的蓄意破壞。如果他看到洗衣店恢復原狀，沒受到什麼影響的話，很可能還會再來。

「這次只是在大門玻璃上噴漆，我們沒有損失，只是得花時間花力氣來清理。我比較擔心的是，下次如果被破壞的是店裡的機器，那就麻煩了。」

事情過去以後的某個深夜，我站在只有一個人的洗衣店裡，看著洗衣機和烘乾機轟隆轟隆地旋轉著，想到駿光哥說的這段話。

最初開設這間洗衣店時，我們預估每個月的營業額能到新台幣八萬就算不錯，但開店大半年以來，營業額基本上每個月都有到十二萬，甚至還有某一個月衝上十五萬。

駿光哥告訴我，扣掉一點五到兩成的成本，淨賺至少都有十萬，算是很好的業績。晉合哥開玩笑說，雖然當初開店的資金不低，沒想到投資報酬率還不錯，長久下來，這間自助洗衣店搞不好可以變成他們退休後的養老事業。

「弦弦，我們的未來就在你的手上了！」

他們兩個人曾經開玩笑地說。雖然是玩笑話，但我知道那代表他們信任我也肯定我，讓我這個原本被旅行社革職的小員工，在人生徬徨之際，從這間自助洗衣店找回自信。

當然，更重要的是，如果沒有這間洗衣店，我可能就遇不到怪怪的劉楷霍。

「時間是熱的，還是冷的？」

這個問題，如今我有了明確的答案。在認識劉楷霍的這些日子以來，我的時間絕對是溫熱的。洗衣店是我跟他的原點，我必須好好守護這個地方才行。

一轉眼，就來到Kit-Teung曼谷雙人演唱會的搶票日，我們依照慣例聚集在「泰旁邊」店內。這次售票網站是一個在泰國公認難用的賣票網站，即使連我這個搶票金手指，之前搶票時也一度動彈不得，被網站系統搞到傻眼。

那次的買票經驗餘悸猶存，當阿普將鐵門暫時拉下來準備倒數十分鐘的同時，我已感覺自己的心跳開始加速。過去從來不會如此，一定是因為這次壓力很大的緣故。畢竟近來實在發生太多不順遂的事情，我希望必須有好事發生。而且，忽然想到他們上次說，傳聞Kit-Teung會拆CP，以後不曉得還會不會有大型演唱會，更讓我覺得這一次搶票責任重大。

拜託了！我暗自祈禱，一定要讓我幫劉楷霍搶到票才行，而且一定要是福利最好的VIP票，讓劉楷霍可以上台跟Kit-Teung進行1：2合照。

「五、四、三、二、一！開賣！」阿普和尼克齊聲大喊。

「進不去。網站當掉了？」劉楷霍問。

「我進去售票頁面了，但根本點不進去票價。」尼克說。

「我第一秒就進去VIP票區，但是座位顏色一片灰，根本沒有任何一個可以點得下去。怎麼可能一秒就被搶光？」阿普說。

「我現在換到比較便宜的票區，也是灰色藍色閃來閃去，按不到。」劉楷霍說。

「各位，我搶到了兩張！現在要結帳。」我說。

「哇，弦弦，你真的是不負眾望！而且還兩張。兩張都VIP？」

「嗯。」我點頭。

「你好棒。」

劉楷霍發出讚嘆。等等，他說我棒，是吧？我沒有聽錯，我沒有感覺錯吧？還是我多想了？我以為他的口吻裡，有著那麼一點點對我的崇拜？

他忽然站到我的身後，兩手放在我的肩膀上，為了要看清楚電腦螢幕，整個人幾乎貼在我的背脊。我的頸子感覺到他的呼吸。

「你真的好厲害。」

到底是不是我幻聽？我感覺劉楷霍湊近我的耳邊說出那句話，令我的耳朵一陣發麻。原本就很緊張的我，這下子體內血液流動得更快。本來只是心臟快速跳動而已，現在連下面都在充血。還好我的表情依然維持著一如既往的面癱，沒人看出我內心的波動。

不行，要冷靜！我拿出信用卡，深呼吸一口氣，開始輸入付款資料。

我不懂為何泰國售票網站上不能先儲存好信用卡資料，每次都必須在買票時重新輸入，導致結帳速度變慢。如果沒在五分鐘內完成結帳（還得包含銀行認證過程），會被踢出去，票就會被別人給搶走。

真的好緊張，每輸入一個數字，我的手都在發抖，好怕打錯；打錯就得重來，萬一超時就得重來；重來，可能就再也搶不到最好的票了。

「好，沒錯，信用卡數字都對了。」我再核對了一次。

「快按結帳吧！」

我按下結帳鍵。

25

按下結帳鍵，我等待著網頁跳到輸入銀行認證號碼的那一頁。

然而，畫面只出現一個等候的沙漏圖示，轉啊轉的，始終沒有轉換到下一頁。我的手機也一直沒收到任何的認證訊息。就這樣過了二十秒。

「通常不會等這麼久。」我說。

「怎麼會這樣？可能同時太多人在線上了，再等一等。」劉楷霍說。

可是經過一分鐘以後，依舊沒有任何改變。此時，我的心已經涼了一大截。

「按一下重新整理網頁呢？」阿普問。

尼克立刻阻止：「不行！我有經驗，只要一按，就會回到售票首頁。」

就在這個時候，沙漏忽然不轉了。整個畫面凝結。我忍不住輕輕按了一下滑鼠，還是沒動靜。最後，螢幕變成一片白，幾秒鐘後，出現一行英文字，我還來不及看清楚寫些什麼，畫面又跳開，最後竟然回到原本售票的首頁。

我傻眼。功虧一簣……

明明已經搶到票，都走到最後一關了，居然結帳失敗，跳回到最初的畫面。

每個人都沉默下來。我不願放棄，再努力點進去VIP票區時，這時候畫面已顯示SOLD OUT，VIP票已經全部賣完。不死心，我接著再點進第二順位的票價區，但也是顯示暫時售罄，得等待有人沒結帳釋出票券才行。

不能把時間耗在等待，萬一沒人釋出票券，什麼也沒有就慘了。

我趕緊換到最便宜的票區。就算是最便宜的票，坐在最後面的票也沒關係，至少要把劉楷霍送進場內才行啊！然而，大勢已去。我已經拖了太久的時間，當我點進最便宜的票區時，驚覺竟連最便宜的票區也早已賣光。我震驚不已。

看見劉楷霍難掩失望的表情，我更愧疚。就在幾分鐘前，他對我寄予厚望，如今一切成空。一會兒，他強顏歡笑，大概不希望我自責，於是反而鼓勵起我。

「沒關係，我還可以在群組問，或上推特看，應該會有人讓票。」

「對不起！真的沒想到會這樣。不但沒搶到VIP票，連最便宜的都沒買到。」

我對劉楷霍感到很不好意思。

阿普拉開店面鐵門恢復營業，他站在店門口招呼上門的客人，同時烤了一盤熱騰騰的斑蘭葉雞蛋糕端給尼克，尼克滑著輪椅端過來。我們吃著斑蘭葉雞蛋糕鎮定情緒。

「別說對不起，你已經盡力，幫我很多了。」他說。

尼克滑著手機，說：「推特上已經出現黃牛，VIP原本一張八千泰銖，賣三萬。」

「漲三、四倍？」我驚訝。

「不能買黃牛票，助長歪風。」

可是有一刻我確實在想，如果買黃牛票，可以達成他的願望，是否值得？

「絕對不行。Kit三番兩次提醒過粉絲們，如果買了黃牛票，就不配當他的粉絲。他不喜歡買黃牛票的粉絲。我不能做出讓他不高興的事。」

劉楷霍對偶像的真愛，完完全全展現在偶像傳達的做人道理。仔細想想，這或許也是一種追星的正面意義吧。

隔天，週日早上，警察局突然跟我聯絡，告訴我，找到了噴漆的人是誰。

雖然店門前的監視器沒拍到他的臉，但警方調閱周圍巷弄的監視器，終於在某一台監視器，看到原本戴著頭套的那個人，在一條無人小巷裡丟掉噴漆和手套，最後拿掉頭套，一瞬間，總算拍到他的臉。

我趕緊和駿光哥、晉合哥約了去警局看監視器畫面。

「是你們認識的人嗎？」警察問。

「不認識。」我們回答。

「還有另一個人。」

「另一個人？」

「嗯。我們猜，他會不會搭捷運離開，於是果然在捷運站入口的監視器，發現他走進了捷運站。」警察一邊講，一邊操作電腦，說：「最後，我們在捷運站內的監視器，發現他好像是巧遇熟人，而且兩個人在月台上起了爭執。」

「可以看一下月台上的畫面嗎？」我問。

警察把月台上的監視器錄影畫面放到螢幕上。

「沈瑞斌？」我驚訝地說。

「你認識的人？」

「噴漆的人，我不認識，但他在月台上巧遇的那個人，是我朋友的另一半，呃，應該說是前夫。他叫沈瑞斌，是我們店裡的常客。」

「可是為什麼那個人要跑到店裡噴漆？」晉合哥不解地問。

「難道他以為洗衣店是沈瑞斌開的？」駿光哥問。

「不知道。總之，是沈瑞斌認識的人，這點不會錯。」

離開警局後，我翻出手機通訊錄，按下不知道幾百年沒撥過的電話號碼。我打給沈瑞斌，並且馬上找他見面。我們約在信義區的一間星巴克見面。

「稀客！怎麼會突然間打電話給我，還約我喝咖啡？」

沈瑞斌還是那副很輕浮的樣子，看了就想翻白眼。

我拿出手機，把在警局側拍的捷運站月台監視器畫面，放給他看。

「哇噻，我真沒想到洗衣店的監視器這麼天羅地網，連捷運站都有？」

「我不想聽你耍嘴皮子。你告訴我這個人是誰？為什麼他會跑來我們洗衣店，在我們店門噴漆，還噴上那麼低級的字眼？警方的監視器都拍到了。」

沈瑞斌愣了一下，然後搖搖頭，冷笑兩聲。

「居然噴漆的人是他？我沒想到他這麼賤耶！」

「他其實想要找你算帳吧？為什麼我們洗衣店遭殃了？」

「不要說的好像只有你倒霉，我也很倒霉，好嗎！這死小孩找到了我上班的地方，去公司塞傳單，寫一些有的沒的毀謗我。」

「他去你公司鬧，至少是你去上班的地方，可是他來我們洗衣店噴漆，到底干我們什麼事？」

「我也不知道啊！我就搞不懂他嘛！從頭到尾都搞不懂啊！當初一開始就跟他說我有男朋友，而且準備要跟人家結婚了，他如果要跟我在一起，我們就只是玩玩。他也說好啊，誰曉得後來愈要愈多，不知道滿足。我真的不曉得他怎麼會跑去洗衣店噴漆。可能是因為看到之前拍的YouTube影片吧？我不是之前有拍了一支影片，是在你們洗衣店裡的，談夫夫日常生活的嗎？我沒有告訴他我住在哪裡，但是他看到影片可能想我就住在洗衣店附近吧，所以不知道他怎樣找出了洗衣店地址，居然跑去那裡噴漆，故意弄給我看的吧？」

「沈瑞斌，你真的很誇張。你不是為了要跟新男朋友結婚，才跟劉楷霍離婚的嗎？現在你跟人家在一起了，又同時跟別人胡搞瞎搞！而且那個人明明也是Gay為什麼要噴出這種歧視同志的話？」

「我看他是恐同的Gay吧！明明是同志卻在一開始跟我說他是直男，結果還不是跟我上床了？然後我說我不可能跟他結婚，他又變成直男，罵我們同性戀就是愛亂來，每個人都是王八蛋。他自己才比誰更王八蛋。」

「你亂七八糟的私生活，害無辜的我們也被牽扯進去。你最好給我處理好這件事情！否則如果我們洗衣店再被他破壞的話，我下次一定不會輕易地放過你。」

「哎呦哎呦老同學、好同學！不要對我這麼凶神惡煞的樣子嘛，我好怕喔。你本來不是這個樣子的啊！拜託你恢復以前那個喜怒哀樂，都不會寫在臉上的人好嗎？」

「你不要再跟我嘻皮笑臉，我是認真的。」

「好啦好啦，我知道啦！」

離開咖啡店時，沈瑞斌跟我說，他過兩天就會把放在劉楷霍家的東西全部搬走。

「黃宇弦，現在你不會成為小三，你可以正大光明地追霍霍了。等我東西正式清掉以後，你就可以搬進去跟他一起住啦！」

「我的事情不用你操心。」我翻了一個白眼。

「我呢，或許做人真的比你爛很多，但是在談戀愛的經驗上，我想我是可以成為你的老師的。我只是告訴你，你想買的東西終於打折了，就不應該猶豫，想擁有就趕快入手吧！」

「我也再次告訴你，劉楷霍是人，不是一個東西。我非常不喜歡你老是把他給物化，一副好像你要就要，你不要就不要的東西。」

雖然我知道現在我不會是一個第三者了，可是，此刻當我真的可以沒有任何阻礙去追求劉楷霍時，卻又發現自己的顧忌好像不只是這一點而已。

說到底我還是有心魔的存在。

二十歲那年夏天，在曼谷，我已經失去未來可以讓人幸福的信心。

傍晚，我到「泰旁邊」找阿普和尼克時，劉楷霍恰好也在店裡。我打電話向駿光哥、晉合哥解釋整件事情的來龍去脈，同時向他們道歉。

雖然整件事跟我沒有直接關係，但畢竟沈瑞斌是我認識的人，如果我當初禁止他在店內拍攝的話，就不會發生這種事了。結果，駿光哥和晉合哥反過來安慰我，要我別把問題往自己身上攬，還告訴我，壞人防不勝防，不是我們的錯。

在一旁的劉楷霍、阿普和尼克聽到以後，終於明白真相。沒想到這會兒卻是換劉楷霍感到過意不去，頻頻向我道歉。我阻止他繼續道歉。

「是沈瑞斌的錯，你不用幫他道歉，況且你已經跟他離婚，更是與你無關。」

「可是……」他皺起眉來。

「不要再說囉！」

劉楷霍點點頭，但整個人悶悶不樂的，我知道他還是很在意。

「對了，群組裡有人讓票嗎？VIP席次的。」我問他。

「沒有。很少讓票會讓VIP的，因為大家都好不容易搶到。」

「也是……唉。」

我難過，但我看得出他真的很想去演唱會，那讓我更難過。

「泰旁邊」的斑蘭葉雞蛋糕營業時間結束，餐廳換班，阿普的媽媽開始準備晚上

「泰尚麵」的生意。本來想留下來吃晚餐的，結果阿普媽媽說不好意思，今天晚上有人包場，於是，我們只好先行離開。

離開店，穿過公園時，我問心情欠佳的劉楷霍，想不想喝杯泰式冰奶茶。

「我可以回家做一杯給你。阿普給我的茶包，還剩一點。沖一杯的量，沒問題。還是你想吃斑蘭葉小蛋糕呢？阿普他們今天沒做，我們去士林夜市買？我知道那裡有泰國人在賣。或是晚上你想去『大杵臼』吃鍋？」

我提議。想出所有可能讓劉楷霍吃了會開心的東西。

他笑著說：「你是不是擔心我心情差？其實我比較擔心你。」

「為什麼比較擔心我？」

「擔心你覺得是你沒搶到票，害我看不成演唱會。」

「喔……我的確是覺得很過意不去。我的搶票好運已經用完了。」

「你別這麼想，因為我知道，問題是出在我。」

「你有什麼問題？」

「我是一塊積木，致命的積木。」

我不懂，搖搖頭。他又冒出奇奇怪怪的譬喻來。

「你看過那種堆疊起來的積木吧，抽一塊起來，整座積木塔不會倒塌，就是成功。

但這過程，最終會有一塊致命的積木，一抽開就會失去平衡，整座積木塔會坍方。我覺得，最近的我，就是那塊積木，引發致命的各種倒塌。」

「別亂說，想太多了，你才不是。」

「不想太多也不行耶。你想想看，起初是沈瑞斌搞外遇，弄出一堆狗屁倒灶的事，然後要離婚又離不成，接著是我爸過世，然後我每次最想去的活動，總是會陰錯陽差去不成，這次想看的演唱會，你搶票搶不成，應該也是我『帶賽』，最後是洗衣店被惡意噴漆。一連串不順利的事，都是跟我有關啊！」

「只是湊巧而已。而且洗衣店噴漆，是沈瑞斌那個傢伙的問題，真的跟你無關。」

「但是沈瑞斌畢竟跟我有關啊……」

劉楷霍的家快到了，我突然站到他的面前，阻擋他繼續走下去。

「不要帶著不愉快的心情回家。」

我說出這句以前也對他講過的話。

他駐足在我面前，很近的距離，低下頭。

「我讓很多事情都坍塌了……」

我忍不住捧起他的臉，望著他。雙手放在他的肩膀上，輕輕地拍著安撫他。

劉楷霍紅著眼眶，很令人心疼的模樣。他哽咽著，繼續說：

「你知道嗎？其實，我真正難過的，不是去不成KT的演唱會。」

「我知道。」

「我真正難過的是，以前只覺得自己沒有追星的運氣，愈是喜歡的偶像，愈是很難靠近，沒想到現在厄運擴散到其他地方，還害大家被我牽累，太倒霉了！」

「我懂你的意思。」

劉楷霍從爸爸的狀況到婚姻生活，承受的壓力真的太大了。這一刻，我忽然感謝起有**Kit-Teung**的存在。至少，他在暈船的過程中獲得了療癒。

「會不會還有更倒霉的事啊？」他問我。

「別亂說，你會是幸運兒的。」我回答。

「我怎麼可能會幸運？」

劉楷霍喃喃自語，最後終於忍不住落下淚來，我用手指撥去他的淚水。

「好丟臉，」他強顏歡笑，說：「我都三十幾歲了，比你年長，應該要比你更成熟、更理智、更穩重才對，可是，好像什麼事情都處理不好，還老是在你面前哭。」

我從來不認為哭是什麼丟臉的事。事實上，我羨慕他這種把快樂或悲傷，表現得直來直往的性格。那是一種能力。二十歲的我也曾經擁有，跟劉楷霍、跟陳力騰一樣，我曾經是這樣的人。而當我失去了那能力，卻逐漸對這種性格的人變得又愛又怕，因為擔心重蹈覆徹。如今面對劉楷霍，雖然我喜歡他，即使已經不是第三者，卻似乎仍擺脫不了陰影。

「誰說年紀大就一定要什麼都變得厲害？一轉眼，我們變成別人的哥哥、別人的長輩，也不是我們願意的呀。我們只是被時間推著往前，不得不變成大人吧！」我說。沒想到話才剛說完，劉楷霍哭得更傷心，邊哭邊說好丟臉。

「霍霍，你不是常常會有一些奇怪的想法嗎？」

我忽然話鋒一轉。他聽了，點點頭。

「我現在想讓你做一件奇怪的事，因為很怪，所以只適合你來做，但是你不要問為什麼，照做就好。」

「嗯？現在？什麼事，你說說看？」他納悶。

我轉過身，背對他，蹲下來。

「你跳上來！騎到我背上，我托住你。」

「蛤？為什麼？」

「就說不要問了。」

「喔……可是……」

「沒有可是，快點。」

劉楷霍一臉困惑，但最終照著我的話做，下一秒，整個人騎到我的背上抱住我。

我站起身來，讓他的雙腳夾住我的腰間，胸膛貼著我的後背。我托住他的雙腿，而他的兩隻手則掛在我的肩上。

「呃，你還行嗎？我還是下來吧！」他問。

「你比我輕，沒問題。把你的頭靠著我，然後戴上你的耳機，選一首你最愛的Kit-Teung的歌聽，聽完，我再放你下來。不要問為什麼，照做就對了。」

他也照做了，從口袋中拿出手機和耳機，但依然不明白我的用意。他起先把兩只耳機都塞進自己的耳朵，但按下手機的歌曲前，決定把其中一個耳機塞到我的耳朵。

Kit-Teung的抒情歌開始流瀉。其實我不知道那是什麼歌，也聽不懂他們到底在唱什麼，可是這一刻，我竟然喜歡上了這首歌。

那是一首歌的時間，也是一段神祕的時光。劉楷霍的臉貼在我的頸肩，像隻無尾熊一樣，緊緊掛在我的身上，就這樣，直到歌曲結束。

我蹲下，將劉楷霍給輕輕地放下來，他凝視著我，眼神中彷彿透露著好多好多想說的話，可是他始終保持沉默，就這樣看著我，過了好一會兒，他才終於破涕為笑。

「怎麼會這樣？我突然間覺得心情變得很平靜了。」

「以後你難過的時候，就這樣吧！跳到我的身上來，暫時離開地球表面，就能離開這個星球上讓你覺得倒霉的事情，什麼不要想，只要靜靜聽一首你喜歡的歌就好。」

「你怎麼也變得那麼怪了？怎麼回事？」

我聳聳肩，說：「不知道。被你傳染的吧?!」

「可是，不得不說，剛才我真的放空了，閉著眼聽歌，涼涼的風吹來，真覺得暫時離開這裡，好像身在演唱會的現場，Kit-Teung 就在前方。」

「看吧，有效吧！很怪的方法，我沒跟別人說過，因為只適合很怪的你。」

「要是真的能在現場就更棒了。」

我想了想，終於，決定了一件事。

「你會在現場的。」

我說。

26

在曼谷空鐵暹羅站附近的「Inter」泰國菜餐廳吃完午飯以後，我和劉楷霍走到不遠處的「Siam Pandan」甜點店，買了剛剛烤出爐的斑蘭葉雞蛋糕，邊走邊吃，沿著暹羅廣場商圈的馬路，朝著國家體育館的方向慢慢前進。

一盒熱騰騰的斑蘭葉雞蛋糕捧在手上，仍是會燙口的程度，然而美味就得趁熱吃才行，雖然燙，卻也是口感最好的時刻。劉楷霍和我輪流拿著竹籤，輕輕插起蛋糕，小心翼翼入口，感受著外皮帶點輕微的烤焦感，而內在則是充滿彈性的柔軟。每一次咀嚼的時候，斑蘭葉的香氣就在齒間四溢，令人忍不住一塊接著一塊吃下去。

「啊～果然還是在泰國本地吃到的更好吃呀！真的好好吃喔！」

劉楷霍露出招牌的酒窩笑容。此刻他的喜悅，不只是因為美味的甜點，也是因為他來到曼谷，離Kit-Teung的距離愈來愈近。

「你是不是也覺得很好吃？啊，我們再回頭去買一盒好不好？可以嗎？」

他問我，我點頭說好，當然好。

雖然我只是嘴角微揚，嚴格說起來依舊面癱，好像沒什麼太明顯的情緒似的，但其實看見劉楷霍這麼開心的模樣，我也是高興的。

曼谷，我來到曼谷了。我追著一個追星的大男孩，睽違將近九年以後，再次踏上這座城市。說來可笑，當年的離開和如今的重返，全都是因為男人。我曾經被一個男孩傷透了心，發誓再也不想來，但是此刻我竟也是因為一個大男孩，做出了連自己都詫異的決定，重新踏上這片心碎之地。

說真的，如果劉楷霍還未離婚，要我陪他一起出國，我應該會有所顧忌而不願意答應。現在他恢復單身了，更重要的是，最終演唱會門票入手了，於是才促成此行。

早上我們搭乘早班機從台北出發，中午抵達泰國，一晃眼已在曼谷吃完午餐。

路上買了兩杯手標冰泰奶解渴，最後我們駐足在「BACC曼谷藝術文化中心」十字路口上方的空橋廣場。一抬頭，兩列空鐵列車恰好交錯而過，在寫著「Bangkok」的高架軌道上，交織出我對這座城市又愛又懼的情感。

「快看！弦弦，快點！」

劉楷霍拍了我一下，充滿興奮的語調。我轉身，目光順著他的手勢，落在前方的MBK商場大樓的電視牆。之前就聽他說過，這片巨大的電視牆是粉絲後援會的兵家必爭之地，一定要把偶像送上這片螢幕，才會讓偶像感到驕傲。

螢幕上閃過Kit-Teung台灣粉絲後援會的演唱會應援廣告，雖然只有短短的幾秒鐘而已，卻吸引了眾多的粉絲，站在空橋廣場上等待廣告輪播出現，趕緊攝影留念。劉楷霍也舉起手機在拍，臉上充滿一股滿足且自豪的神情。

「這段廣告我有參與募資，還幫忙後援會搜集影片素材。」他說。

「廣告做得很有質感。Kit-Teung有來這裡合照，認證過了嗎？」我問。

「還沒有。他們現在應該很忙，忙著準備演唱會的練習。」

「也是。對了，你是不是說，今天晚上要待在旅館上泰文線上課？」

「對，不好意思，沒辦法陪你一起逛。因為時差的關係，其實上完課才八點多，我再跟你聯絡，我們再去吃晚飯。」

劉楷霍因為追泰星而開始學泰文，已經有好一段時日。平常是在台北的泰文教室上實體課，如果有事沒辦法去的時候，就改成線上課。他很認真，據我所知，每週一次的課程，他從未缺課。即使要出差，或像這次出國，他都還是會到咖啡館或旅館上課。

「我沒有尼克那麼聰明，也不像阿普，因為媽媽是泰國人，本來就有泰文基礎，學起來很快，所以就只能勤能補拙。」

他曾經跟我這麼說過。因為追星而開始學外語，不是什麼稀奇的事，不過很多人都是學一學就放棄了，但劉楷霍很有毅力。他告訴我，他一開始的動機確實是因為嗑CP，但學著學著，後來更大的樂趣在於藉著學習泰文，認識更多這個國家的風土民情和藝術文化。當然，更不用說他因為追星，愛屋及烏，投入照顧流浪動物這件事了。

我們逛完了BACC和MBK以後，差不多到了劉楷霍該先回旅館的時間。

「我在這商圈逛一逛，上完課再跟我說吧！」我說。

他說好，看著我，欲言又止的樣子。

「怎麼了嗎？」我問他。

「我到現在還是覺得很不可思議，你居然陪我飛來曼谷，而且後天我們還能去看Kit-Teung演唱會，甚至坐在最貴的VIP區域，然後，你還不願意我付票錢。」

「你有付錢，只是把付演唱會的門票錢，改成請我吃大餐。」

「我不是做夢吧？」

「當然不是。你剛剛在Inter被空心菜辣到直打噴嚏，還不夠真實？」

「我還是不懂，你後來怎麼有辦法買到票？還是這麼好的票！群組上跟推特上根本沒有人在讓VIP的票，黃牛票也早就被搶光，你從什麼管道買到的？我是Kit-Teung的忠實粉絲，國內外可以關注他們的方法都不會錯過，你怎麼能比我厲害？」

「你已經問過好幾遍啦！我不是說過嗎，我請晉合哥幫忙的。他很厲害，有認識唱片圈和演藝圈的人。至於他到底是怎麼入手門票的，這我也不好多問。總之，最後有買到票，你能來曼谷看到演唱會就好啊！」

我說謊。我根本不是請晉合哥幫忙的。

「真的很神祕。」他露出不解的神情。

「別再多想這件事啦！好好期待後天的演唱會，好好準備你要穿什麼衣服去，養精蓄銳，用最好的狀態去見你愛的Kit-Teung，這樣就夠了。」

他點點頭，臉頰上緩緩露出可愛的酒窩。

這些年來，我不是那麼喜歡我自己，可是，遇見劉楷霍以後，有一天我竟發現，我喜歡跟劉楷霍在一起時的自己。我因為喜歡上他，彷彿變成了一個比較好的人。

當我暗自決定演唱會的事情時，不可否認曾擔心後果難以預料，擔憂會後悔。可是，自從劉楷霍知道他能夠來看以後，他一掃這些日子以來的陰霾，出發前的每一天都過得很開心，我想，我願意硬著頭皮這麼做。

第二天，我們在曼谷市區內觀光。劉楷霍說想先去泰劇大本營GMMTV電視台大樓看一看，於是我們先去了那裡。在一樓換了證件，我陪他到樓上買藝人的周邊商品，又在一樓星巴克旁的快拍亭，拍了跟藝人合成的合照。

離開後，我跟著劉楷霍去逛街。九年來，這城市冒出許多大型新商場，劉楷霍比我還熟悉，領著我逛這逛那的，到處吃吃喝喝。

「今天晚上在『ICONSIAM』有Billkin的商演活動耶！你知道他吧？」

在咖啡館休息時，劉楷霍滑著手機，突然看到這個訊息。我回答說我當然知道，還補上PP Krit的名字。這段日子，因為劉楷霍的緣故，我跟著認識了不少泰國藝人。

「很巧耶！我們去看好不好？可能會很多人，但我們就站後面遠遠看。他應該會至少唱一兩首歌，可以聽到他唱現場，感覺會很棒。」

「可以啊。從你那裡認識的泰國歌手裡面，他的歌聲，我最有印象。」

「太好了！」

果然像是之前阿普說過的，在曼谷好像每天都有機會看到明星。除了售票活動以外，還常常有在商場內各式各樣的商演或代言活動，對於追星的粉絲來說，這確實是跟在台灣、日本或韓國追星的距離感，感覺很不同。

Billkin的活動場地人山人海，我跟劉楷霍只能站在距離舞台非常遙遠的角落，但由於是地勢較高的階梯，仍可遠望到他。所幸歌聲不被距離限制，他唱了兩首歌，我們站在這裡依然能清晰聆聽。

活動結束後，人潮散去，我跟劉楷霍移步到室內水上市場尋覓晚餐。吃飽以後，我們走到ICONSIAM後面的戶外廣場散步。廣場另一側是昭披耶河，河上來來往往著觀光船，而對岸則是燈火通明的酒店、高樓和商家。十二月的曼谷，早晚的氣溫比想像中還要涼爽，微風把我和劉楷霍圈在一起，身心感覺舒暢。

「Billkin真的唱得很好。」我說。

「好感動喔，可以聽到他現場唱〈超特別〉這首歌。我好愛！」

劉楷霍語畢，忍不住哼了幾句。

「其實歌詞是在說什麼呢？」我問。

他拿出手機，查出歌詞的中文翻譯。

「在這裡。你念出來，我也想再聽一次中文歌詞的意思。」

我接過他的手機，看著螢幕，開始念出歌詞。

「從來沒有人讓我這樣，在無趣的日子裡，突然令我的人生充滿意義，只因為你的出現，我就明白，你是我期盼的明天。」

劉楷霍說這是開頭的第一段，請我直接跳到副歌的那一段念。

「我沒辦法克制自己了，不知道如果我想更進一步是不是錯了？我承認我敗給了你，承認我的心裡只有你一個人。想向你坦白，該說些什麼呢？我不知道這樣到底對不對？這種情況意味著什麼？或許沒必要去釐清，我只知道你真的超特別。」

超特別。我看著超特別的劉楷霍，念完這首歌的歌詞，覺得這簡直是我對他的主題曲。他忽然看著我，眼神有點閃爍，深呼吸了一口氣，把他的手機給拿回去。

他在想什麼？還是他在猜，我在想什麼？

還不太晚，劉楷霍提議去耀華力路中國城那一帶晃晃。

舊城區的街道或寺廟景點，像是被按下時間的暫停鍵，和我九年前的記憶相差不遠。這些地方很快就喚回我的熟悉感，熟悉感一旦回來了，那年夏天跟陳力騰的事，就也像被揭開傷口似的隱隱作痛。
心情太複雜。演唱會就在明天了，劉楷霍倒數計時，期待明天到來，我見到他開心而感到安慰，但同時對明天就要再度看到活生生的陳力騰，感到惴惴不安。
回飯店的路上，經過賣斑蘭葉雞蛋糕的小攤，覺得此刻我必須吃一下才行，鎮定起伏跌宕的情緒。一入口，立刻感到滿足而放鬆，果然斑蘭葉雞蛋糕對我來說像是帖神藥。
「好吃嗎？」我問劉楷霍。
「好吃呀！雖然阿普烤得也很好吃，不過因為人在曼谷，想到喜歡的CP們現在都跟我呼吸著同一個城市的空氣，就感覺更好吃了，哈哈哈！追星追到這樣怪怪的想法，你應該覺得我很花癡吧？暈船到這種程度！」
我搖搖頭，表示不會這麼想。
畢竟我跟他都在暈船，究竟誰的船晃得比較嚴重，還不好說。
這一天，終於還是來了。
劉楷霍好不容易看到的Kit-Teung演唱會，終於在這一天即將登場。
雖然下午三點開場，但因為要兌換門票、換海報、換福利周邊贈品，以及參加

Sound Check彩排，我們早上十一點就抵達會場。

如果有那種著迷於迪士尼樂園的孩子，那麼走進演唱會會場的劉楷霍，大概就跟那些第一次踏進園區的孩子們一模一樣。他拿著手機繞會場，仔細拍照，記錄各式各樣的粉絲應援立牌，傳上IG認證，然後搜集現場粉絲製作發送的應援小物。

Sound Check的時候，我們坐的地方不是正式演出時會坐的位子，距離舞台有一段距離，等到正式進場入座時，劉楷霍發現距離舞台真的好近，一臉掩不住的喜悅。

「我的天啊，弦弦！這位子真的太好了，真的是非常謝謝你！」

「不客氣，有開心就好。」

開演了，Kit-Teung吊著鋼絲，從體育館的天花板上臨空而降。整座體育館被布置成一個大型的水族箱模樣，LED螢幕上流動著海洋中生物與海草的畫面，Kit-Teung穿著類似潛水衣的秀服，在半空中滑動著雙手雙腳，聲光之中，就像是在水中游泳。

我側頭，看了看劉楷霍燦爛的側臉，又抬頭遠望眼前正賣力開唱的Teung，覺得這一切有如命運的捉弄，原本覺得荒唐，現在卻也感到有趣。

陳力騰，當年在我枕邊撒謊，說只愛我一個人的那個男孩，如今變成了這麼多人愛著的Teung。他失去了我，卻換來這麼多人的注目，實踐了他的夢想，成為想成為的明星。就像是沈瑞斌，姑且不論他用了什麼樣的手段，但也是走在想走的路上了。

而我呢？我想走的路，通向了哪裡？

音響傳出巨大聲量，地板砰砰震動，平常文靜的劉楷霍在這一刻徹底解放。他猛揮螢光棒，奮力叫喊，用身上的細胞回應偶像的一舉一動。

當Kit-Teung眼神的方向，看往我們這裡時，他相信彼此的眼神是交疊的，他一定覺得Kit-Teung聽見了他的叫喊。

演唱會最後準備玩遊戲時，劉楷霍非常幸運抽中上台資格。門票確實是我幫忙才能入手，但抽到上台資格是靠他自己的好運。

「我現在該怎麼辦？我現在要做什麼？天啊，我心跳好快！我的Apple Watch都發出了高心跳警告。」

「你抽到獎，現在要上台跟他們玩遊戲了！快去吧！你從來沒有可以這麼近距離接近他們，你實現夢想了。快去！」

「我想再問你一次，現在時間是熱的，還是冷的？」

這是劉楷霍第三次問我這個問題。

雖然VIP座位離舞台上的Kit-Teung很近了，但此刻上台，才是劉楷霍跟他心愛的Kit最為靠近的一刻。不，不只靠近，而是貼近。因為這個遊戲，讓粉絲跟偶像用身體夾乒乓球的設計，會讓他跟Kit幾乎身體貼在一起。

緊張至極的他，離開座位，向舞台前進。我拿好手機，事先試過從什麼角度錄影，才能幫他拍好，一切準備就緒。

結果，劉楷霍在踏上最後一級階梯的剎那，竟然暈倒了。

怎麼回事?!不只我嚇到，他的暈倒，引起演唱會現場的大騷動。

我趕緊衝向前方，用英文跟工作人員溝通，問現在該怎麼辦？所幸他們反應迅速，立刻找來醫護人員。他們帶來擔架，告訴我，場內人多，一直放乾冰又放火焰，空氣不好，再加上他緊張，所以建議先將他移動到場外另一側的休息室，看狀況怎麼樣。

我說好，於是讓他們將劉楷霍放上擔架，準備抬離現場。

就準備離開時，一轉頭，看見舞台側邊的陳力騰。

九年以後的這一刻，我們兩個人的目光終於交疊。

他的眉頭皺了一下，也許懷疑到底是不是我？還是看錯。台上的主持人解釋並安定現場狀況，很快的，把陳力騰和Kit給拉回舞台正中央。

半晌，在休息室裡的劉楷霍醒來，一副驚惶的模樣。

「啊？我剛剛……忽然間腳一軟，頭昏，眼前一片空白。我昏倒了？」

他環顧四周，驚訝地問，說話的聲音氣若游絲。

「你昏倒了。你現在感覺怎麼樣？很不舒服嗎？」我問。

「我有點想吐。」

我和醫護人員一起扶著他，到休息室內的廁所讓他吐。可是，他吐不出什麼東西來，可能只是因為頭暈，有想嘔吐的感覺。

工作人員建議，還是去一趟醫院急診比較恰當。我同意，於是他們幫我們叫了車，到附近的一間醫院掛急診。急診室的醫生詢問一些細節，給劉楷霍打了點滴，要他躺著休息一會兒，然後要我們等一會兒。不久，來了另外一位醫師，會說中文。

「看起來沒什麼大礙，不用緊張。應該是不太適應泰國氣候，有點中暑的症狀。多喝水、多休息。另外，最近是不是太累？他血糖值很低，又忽然很緊張，才會這樣。今天是不是都沒有吃東西？」

劉楷霍聽到以後，點點頭。

「現在打了葡萄糖會改善，等等點滴打完就可以離開，去吃點溫熱的東西吧！不要刻意不吃東西。減肥嗎？你已經那麼瘦！」

醫生笑著說完以後，輕輕拍拍劉楷霍才離開。

「對不起，造成你的困擾。我想說吃太飽下午容易想睡，才決定今天早餐、午餐都不吃，等晚上看完演唱會再吃，沒想到居然會這樣。」

劉楷霍對我道歉，楚楚可憐的模樣。

「我沒有困擾，只是嚇一跳，很擔心你怎麼了？雖然應該是沒事了，不過回台灣以後，有時間的話還是去做個身體檢查，會比較放心。」

「嗯……」他看了一下手錶，一臉無奈，開口問我：「演唱會結束了吧？」

「應該已經結束了。」我回答。

「可是現在開始才進行拍照福利對吧？我們可以回體育館嗎？來得及嗎？」

「來得及是來得及，現在應該是會先進行團體的合照。只是，要等到你1：2合照時，恐怕還有好幾個小時，如果回現場等，那裡人多太悶，我怕你又會不舒服。你的臉色看起來還是不太好。」

「我想去。我等了好久，好不容易有機會可以跟他們合照。」

我有點掙扎，不知道怎樣做，對他才是好。

「拜託！弦弦。」

敵不過他的哀求，出院後，我們招計程車又回到體育館。跟現場工作人員解釋了一下以後，再次進到演唱會的現場。

演唱會已經結束了兩個小時，八點多了，二十人的團體合照居然都還沒拍完。接下來還有十人、五人的團體照，最後才會輪到跟**Kit-Teung**的1：2獨照。我想，可能輪到劉楷霍最後合照的時間，已經晚上十一、二點了吧。

而他，還是沒有吃任何東西。

「剛剛應該先去吃點東西再進來的。」

我懊悔自己的粗心。

「可是這體育場好偏僻，其實也沒什麼賣吃的店。」

劉楷霍的聲音依然無力。

「至少有便利商店。」

「沒關係啦，我坐在位子上休息就好。」

「可是還要等好幾個小時。我覺得你這樣不行！你氣色還是很差。我們出去吧？去便利商店買個東西吃。」

「出去還可以再進來嗎？」

「可以吧！你已經在工作人員之間紅了。他們會讓你進來的。」

劉楷霍這才答應了我，我扶著他，離開會場。

然而，我們就再也沒踏進來了。

27

在便利商店買麵包給劉楷霍充飢，他吃完以後感覺稍微有好一點，結果走回會場，我才剛跟門口的工作人員解釋完，準備再進場時，他卻又突然腿軟。

我趕緊扶住他，雖然沒事，但把工作人員嚇一大跳。

「我覺得，我好像又想吐了。」劉楷霍說。

「你忍一下，我扶你去廁所。」我說。

其實他沒有吐，只是有想吐的感覺，應該是因為身體還很虛，仍有點頭暈的關係。

我們走回會場入口，他的臉色又變得有些蒼白。我很擔心，想跟他說還是放棄吧，早點回飯店休息，可是我不忍開口，我知道他想進去。

「弦弦，我覺得⋯⋯還是算了。我好像，還是不太舒服。」

沒想到他自己做出放棄的決定。

「確定嗎？我也覺得你回去休息比較好，可是⋯⋯確定嗎？」

他點點頭，有點無奈的樣子，告訴我沒關係，他已經決定不進去了。

我們搭計程車回飯店，劉楷霍坐在沙發上休息，滑手機看推特上關於今天KT演唱會的各種推文，一會兒，他決定先去洗澡。在他洗澡的時候，我去飯店樓下的小吃店買了熱騰騰的雞肉粥回來，給他當消夜。我自己買了一碗乾麵吃。

「吃一點熱粥吧！溫一下腸胃，也許會好一點。」我說。

「哇！怎麼那麼好？好香喔！」

洗完澡以後的他，氣色紅潤許多，整個人講話顯得有精神多了。

「我剛剛在洗澡時，突然覺得餓，畢竟剛剛只吃了一個便利商店的小麵包。沒想到走出浴室，就有東西吃！這很厲害耶，光只是想而已，不用說出口就能實現，AI人工智慧技術再怎麼發達，也絕對不可能取代你吧？」

劉楷霍又能開始說起怪怪的話來，代表他的狀況已恢復正常。

「趁熱快吃吧！」我催促他。

我們邊吃邊聊，劉楷霍對我回顧今天KT演唱會的種種細節，不時還分享IG上粉絲上傳的各種短片，一副很陶醉的樣子。如果要說什麼是幸福，我想現在在我面前的他，就是一種幸福的狀態吧。

「希望你不會太難過，最後沒有上台玩到遊戲，也沒有合照到。」

我安慰他，而他的反應比我想像中還來得淡然和堅強。

「就說我的追星運向來不好，沒想到就連這次，已經這麼靠近Kit-Teung了，以為萬無一失，最後卻還是發生這種鳥事。不過呢，雖然最後這樣是有點遺憾，但是我覺得能夠看到演唱會，而且還是那麼好的位子，那麼近地看，我已經非常滿足了！」

「嗯，只是覺得如果你能上台的話，就有機會跟他們近距離講到話。畢竟你是因為他們才開始學泰文，學得那麼認真，應該好好發揮一下。」

「我應該會緊張到說不出話來吧？光是上台玩遊戲，還沒走上台呢，我就緊張到昏倒。要是真正近距離面對面，我哪可能還說得出泰文來，應該連英文都忘光。」

「中暑、會場的空氣太悶，還有你前陣子太累，再加上你很緊張……我真的是沒想到你會緊張到昏倒。」

「你是不是覺得我還滿不錯的？總有出其不意的驚喜。」他自嘲。

「你是很不錯，但以後不用再給這種『驚喜』了，因為那是驚嚇。」

「以後喔？說真的，以後不知道是不是還有機會，能再參加他們的演唱會？再向宇宙許願一次，不曉得會不會成功？」

「可以再試試看，也許還會實現。」

劉楷霍突然若有所思看著我，我還以為自己的臉上沾了什麼東西。

「其實，你就是我的宇宙吧?!」他說：「因為實現這次我能來看演唱會願望的人，是你啊！所以你就是我的宇宙。」

被他突如其來這麼一說，令我霎時感到一陣飄飄然。

「我向你許願就好了！」

語畢，劉楷霍對我做出合掌的手勢。

「拜託，請讓我有機會再看KT的演唱會，以後還有機會跟他們近距離接觸。拜託拜託！太方便了，以後不用去廟裡拜了，找你許願就好。」

居然是這個結論，令我哭笑不得。

「這位先生，別這樣，我還活著耶！」我說。

「噭～活菩薩嘛！」

他笑起來，瞇著眼睛說。

這趟旅程，我們雖然是訂同一個房間，但床鋪是分成兩張單人床，中間隔了一個邊桌。起初我在想是不是應該訂兩個房間比較好，但劉楷霍阻止我，說那樣太浪費，訂一間比較便宜，把省下的錢拿去大吃大喝。

「你在擔心什麼？他已經離婚了耶，你們住同一間不會怎樣吧？之前你是怕他被人閒言閒語，難道現在你是怕你會把持不住嗎？」

行前，阿普知道這件事以後，私下忍不住笑著問我。

「只是怕不習慣吧，沒跟他一起單獨出遊過。」

「就只是住同一個房間而已啊，會怎樣嗎？又沒有要幹嘛。還是你想要幹嘛？」

「當然沒有要幹嘛。」我急忙辯解。

「才怪。我看你就是怕忍不住想要幹嘛，才會有顧忌。其實想要幹嘛也很正常吧？說真的，難道你不想要跟他幹嘛嗎？」

雖然我從未跟阿普聊起我對劉楷霍的感覺，但他默默地就知道我喜歡他。

我沉默，沒承認也沒否認。

「我喜歡尼克，第一次見到他時，就很想跟他上床。我覺得這種感覺很正常呀，喜歡一個人，當然喜歡他的個性也喜歡他的身體，會想要跟他有親密的接觸。是人都會有慾望吧？尤其是容易精蟲衝腦的男生。」

直來直往的阿普，非常大方對我闡述他的經驗。

「你們這一代的小孩，還真直接。」我說。

「你也才大我不到十歲，別把自己說得很老的樣子，我們是同一代啦！」

總之，最後我聽從劉楷霍和阿普的話，訂了一間兩張單人床的房間。

連續兩晚下來，我和劉楷霍各自睡在自己的床上，一切相安無事，但是今天晚上的氣氛有點不同。

「霍霍，你現在身體感覺還好嗎？」

到了該睡覺的時間，我跟劉楷霍躺在彼此的床上。我在床上側躺著身子問他。大燈關了，只開著邊桌的昏黃小燈。他聽到以後也側過身體，兩個人在隔著狹窄走道的兩張床上對望。微光映在劉楷霍的臉龐上，恰好這一刻他微微笑起來，美極了。光陷進他的酒窩裡，我一直注視著，彷彿自己也跟著一起陷進去。

「現在感覺很OK了。只是本來以為之前那樣折騰下來，晚上應該很累，會很好睡才對，現在不知道為什麼，好像反而很清醒。」他說。

「睡不著，那就聊聊天，聊到累就會想睡了。」我說。

「我記得你說你以前來過泰國？什麼時候的事？」他問我。

「很久了，快十年前。我二十歲的時候。」

「來玩？自己來玩還是跟團呢？你好像沒有多聊過那趟旅程的事。」

「嗯，很少跟人講……」我想了想，說：「因為不是很好的回憶。」

「是喔？安排的地方都不好玩嗎？還是旅程中發生了什麼事？」

「都有吧……」我有點尷尬，想轉移話題，於是說：「反正不重要了，這次事隔多年再來，目前感覺都還不錯。」

「真的嗎？那就太好了。我上次來是疫情前，很多店都換了。帶你去的那些店，有些也是我第一次去，怕沒想像中的好，你會不喜歡。聽你這樣說，那就好。」

「我行前完全沒準備。謝謝你安排那些景點跟餐廳。」

「嗷？你要謝我？是我要謝你才對。本來覺得根本不可能有機會來看演唱會，結果沒想到你居然那麼厲害買到票，實現我第一次看Kit-Teung生人，而且還是在曼谷看他們大型演唱會的夢想。」

「感想如何呢？第一次近距離見到他們的感受？」

「當然是很高興啊！Kit比想像中還要瘦，臉比螢幕上看還小。我知道有些粉絲，在看到CP生人以後，會有種特別的情緒。他們會覺得成就解鎖了，於是可以在願望清單上打勾，代表任務完成。在那以後，他們雖然還是喜歡那組CP，但就會想去追還沒有見到本尊的。好像是有一種搜集心態，想要見到、合照到所有喜歡的CP吧？但是，當我今天見過Kit-Teung以後，完全沒有這種感覺。我的心願達成了，反而覺得更喜歡他們，以後更想要專注關心他們的一舉一動，向他們看齊。對了，你知道Teung是中泰混血兒嗎？」

直到現在，每次聽見他提到Teung這個名字時，我都還是會緊張，深怕露餡。其實，假使一開始就跟他坦承，不知道事情會怎麼發展呢？可是，那個時機好像已經過去了，如今我開始有一種謊言愈滾愈大的心虛。原本擔心的只有他該怎麼面對偶像的真實面？但現在，我更擔心的是他會不諒解我的隱瞞。

我繼續騙他說不知道，他開始向我解釋。

「他爸爸是中國人，早期跟著爺爺奶奶移民到泰國，媽媽是泰國人。所以Teung會說中文，而且中文說得很好。Kit因為跟著Teung，也開始學中文，雖然還不是很流利，但簡單的打招呼、自我介紹跟日常用語，也都能慢慢說好。所以啊，看到我的偶像Kit這麼用功努力，今天我一邊看演唱會就一邊想，我要以他為榜樣，更努力把泰文學好，然後也要跟Kit一樣，更積極參與流浪動物的公益活動。」

如果劉楷霍知道，其實陳力騰獲得機會的「努力」原來是用「那種」手段，他會不會價值觀崩毀，從此把他單純的熱情給消磨殆盡？我真的不敢再想。

「你已經很努力在學泰文，很有愛心在照顧動物了，還發揮你的印刷設計專業能力應援偶像，甚至幫你的公司創造業績，拓展製作應援物的新生意。你根本堪稱追星榜樣。」

「聽到你這麼說，實在太感動了。你真的很懂我耶！」

「我被你『認證』了。」

劉楷霍被我逗得笑起來。我看著他，在心中默默地對他說，霍霍，你因為追星變成一個更好的人，就像是我也因為追著你，變成一個更好的自己。

他挪動身子，更靠近床的邊緣，我們的距離更近。他看著我，繼續說：

「很多人看追星的粉絲，包括像是之前在沈瑞斌的眼中，都覺得無法理解我們。其實我們也沒有要他們理解我們，不理解沒關係，但至少應該尊重我們的興趣吧？當然不可否認，很多人追星追到最後，是有點偏了，變成『私生飯』或是花錢花到超出自己經濟能力範圍，變成欠卡債，或是荒廢生活裡的正事。不過，我相信大部分追星的人，應該還是像我、阿普跟尼克一樣，懂得衡量開銷，在經濟能力範圍內做可以做的事情。」

「以前我也不懂，不過認識你們以後，已經可以理解。而且像你追星，雖然說會花錢，但是同時也會轉化成其他力量，比如想跟著學泰文或是做公益。」

「哈！轉化成其他力量嗎？說起來其實都不是什麼了不起的事，可是至少開啟了我另一個世界，讓我原本過得很悶的生活，每天有了期待和樂趣。不只是Kit-Teung啊，包括看其他組喜歡的CP也是這種感覺，每次我看到他們有好的戲，聽到好的歌，很棒的舞台表演，就會覺得：『嗯，今天其實也沒那麼糟嘛！還是有好的事！』然後睡前會覺得不那麼討厭明天的到來。」

「光是這樣想，就很了不起了。」我稱讚他。

「嘿，黃宇弦！」

他忽然喚我的名字，眼神深邃，我突然有點緊張。

「怎麼了？怎麼突然又叫我的全名？」
「真的很謝謝你。讓我有機會看到這次演唱會，然後我昏倒了，這樣照顧我。」
「為什麼又再謝？我說過不要再謝了。」
「不謝的話，那可以罵你嗎？」
怪怪的劉楷霍又突發奇想了。
「變成罵我？這落差也太大。我做錯了什麼嗎？好吧，你想罵就罵吧！」
「我想罵你為什麼堅持不收演唱會門票錢？」
「因為那是當作送你脫離苦海的離婚禮物。」
「我還想罵你為什麼你會比沈瑞斌好這麼多？」
「也許不是我好，而是他太爛。還有要罵的嗎？」
「還有。我想罵你為什麼這麼晚才在我的生命裡出現？」
我沉默了一下，望著他，一字一句慢慢地說：「出現了，就不算晚。」
「還可以再罵嗎？」他問。
「歡迎。」
「我想罵，為什麼會有一條走道隔開兩張床，然後你會睡在我對面？」
「噉！」我故意學劉楷霍的口頭禪，說：「我們訂的房間就是這個形式。」

就在這句話講完的瞬間，劉楷霍忽然從他的床上起身，迅速鑽進了我的被窩。

他突然緊緊抱住我，嘴巴輕輕含住我的耳垂，一路親過臉頰，最後貼上我的雙唇。

我沒有料到他會這麼做，很意外、很緊張，整個人顯得僵硬。他的手伸進我的衣服裡，在我的肌膚上遊走，直到我漸漸放鬆了情緒，也開始忍不住撫摸他，從被動變主動。

我親吻他，用舌尖在他的身體部位上「認證」，此時此刻，我真的擁有著他。

像是潛水一樣，我沉到劉楷霍的身體下方，拉開他的褲襠，含住他，將彼此的欲望給抽送到激起海嘯的程度。他喘息著，輕輕發出著愉悅的呻吟，那是我從未聽過的他的聲音，就像是他送給我獨家專屬的Sound Check福利。

一會兒，他將我給拉上岸，並一手握住了我變得昂然抬頭的下體。

「黃宇弦，我還氣你太不主動了。」

「對不起，其實我可以很主動的，但是，我一直有很多不得不的顧忌。」

「你可以很主動？讓我今天最後一次罵你……那你還在等什麼？都已經硬成這樣，還不快進來？我真的快生氣了……」

即使皺著眉頭說生氣，都還是帶著奶音的哥哥啊。

我點頭，猛地壓住了躺在床上的劉楷霍。

終於在此刻，我拋開過往的壓力和顧忌，進入了他的深處。

這是我此生搶到最神聖的一張票，在劉楷霍的身上，獲得了海景第一排的VIP席。

28

第二天早上轉醒時，在睜開眼的剎那，看見旁邊躺著還在睡夢中的劉楷霍，那真的是一種很神奇的感覺。不過幾個月以前，我還打從心底討厭著他，怎麼能想到現在我們卻睡在了一起？

昨晚，在一天結束之際，我看他入睡，而此刻新的一天開始了，我等著他醒來。這是第一次，我在這兩個時段看見劉楷霍的臉，忽然令我有一股想像，假使在日後的每一天，最後一個和第一個見到的人都是他的話，那樣的生活會不會令我感覺比較充滿熱情呢？有一個關心的人近在咫尺，而他也同樣關心著我。

劉楷霍的身體動了動，伸懶腰，揉眼睛，張開眼看到我在盯著他時，忍不住笑起來。

「早安。笑什麼？」我問。

「好奇怪的感覺。」他微笑著說。

「為什麼覺得奇怪？」

「因為我忽然想到下著大雨的那天，在洗衣店外面，我跟沈瑞斌說跟你上了床，那時候只是要氣他，逼他跟我離婚，哪想得到我們現在真的睡了。」

「你老實說，其實那時候你是真的想跟我睡吧？」

「嗷?!難道不是我說出了你心裡想的事？」

他一邊說一邊抓起我的手，要我摸他的頭和臉。我摸著他，將他摟進我的胸膛。

「那你呢？有什麼感覺？」劉楷霍問我：「你很早就醒來了嗎？怎麼不叫我起床？難道就這樣一直盯著我？」

「你覺得奇怪，我覺得奇妙，很仔細觀察你，想說，啊，原來這麼怪怪的外星人，其實跟我們人類一樣也需要睡覺啊，而且還睡得更久。」

我故意開他玩笑。

「你發現我的祕密了。因為外星人睡覺的時候其實是在進行無線充電，充電的源頭在外太空的星球老家，距離很遠，所以需要比你們人類更久的時間。」

「你可以改用傳統的插座方法充電嗎？」我配合他怪怪的想法。

「可以。像是昨天晚上，你幫我『充電』的方法就行。」他邪邪地笑起來。

「那下次充久一點吧！如果你不怕我會『衝』過頭的話。」

他被我逗得笑個不停。

「我們去洗澡，然後去吃早餐吧？」我說。

「一起洗？好害羞。」

我拉著他進浴室，趴光他的衣服。

「還會害羞？該看該摸的福利，昨天我都已經兌換了。」

「嗷！你確定沒有了？說不定還有很多驚喜的彩蛋。」他露出一臉色氣。

「你說的是蛋嗎？那讓我再確認一下。」

結果，澡都還沒洗，我忍不住撲上劉楷霍，在浴室跟他又做了一回。

在曼谷的最後一天，晚上就要回台北。中午，我們在「暹羅百麗宮」購物中心的美食廣場吃海南雞飯，吃完以後想到在晚上去機場以前，還有一大段下午的時間該去哪裡呢？劉楷霍說想去一個叫做「果醬工廠」（The Jam Factory）的地方走走。我不熟，那也是我以前來曼谷時還不存在的景點。

「可是你身體還行嗎？我怕去那裡一路上太熱，你又中暑了。」我擔心他。
「熱的話，我們就在那裡的咖啡館待著就好。」他說。
「好吧。那我們搭計程車來回，你會比較舒服一些。」
「果醬工廠」是一處廢棄的倉庫，改建後變成了書店、藝廊、咖啡館餐廳和辦公室的文創設施，園區走到底，就是寬廣的昭披耶河。我們逛完後從咖啡店買了冰拿鐵，在四周建築圍起來的空地椅子上坐著休息。雖然是炎熱的午後，但綠葉茂密的大樹遮擋住日光，再加上河邊的風吹拂進來，在樹蔭下，意外感覺涼爽。
老舊的倉庫，原本或許是被棄置荒廢的，可是幸運地遇見了有心人，從此新生成完全不同的命運。在遇見劉楷霍以前的我，其實也是這樣的吧？原本在感情的世界中接近於荒廢的狀態，他改變了我，重建我的生活。我和「果醬工廠」一樣，都是幸運的。
正當我這麼想的時候，我驚訝劉楷霍竟冒出類似的話語。
「我很幸運。要不是你，我現在怎麼可能坐在這裡？因為你對我這麼好，對比沈瑞斌的態度，才讓我徹底覺悟，一定無論如何要離開他。」
「可是你本來就想跟他離婚吧？在還沒認識我以前。」
「是沒錯，可是我很容易心軟，每次被他一道歉又原諒他。如果你沒有出現，我可能還得繼續惡性循環下去好幾年。」

「其實我一直不知道我到底對你算不算好，不過，我可以確定，至少我是那個願意陪你去看偶像活動的人。」

「對我來說那就是很好了。當然你的好，不只這個而已。」

「不是客套話？」我笑著問。

「當然不是。只有你們天秤座想東想西的，怕現狀失衡，才會講客套話。」

「一針見血。」

手機突然響起鈴聲，我看到來電顯示以後，跟劉楷霍說必須接個電話，於是起身離開幾步，刻意跟他拉開一點距離，並且背對他。

「你媽媽？」講完電話後，劉楷霍問我。

「喔，對。你有聽到？」我忽然有點緊張。

「只聽到最前面你說了『媽』這個字，後來距離有點遠，我就沒聽到你在講什麼了。還好嗎？是不是有急事？」

「是急事沒錯，不過已經解決了。」

「她知道你出國吧？我想說從台灣打電話過來，應該是急事。沒事就好。」

「其實……我媽媽她住在曼谷。」

事到如今，我終於決定跟他稍微透露一點真相。

「什麼？她住在曼谷？好意外！完全沒聽你提過這件事。所以你說你以前來泰國，是因為媽媽在這裡嗎？那你這次來，怎麼沒跟她碰面？」

劉楷霍看起來真的很詫異，拋出一連串的問題。我雖然決定透露我的事情了，但仍覺得應該先篩選出適當的來說就好，關於陳力騰的事，我還是沒有勇氣說。

「有碰面，只是我沒說而已。你在飯店上泰文線上課的那個晚上，我有去找她。其實我跟她平常很少聯絡，本來這次來泰國，也沒有想說要特別去找她，可是因為……」話說到這裡，我忽然發現必須避開原因才行，於是說：「總之，就是跟她這樣短短碰一下面就夠了。小時候，我跟我爸比較親一點，跟我媽好像就還好。我國三那年她改嫁，現在的先生是個泰國華僑，後來她跟那個叔叔搬到曼谷來。本來她一直希望我一起來，在這邊念國際學校，升大學，畢業後到她先生的公司工作，可是我沒有很大興趣。」

「原來是這樣！你說你上次來泰國，已經是快十年前的事，意思就是你這些年都沒有來找過她？」

「沒有。還有一些其他的原因……」我支支吾吾起來：「不過，每次她回台灣的時候，我們會碰面。之前在寒暑假時會來曼谷找她，但也不是我主動想來，是因為那時候我還無法自力更生，她跟我說，我在台灣的學費、生活費，都是叔叔在支付。叔叔其實人不錯，把我當作自己的兒子，一直期望我未來能去他公司上班，所以我媽說，如果我不願意，至少寒暑假要來露個面，在公司打工假裝幫忙一下，對人家才有禮貌。」

「你不會泰文不是嗎？」

「完全不會。反正只是打雜，講英文也行。偶爾會用到中文，就是幫忙處理公司在中國的一些業務聯繫，或者是公司裡的……」講到這，我又發現不能再多說，只好話鋒一轉，接著說：「反正就是後來有些事情發生，不是很喜歡，就都沒來了。」

「原來是這樣。可以問你父親的狀況嗎？你不想說也沒關係。其實之前你跟我去看我爸時，我就想問你，後來沒問。因為我想如果你要說，應該自己會跟我說吧？」

「聽你講了這麼多你家裡的事，結果我自己的事都沒告訴你，真不好意思。我爸他在我國中的時候過世了。他去參加進香團的活動，遊覽車發生車禍。他一天到晚去宮裡幫忙做義工，常常跟著宮裡的人去這兒去那兒拜拜，還希望我跟我媽一起去，可是，我們只跟他去過兩次，就再也不願意去。因為在我媽眼裡看來，我爸到後來有點過度崇拜神明，太過迷信，但我爸說，我們都不理解他，他說他是在替我們家人積德、做好事。結果沒想到有一次進香團行程中發生意外。說起來還真有點諷刺吧？」

「對不起，我太愛問了，讓你想起這些難過的事。」

「不用對不起，好久以前的事了。雖然說遺憾是無可避免的，不過命運就是這樣，誰也沒辦法。那時候看見你爸爸，雖然中風昏迷躺在床上，至少人還在，而且後來才知道他早就接受了你是同志的事，我其實還滿羨慕的。我跟我爸根本還來不及走到出櫃的階段，他就已經走了。」

「我爸過世後，我有時候會想，他臥病在床，離開是一種解脫，但如果他沒有中風生病，好好活著，真的就是好事嗎？畢竟未來會發生什麼事，真的不知道。一個人先離開了這個世界，跟另一個人還好好活著，不到最後，還真的很難說，誰是幸運的呢！」

「也是。說不定活著反而會遇到更多痛苦的事，這也有可能。」

「話雖這麼說，我們還是盡量好好活著吧！」劉楷霍說。

「那當然，不然，我怎麼能陪你繼續追星。」我說。

劉楷霍聽到我這麼說，笑得合不攏嘴。

「仔細想想，你爸爸、跟我爸爸和媽媽，還有沈瑞斌，還有我，甚至阿普跟尼克，大家好像都有共通點。」他說。

「是什麼？」

「崇拜偶像呀！我跟阿普和尼克嗑腐劇CP，沈瑞斌他是網紅也算是別人的偶像，我爸媽追的是日本明星，至於你爸爸，追的是神明。」

「你不說我都沒想到。原來我爸也算是個追星族！」

「是吧？可惜你爸不在了。要是你爸還在的話，我可是要向他請益要去哪拜，搶票會更快。啊不對，現在才更要去問他才對。你爸現在在天上，應該更神通廣大了。你下次要去掃墓，記得找我。」

原本有點沉重的人生話題，劉楷霍這麼一說，突然舉重若輕。

我總是欣賞他這種能力。無論他生活中遇到任何困難，就算他總覺得自己運氣很背，但最終他可以找到一種讓自己跨過那個坎的能力。

他曾說，那是他從追星，從嗑CP獲得的療癒，讓他有力氣再去面對現實生活。一開始我真的不太明白，但漸漸地認識他的日子久了，喜歡上他以後，終於明白他的意思。

喜歡一個人，會有一種力量，想要開始把自己的生活過得好一點。不是為了自己，而是希望對方看見自己的好，當自己好了，就有能力給對方好。

「只有你最冷靜，從來沒在崇拜誰，沒有在追星。」劉楷霍說：「你認識泰星，聽泰文歌以後，現在有喜歡的偶像嗎？像是Billkin？」

「Billkin歌唱得很好，但我的偶像不是他。」

「所以你有喜歡的明星了嗎？是誰？」他好奇問我。

「對大家來說他不是明星，不過對我來說，他比明星還閃耀。」

「有這種人？」

我點頭，但沒回答他，只是忍不住摸了摸他的頭。

飛機降落在台灣桃園機場，我們還站在機艙走道，等候排隊下機時，劉楷霍忽然非常興奮地拿著手機畫面給我看。

「我居然被抽中了！我的老天！」

「你抽中了嗎？太好了！有一分鐘可以跟Kit-Teung視訊通話的機會，你要開始好好想想要說什麼了。」

凡是在KT演唱會現場購買寫真書的人，留下自己的LINE帳號，就有機會抽中跟Kit-Teung進行一分鐘視訊通話。一分鐘聽起來很短？但對於粉絲來說，那一分鐘並不短。因為即使上台跟本人合影或是擊掌，基本上也很難有時間，能讓粉絲跟偶像單獨對話到一分鐘。劉楷霍說，依照他去其他組見面會的經驗看來，經常就是只能迅速丟出一、兩句話，三到五秒而已，就會被工作人員推著往前走好，讓下一組人進場。而視訊的一分鐘，沒有別人干擾，偶像會安安靜靜地聽你講話，回答你的問題，所以是非常珍貴的一分鐘。

「不敢相信，我什麼時候變得那麼幸運了？」他還處在興奮階段。

「我說過你以後都會很幸運的。」

「雖然錯失跟他們合照的機會，可是能夠這樣單獨視訊，我覺得也超棒的，彌補了我的遺憾。」

劉楷霍整個人再度散放出幸福的光輝。我感到欣慰。

視訊電話的時間，安排在聖誕節前兩天的晚上。工作人員事先請得獎者加他們官方的LINE帳號，接著寄來通知，告知預計在幾點到幾點之間，會打視訊電話過來。

當天晚上，劉楷霍和我聚集在「泰尚麵」店裡，尼克跟我們坐在一桌，而阿普則在幫忙媽媽賣麵，不過他因為一直很關心劉楷霍何時能接到電話，因此工作顯得有點心不在焉。

「還是沒打來，已經比預計時間晚一小時了。會不會最後忘了打來？」

劉楷霍說，語氣中難掩失望。

「獲得視訊電話福利的有多少名額？」尼克問。

「兩百四十個人。」

「一個人一分鐘的話，兩百四十個人，他們就要花上四個小時跟粉絲視訊。而且這還不包括拖到時間喔。不曉得你是被排在第幾順位？」

「再等一等吧！我想應該不會食言的。」我說。

「總之也只能等了。」劉楷霍說。

雖然大家邊吃邊喝在聊天，可是我能感覺到劉楷霍愈來愈心神不寧。就在他起身打算去上廁所，才走了幾步路，他的手機突然響起鈴聲。

「打來了！怎麼辦？」他舉起手機畫面給我們看。

「快回來座位上坐著跟他們通視訊！這次別再昏倒了。」我說。

劉楷霍趕緊衝回座位，將手機前置鏡頭對準自己，準備按下通話鍵。這時候，阿普也暫時放下手邊工作，我們坐在劉楷霍的兩側，三個人同時拿起手機對準他開始錄影。

劉楷霍伸出手指，輕輕觸碰螢幕上的確認按鈕。他的頭像立刻被縮在左上角，而主畫面則一閃過後，出現了Kit-Teung兩人的臉。畫面中的他們兩個人並排坐著，對著鏡頭另一端的劉楷霍用心揮手。

「Sawadikrup！」Kit-Teung打招呼。

劉楷霍起先用英文說「嗨！」接著也用泰文的「你好！」回覆他們，並且一字一句慢慢地用泰文跟Kit-Teung說話。

我在一旁看著劉楷霍，覺得不可思議。因為追星，他開始學習泰文，這個全世界只有泰國使用的語言，要說弱勢還真的是挺弱勢的吧，但他因為興趣使然，從零開始學，此刻竟然能夠跟他的偶像視訊通話了。

說了什麼？我完全聽不懂，只見Kit-Teung兩個人邊聽邊點頭。可能有些咬字發音不準確，Teung聽不懂的樣子，Kit聽懂了，就重複一次給Teung聽。

途中，劉楷霍忽然變成說中文，問Teung：

「沒忘記怎麼說中文吧？平常有機會說嗎？」

Teung也換成中文回答他，說退步了，沒有機會多說。最後，劉楷霍再換成泰文說了一兩句話以後，Kit-Teung就說一分鐘視訊時間已經到了，跟劉楷霍揮手說掰掰。

劉楷霍的手機畫面回到一片漆黑，但他的臉頰卻白裡透紅，還停留在興奮狀態。

「沒想到我可以跟他們講到電話！他們真的可愛死了！我要瘋了！」

「你好厲害，居然可以用泰文跟他們聊天了。」我說。

「我早就默背好要說的話呀，都是很簡單很基本的句子。」

「我都聽不懂。你說了什麼呢？」

「我一開始跟他們說，我是他們的台灣粉絲，很喜歡他們，謝謝他們的劇和歌。然後說我這個月有去曼谷看他們的演唱會，很棒！可惜後來我不舒服，沒有跟他們一起拍到照，希望下次還有機會，後來就是問Teung說中文的事。最後，我有點緊張，因為我知道時間快到了，因為太緊張，我不確定我的泰文有沒有說對，他們有沒有聽懂？我跟他們說，希望Kit-Teung能一直走下去，祝他們快快樂樂。」

「我覺得你泰文進步很多！發音也很好！」阿普稱讚劉楷霍。

「對呀！如果是我，我一定會說得很掉漆。」尼克說。

「這麼一大串話，你都用泰文說？雖然我聽不懂，可是感覺你說得很順、很流利，真的很強！」我感到欽佩。

「沒有啦，」劉楷霍害臊起來，說：「誤解、誤解！我只是用很簡單的單字去說，而且事先都準備好了，稿子背得很熟。」

「對了，你怎麼沒說，你就是昏倒的那個人？」阿普問。

「對呀對呀！說了以後，他們一定永遠記得你。」尼克附和。

「那麼丟臉的事，還是不要說比較好。而且他們每天這麼忙，見過的粉絲，發生的各種狀況很多，早就忘記了吧！」劉楷霍說。

「會記得的。」

我說，但脫口而出以後才發覺口氣不大對。我不小心透露出了太多的肯定。語畢，三個人同時轉向看著我，一副就是「你哪來的自信？」的表情。

「呃，我的意思是，我覺得啦。畢竟很少粉絲會在上台前昏倒吧？」我補充。

劉楷霍用自己的手機錄下了他和Kit-Teung的視訊畫面，而我和阿普跟尼克也全程側錄他跟KT通話的樣子，雖然已經通話結束快一個多小時了，他還是沉溺在方才的喜悅中，把影片反覆看了又看。

時間不早了，跟阿普和尼克道別以後離開餐廳，我送劉楷霍回家，穿過夜裡的公園。

「不知道以後還有沒有機會，在這個時間走過公園。」劉楷霍忽然說。

「怎麼了？為什麼突然這麼說？」我有點緊張。

「我現在住的這個房子，當初跟沈瑞斌一起合租，現在他搬走了，我一個人得負擔全部的房租，對我來說有點多。而且說實在，一個人好像不需要住到這麼大。所以我打算下個月開始找別的房子，還是以這一帶優先考量，但如果找不到，可能就得換地方。」

「原來如此……」

不知不覺，劉楷霍的家已經到了。

「我忽然在想，我其實不一定要換房子租呀！如果你不介意的話，要不要搬過來跟我一起住呢？我這裡有兩個房間，剛剛好。而且一起分擔房租的話，應該會比你現在自己一個人租來得便宜。啊！我這樣找你來分租，仔細想想好像有點奇怪對吧？聽起來好像是沈瑞斌走了，我就找你來遞補？可能不太好，對吧？」

我想了想，回答他：「我不介意啊，如果你願意一起住的話，我搬過來也行。」

「真的嗎？可以的話，那就太好了。」

「我只是擔心，你跟我一起住，會不會不習慣？」我說：「因為我知道駿光哥和晉合哥兩個人，以前在久別重逢決定同居以後，一開始就有點不太適應。」

「我應該沒問題啦，你忘了，我是一個很能夠配合別人的人。」

「以後不要太配合別人了，不能再委屈自己。」

「好的，謝謝底迪的忠告。」

我又被提醒了，我的年紀比劉楷霍小，但老是說出一些比他還老成的建言。

「那我會先來跟房東聯絡一下，看最快什麼時候能提早解約。」我說。

「新年新氣象，希望在下個月，或是農曆年前，你就能搬進我家。我想，等你住進來以後，那個空間的風水一定會大好。」

「原來你還信這個呀？」

「嗷～能不信嗎？這世界上很多事情都要靠運氣。我連演唱會抽票都要去拜，連祈求CP長長久久都去拜月老了，一起住的人會帶來好運還是厄運，難免也是信的吧！」

「還好我爸已經不在了，不然你們要是認識，我看每個週末都會去各地進香，我就很難見到你了。」我打趣說。

「你提醒了我，我跨年前要再去拜一下龍山寺的月老，祈求KT、BKPP，還有我愛的那些CP們，新的一年他們要繼續恩愛。」

「到時找我一起去吧！」

轉瞬間，一整年就走到了尾聲。

十二月三十一日，當大家都在準備迎接跨年，劉楷霍熱愛的Kit-Teung被人爆料，一系列在網路上瘋轉的照片，公開了他們各自的隱私。

Kit和一個女生，兩人進出清邁近郊的度假飯店，網友說，那個人是Kit私下交往多年的女友，礙於CP營業的需求，始終祕而不宣。

至於Teung的照片殺傷力更大，因為爆料的人不是私生飯也不是狗仔隊，而是當事者。一個剛滿二十歲的男生，自己爆料貼出了他和Teung的聊天紀錄、親密照和影片，指控Teung欺騙他，說可以幫忙他，不必經過徵選，就能進入經紀公司培育男團的練習生名額，而前提是當他的男朋友。爆料者說，Teung花言巧語告訴他，Teung

只幫自己最親密的人，意思就是要跟他交往才行，結果他卻發現Teung跟他上床幾次後就甩了他，接下來又用同樣的招數，去騙其他想當明星的人，而Teung根本從沒有向經紀公司推薦過他。

貼文傳開後，底下多了好幾個號稱也被Teung騙過身體的人，有男也有女，真真假假無法辨識，但有些人確實貼出了在重要部位打馬賽克，但Teung的臉卻能看見的照片，雖然模糊，恐怕難以否認。

誰也沒料到，這個月才剛風風光光辦完演唱會，人氣攀到新高點的Kit-Teung，在一年的最後一天，發生這種事。很多粉絲感到失望、噁心，紛紛表示已脫粉。

「怎麼會這樣？Kit-Teung這樣真的完蛋了吧！」劉楷霍難掩失望。

當我聽劉楷霍轉述Teung的事情時，背脊一涼。

他沒有變。他居然還是一樣。

至此，此刻在鎂光燈前閃閃發亮，我所陌生的這個Teung，跟二十歲時我所認識的那個陳力騰，終於成為了同一個人。

29

Teung的本名是陳力騰。九年前，二十歲那天的夏天，我在曼谷認識他，那年他十九歲，是個剛上大學，外表看起來非常清純的男生。

我第一次見到他，是在媽媽和她再婚對象開的公司裡。

媽媽再婚對象的叔叔在泰國媒體界工作多年，資歷豐富，後來獨立出來開藝人經紀公司，我媽跟他結婚以後，搬到曼谷協助他處理公司的會計工作。她原本希望我也搬過去，一起幫忙公司的事，但是我沒什麼興趣。最後幾經妥協，我答應她寒暑假時過去打工，算是對叔叔資助我在台灣的學費，聊表謝意。

那一天早上，我在公司入口櫃檯幫忙整理東西時，忽然間一個男生走進來，羞澀地問了我一句話。他講泰文，我聽不懂，正打算回他英文時，卻在情急之下脫口說出中文來。沒想到，他竟然也用中文回答我。

「你好，我是今天有約來試鏡的。我叫Teung，中文名字叫做陳力騰。」他說。

他的眼睛很美，炯炯有神，好像有什麼故事準備說給你聽似的，會讓人忍不住想一直盯著看下去。

「喔！好！我幫你問一下，你在這裡等一等。」我掛著笑容回覆他，然後看到他整個人很緊繃，站在原地不動，接著說：「啊，你過來這邊的沙發坐一下好了。外面應該很熱吧？要不要喝杯冰水？我給你拿杯水吧！」

我還沒等他回覆，就跑去櫃檯後面的小冰箱，拿來一瓶招待客人的罐裝冰水給他。

當年的我跟現在的我，是截然不同的性格。無論是陌生人或熟人，我總是能夠笑顏以對，尤其對於我喜歡的人，更是難掩熱情。想對一個人好，我就會很主動，會毫無顧忌表達出來，很天真地以為對方接受到你的好，也會以同樣的誠意回報。

陳力騰那天是來面試的，希望可以成為公司裡的偶像練習生，期盼未來可能有演戲的機會，或是組成男子演唱團體出道。

結果陳力騰落選了。傍晚我要離開公司時，看見叔叔的辦公桌旁有兩個放資料的檔案架，一個寫著入選，另一個寫著不入選，我好奇就去偷瞄了一下，看見陳力騰的資料被歸在「不入選」的那一邊。我看著他資料上的照片，明明不是本人，可是盯著照片上他的雙眼，卻依然感覺像是本人站在我面前，被他的氣質給深深吸引。

履歷表上他有提到目前在學校對面的咖啡店打工，我搜尋了店名，記下地址，也不管他今天有沒有班，就直接殺去那間店。是一間很小的咖啡店，只有兩個店員，其中一個就是他。他看到我很驚訝，我也假裝很詫異，故作巧合相遇。

「晚上有約嗎？既然這麼巧，要不要就晚上一起吃個晚飯？」

我知道咖啡店七點就關門，點咖啡時，決定試著邀約他。

「可以的。不過，你得等我下班，還有半小時。」他回答。

我點頭說沒問題。等到陳力騰下班後，他帶我去附近一間專賣咖哩的泰國菜餐廳吃飯。我沒有告訴他試鏡落選的事，雖然當他知道我跟公司老闆的關係時，有問我知不知道試鏡的結果，但我裝作不知道。

我沒料到這間店的咖哩這麼辣，吃得我滿身大汗，猛喝冰開水。可能是我的樣子太戲劇化了，惹得陳力騰忍不住直發笑，但又一直道歉，說不該帶我來吃這麼辣的店。

我們兩個人的開端，就是一個火辣的開始。當天暢談愉快，每一個眼神，每一個肢體碰觸，都飽滿著年輕力盛的賀爾蒙，充滿性的暗示。吃完又去逛夜市，吃喝不停，最後錯過空鐵的末班車。夜市有點偏遠，太晚了，一時之間附近沒看到有計程車，最後等了好久終於看到一台車出現。

我告訴陳力騰我家的住址以後，他對搖下車窗的計程車司機溝通要去的地方。

「司機說現在太晚了，他不願意跑太遠，沒辦法去你家那裡，只願意到我家那一帶。你要不要今天晚上就來住我家？我家離這裡不遠，旁邊有空鐵站，明天早上你可以直接去上班。」

就這樣，那一晚我去了陳力騰家過夜，火辣的滋味從餐桌上延續到了床上。我們還沒有認定彼此是交往的對象，但從那天起，兩個人的互動已經像是男友關係。一整天會互傳訊息，下班後會見面吃飯，週末兩天都玩在一起，親暱到最後乾脆每天都睡在一起。

「我們要不要正式交往？你願不願意當我的男朋友？」

有一天，我主動問陳力騰。

「你暑假過完就要回台灣了對吧？下次來是寒假？離這麼遠，隔這麼久，我怕你會變心，這樣的話，就得分手了。我害怕面對分手。」

陳力騰沒有正面回答我，但我聽懂他的意思。避免分手的方式之一，就是不要交往。

如果我每一年只能寒暑假過來曼谷，這樣的遠距離戀愛，一般人應該很難接受。

那一刻，為了陳力騰，我竟忽然開始考慮，要不要聽我媽的話，搬來曼谷住。

「那如果下次來，我們還是那麼要好，代表我沒有變心，你願意考慮交往嗎？」

陳力騰聽了我的話以後，點點頭。他說，其實我們現在已經就像是在交往了啊，不用那麼拘泥在男友名義。我說那也是，但心裡其實還是很想要他正式成為我的男朋友。

兩週後，我幾乎忘了陳力騰去試鏡的事，直到他告訴我，他收到了公司通知落選，我才想起來。起初他顯得挺失望，但馬上又振作起來，說自己會再努力。

「我們交往吧！我想當你的男朋友。」

令人意外的轉折，那一天晚上，我們做愛時，陳力騰忽然提出交往的請求。

「當然好！」

雖然我還不知道他改變想法的理由是什麼，但我已壓抑不住興奮之情，完事後，我在ＩＧ貼了我跟他在床頭的合照，像是某種宣告，照片上的兩個人笑得好燦爛。

陳力騰對我愈來愈好，我也用兩倍的能量回應他，那個夏天，我們幾乎到哪裡都是成雙成對。我對泰國還不太熟，他領著我逛遍各處，還去外府遊玩，上山下海。就是在這段期間，我愛上了泛舟划船。當然，我更愛的還是他。那時候太年輕，未曾談過正式的戀愛，第一次跟一個人如此深入交往，陳力騰開啟了我愛一個人的能力，也讓我願意把最真實的自己讓他看見。我的喜怒哀樂，毫無隱藏的情緒全與他分享了。

陳力騰沒有放棄想當明星的夢。他常常在我旁邊隨意哼歌，然後就會用手機錄下來。他說他其實已經寫了很多歌，希望有一天能被採用，能出道演唱。他經營社群不遺餘力，有一小群粉絲。他會在網上放一些他翻唱的歌，還有他跳韓團的舞蹈。說真的，他跳得挺不錯的，網上的評論回應也很好。他有時在上傳照片前會問我意見，哪一張好看；有時則會自言自語，在思考貼什麼內容才會引起更多人按讚。他常常會從朋友那裡打聽到很多消息，比如有什麼商品或活動，希望網紅能幫忙宣傳，即使沒有酬勞，他都會試著看看能否拿到機會。當然，如果有徵選練習生、廣告或戲劇的試鏡時，他都會去嘗試。

「抱持平常心就好，以你的能力，就算當不成明星，未來也一定會有好工作。有一份穩定收入的工作，應該還是比收入不穩定的演員或歌手來得好吧？」

想起我曾經這麼對陳力騰說。如今想來，會對他說出這種話的我，代表還不夠了解他。

「我想踏入演藝圈，不是為了錢。」他告訴我，一臉認真，說：「我就是想站在台上，讓更多人看到我的作品、我的表演，不是只有現在IG上那幾百個人而已。」

追星的人期盼看見台上的偶像，而台上的偶像也渴望台下的粉絲。

可是，看著我媽和叔叔經營經紀公司，我以為大多數的偶像只是被包裝出來的，每個入行的人都想成為大明星，但能不能紅，我覺得跟實力無關，更重要的恐怕只是命中注定而已。當時我不懂追星，更別說理解想成為明星的心情，我覺得鎂光燈下的一切都很虛幻，很不踏實，不應該成為真實生活的主軸。

「我沒有惡意，我剛剛那樣說，是希望你不要太介意成敗。我只是覺得或許你不要把未來全都寄託在成為明星這件事上，考慮一下現實生活的備案也好。」我說。

「現實生活？什麼是現實什麼又不是？這就是我的現實生活。」他回我。

我點頭，沉默著，感覺自己把氣氛給搞壞了，不知道說什麼才好。

「你能不能在你的叔叔還有你媽媽面前，有意無意多多介紹我？說我其實很不錯，只是上次試鏡太緊張，有點失常。以你的身分，應該有辦法讓我進練習生的，對吧？至少讓他們再給我一次試鏡的機會？我保證這次會比上次好。」

陳力騰忽然說出這番話。老實說，我有點意外他會這樣要求。

「我會試試看，畢竟我其實只是個打工的角色。」我說。

「我知道了。不過，我如果是你，我會說『我一定會幫你的』。」

陳力騰忽然變了一張臉，我有點被嚇到，我從未看見過他這麼冷淡的神情。

那一刻，我才開始懷疑他有很多我不認識的面向，存在於那充滿故事的眼神背後。

30

在一個適當的場合，我確實向我媽和叔叔提起到了陳力騰，把他在社群網站上的影片給他們看。他們認為我難得對公司裡的事情有興趣，因此願意仔細看過，但當場沒給什麼承諾，只說會再考慮。我沒有先跟陳力騰說，怕他會過度期待。

這件事看似沒有特別影響我跟陳力騰之間的關係，彼此還是相當親暱。

陳力騰忙著擴大他在網路上的社交圈，跟我見面的天數少了，我在沒跟他見面的時候，突然發現我對他的依賴很深了，所幸每一次見面時，兩個人互動的感覺還是很好，而我在心底打算搬來曼谷的意念也比過去更強烈。

就在那個夏天快過完之前，有一天，我一個人在BTS Nana站附近吃完晚飯，走在路上，竟瞥見陳力騰和一個中年男人進出一間酒店。

那個中年男人對陳力騰摟摟抱抱的，而陳力騰非但沒有抵抗的樣子，臉上還顯露愉悅。我遠遠地拿出手機偷偷錄影，在按下停止錄影鍵前，甚至拍到陳力騰主動吻了那男人。我的心涼了一大截。

當天晚上我還是回到陳力騰住處睡。他很晚才回到家，跟我說因為跟朋友去參加一個表演訓練課程，我看著他身上穿的衣服，跟我幾個小時前看到他進出酒店時一模一樣。原本心直口快的我打算立刻問他怎麼回事，卻難過得開不了口。

第二天去公司上班時，下午看到叔叔跟一個男人從會議室走出來，那男人的側臉感覺很熟悉，仔細想，才發現是昨晚跟陳力騰進出酒店的人。

我跟他照面，叔叔用泰文向他介紹我，接著又用中文向我介紹他。

「這位是很有名的導演，很多年輕人喜歡的戲，都是他導的。他準備跟我們合作一檔戲，今天來開會。對了，很巧，剛剛討論選角的時候，導演說要用的一個男生，就是你跟我們推薦，之前也來公司面試過的那個男生。我本來還在考慮的，但是有這麼重要的導演都肯定了他，我就相信他的潛能。我們公司決定會簽他。」

陳力騰用身體換來他的星途？

我傻眼到無法反應，等回過神時，才發現叔叔拍了拍我的肩膀，提醒我那男人正伸出手要跟我握手。我握起他的手，想到就是這雙手，在昨天晚上，不，或許不只是昨晚而已，這雙手在我心愛的男孩身上來回撫摸。我想到這兒都快吐了。

那天晚上，我跟陳力騰終於攤牌，他起初否認，直到看見手機裡的錄影才默認。

「已經有一段時間了，不是昨天而已。我不是有意要騙你的。我真的有準備要告訴你，我已經跟他在交往了，只是還沒找到一個適合的時機說。」

陳力騰一臉無辜，好像他才是受傷的人。

「所以我從你的男朋友，忽然變成第三者？」我詫異，繼續追問他：「你怎麼能夠出賣身體，去交換你想要的機會？」

「他不是用錢來買我的身體，我也是自願跟他睡的，我跟他沒有買賣關係。他幫我，給我角色，是他說他喜歡我。也許在你眼中我是用身體來交換吧，可是我不覺得。」

「你真的喜歡他嗎？」

陳力騰看著我，半晌，淡淡地說：「想成為一個明星，演技是必須的。」

「難道這兩個多月來，你對我的一切都是假的，只是演技而已嗎？」我問。

「演技難道不用放感情嗎？」他反問我。

在我面前的陳力騰，雖然才十九歲，卻彷彿活得比我還要老了好幾倍。

我沮喪地對他說不必再見面了，把放在他家的衣服胡亂塞進背包之後，立刻離開了他的家。

走在路上，我難過得好想死，想衝進車河裡，還好被販賣烤斑蘭葉雞蛋糕的阿姨給喚住試吃，拯救了我。

九年過去了，我沒有料到我會愛上一個追星的男生，而且他追的CP組合裡，其中一個人竟然還是陳力騰，實在令我百味雜陳。我原本一輩子不想再跟陳力騰扯上關係，結果最後竟然為了劉楷霍想看Kit-Teung的演唱會，拉下臉去跟我媽求票。

陪劉楷霍去曼谷的第一天晚上，他回飯店上泰文線上課時，我其實是去找了我媽。

我媽說，我想看哪一場公司藝人的演唱會或見面會，根本不必事先跟她說，隨時來都可以。公司裡的主管認識我，跟著他們就能直接進場，在會場裡都會安排相關人士的公關席。如果想帶朋友進場，當然也沒問題。

「因為朋友想要離舞台近一點。如果是坐公關席，在中間的位置，看不清楚。」

「你很好笑。我們自己家的藝人，你還擔心沒機會看清楚他們？你根本可以帶你朋友進後台，愛怎麼看Kit-Teung，愛怎麼跟他們合照都可以！」

「嗯……他其實不知道我跟這間公司的關係。我想，這樣會比較好。」

「你啊，你總是不喜歡媽幫你做的任何安排。」

「也不是這麼說。這次就很高興妳能幫我安排那麼前面的座位。」

「你有跟Teung說你會去看演唱會嗎？」

「沒有。」

我媽點點頭，語重心長地說：「你還是沒跟他聯絡？我不喜歡管太多小孩的事啦！你們兩個後來為什麼都不聯絡了，我搞不太清楚，也沒打算多問你。只是我常常看著他，就會想到最初還是你跟我力薦他的，不是嗎？他在演藝圈出道以後，你從來沒看過他的表演。要是他知道你會去看，應該會滿開心的吧！」

「他應該不會吧。」我的話只能說到這裡。

劉楷霆在Kit-Teung演唱會上昏倒，最終錯過跟Kit-Teung合照的機會，我想，在下一場演唱會不知道何時能辦的情況下，最快能讓他開心的唯一方式，就是安排他跟Kit-Teung視訊電話。

對一個人暈船，真的太可怕了。為此，我又跟我媽聯繫，拜託他把劉楷霆的LINE帳號，放進福利的得獎名單中。我明知道這樣運用關係走後門，對於一般粉絲來說，是多麼不公平的事，但我也是在掙扎了很久以後，才決定為劉楷霆這麼做。

在霍霍想著應援他偶像的同時，我也默默在背後計畫著應援霍霍的終極方式。

跟劉楷霆在曼谷的最後一天，我們逛「果醬工廠」時，我媽來電，告訴我已經安排好了，要我別擔心。

「我有跟Teung說，你前兩天去看他演唱會，他很驚訝，說難怪他好像有看到你。他問我，你是不是陪一個朋友去，現場那個朋友還暈倒了？」

結果，我媽還是跟陳力騰說了我有去演唱會。

「現場很暗，我們只是對到眼一下子，我以為他沒認出我。我朋友本來要跟他們玩遊戲跟合照的，結果身體不舒服放棄了，所以才想請媽媽安排一下視訊。」

「我早就有想到。我跟Teung說了，他說他很期待跟你們視訊。他本來還跟我說，其實不必安排在福利時間，可以私下跟你們通話，要講多久都可以。我跟他說，你這個人現在個性變得很怪，瞻前顧後，想東想西的，一定不會答應。」

「拜託，你連視訊通話這件事都跟他說了？還講了這麼多我的事？而且我沒有要跟他視訊，只有我的朋友。」

「好啦好啦，反正就是這樣。總之你希望安排的事，都沒問題了。」

雖然很訝異我媽對陳力騰透露這麼多，心裡有點不高興，但畢竟她毫無怨言幫了我這麼多忙，我依然充滿感激。

我收到陳力騰在LINE上傳來的訊息。他想加我好友。我原本想封鎖他，但想到他還沒跟劉楷霍通視訊電話，於是還是加了他。他陸陸續續傳來幾封訊息，我都已讀不回。

十二月三十一日，Kit-Teung被爆料各自的隱私。

我翻出手機裡陳力騰傳來的訊息，很想回他，把他給痛罵一頓。但我有什麼立場？我想痛罵他，不是因為氣他，而是氣他讓他的粉絲劉楷霍受傷了。

陳力騰過去出賣自己的身體，交換他獲得演出的機會，在那之後，不知道他是否又用過多少次同樣的方式，完成他的夢想？在看著劉楷霍追星的這段日子，我原本以為（或者多少也有點期待）陳力騰已經改變，但顯然沒有。如今走紅的他，反過來利用他的名聲和權力，交換他感興趣的少男少女。

這件事在網路上鬧得沸沸揚揚，新年的第一天，劉楷霍和其他的粉絲雖然知道是假日，但仍等待公司出面反駁或澄清，然而並沒有。

元旦的晚上，劉楷霍在LINE群組上轉了兩個連結，告訴我、阿普和尼克，Kit-Teung剛才各自在IG上發了文。

Kit承認了跟女友多年的關係，並說他其實對自己的工作有了倦怠，請求粉絲們原諒。但是他強調，不是自己對組CP營業、對粉絲服務感到倦怠，而是像每個人長期在做同一件事，一定會失去新鮮感那樣的感受。這些年來，他很謝謝粉絲的支持，希望他的存在有陪伴到每個人，給大家留下美好的回憶。他向粉絲道歉，現實生活中的他，或許無法滿足大家透過舞台、戲劇所想像出來的那個「他」，可是他覺得在「偶像」這份工作之外，他其實跟大家一樣是一個「人」。他想要做一個更快樂的人，期望粉絲們能體諒和支持他，選擇更想要過的生活。

Kit宣布退出演藝圈，下個月會跟女友結婚，搬回清邁老家。

至於Teung，只是在貼文中對大家道歉，表示會深切反省，目前暫停演藝事業，其他什麼都沒說，留言下面又引來一陣不滿的攻訐謾罵。他的IG追蹤人數這兩天掉了好多，失望的粉絲紛紛取消追蹤，其中一人，也包括了曾經視Kit-Teung為生活療癒的劉楷霍。

31

這段日子劉楷霍看起來總是悶悶不樂的，即使跟我們聚在一起時有說有笑，但大家都看得出來他其實沒那麼開心。原因當然是他的生活突然失去了Kit-Teung。

Kit-Teung事件爆發後，晃眼已經過去兩個星期。劉楷霍依然會在群組裡，跟阿普、尼克和我分享許多泰國的情報。聚在一起時，他們三個人也像過去那樣會討論很多CP的近況，一起聽誰誰誰的新歌，但就是少了以前劉楷霍總會興奮地分享，網友側拍的各種Kit-Teung撒糖片段。Kit-Teung的IG依然停在元旦那一天的公告，限時動態不再貼出新的東西，劉楷霍少了按讚、按愛心和留言的機會，生命中突然多出了一些微妙的時間。

週末午後四個人聚集在「泰旁邊」，尼克跟劉楷霍去上廁所時，我站在店門前陪阿普烤斑蘭葉雞蛋糕，並且幫忙煮茶。今年開始，泰式奶茶正式成為店裡的固定菜單。

我吃了一塊剛出爐的蛋糕，喝下一口冰泰奶，頓時感覺通體舒暢。

「這麼美味的東西，現在都沒辦法令霍霍開心起來。」我無奈地說。

「霍霍需要一段時間才能恢復吧？或者他需要去追一組新的CP，讓他從舊愛裡脫身，找到新的寄託？」

「好不容易從舊愛裡脫身了，但面對新的寄託可能他也卻步……」

阿普看看我，笑起來問：「你不是在說嗑CP吧？」

我愣了一下，面無表情聳聳肩，不置可否。

「你上次不是跟我說，霍霍找你當室友？」阿普問。

「對，但暫時我們沒繼續討論這件事。我覺得現在不是好時機。」

「說不定現在才是好時機啊？就像之前他煩惱跟沈瑞斌的事，你剛好出現，給了他很大的精神支持，現在他又因為**Kit-Teung**心情低落，說不定你搬過去對他是好事？」

「我也不知道，再觀望一下，看看情況吧！」

「觀望……嗯，其實我覺得我也需要再觀望一下。」

阿普突然把話題轉到自己身上。

「怎麼忽然這麼說？」我納悶。

「記得之前我跟你說過，尼克認識了一群身障籃球隊？其中有人也愛看泰腐，會跟他一起聊追星的事嗎？我發現他跟那個人愈走愈近，常常在跟他通訊息。」

「應該沒什麼，就是追星的朋友而已吧？還是你有注意到什麼異狀嗎？我看他對你的態度都跟之前一樣，沒什麼改變。」

「可是最近我發現，只有我們兩個人在一起的時候，他常常會分心跟那個人傳LINE。比方一邊跟我吃飯，就會一邊傳訊息；一邊跟我追劇，也會忍不住注意手機有沒有新訊息通知，有的話就開始回覆。結果就是我跟他講話時，他雖然會應聲，但一直在看手機的他，其實沒聽進去我在講什麼。因為他常常會問我一些事，其實就是我剛剛才說過的。」

「原來如此。不過，也許只是有點過度使用手機的依賴症？不一定真的是兩個人有什麼啦。我覺得你也再觀望觀望吧，別多想！」

「是啊。再這樣下去，我們兩個可以組成觀望CP了。」

「不好吧……」

吃完東西，劉楷霍跟我一起離開「泰旁邊」時，問我要不要陪他一起去流浪動物之家「做功德」。我說好，很佩服雖然他愛的CP拆伙了，還是繼續堅持一如既往的應援。

「當然啊，」他說：「雖然KT拆伙了，但我對Kit的愛還是沒有改變。從他身上學習到熱愛狗狗、照顧小動物，這件事也不會改變。」

在流浪動物之家的養狗園區裡，劉楷霍幫忙打理環境，帶狗散步，餵狗吃飯，離開時也跟過去一樣捐獻。在捐款人那一欄，我看他寫下「Kit-Teung」，但寫完以後，他思索一會兒，就把Teung的名字給劃掉了。

「Kit-Teung的事，對你打擊很大吧？我們一直沒跟你聊，是怕你覺得煩，不想碰這話題，可是看你對這件事一直保持沉默，反而讓我有點擔心你。」

走出流浪動物之家，在回程路上，我問劉楷霍。

「當然會難過、會失望，心情不好是難免的，不過還說不上是『打擊』啦。」他說。

「我想你應該是支持Kit的決定吧？支持他追求他想要的生活。」

「我很支持，也很開心他做出這個決定。這幾年來，他已經帶給我們很多愉快的回憶，身為粉絲的我也應該放手，讓他去創造他愉快的時刻。我難過的是他宣布這個決定，不是自己準備好才說的，而是被『私生飯』爆料，被Teung的事件影響，才不得不慌亂宣布。就好像我們come out應該是我們自己決定什麼時候come out才對，而不是被迫come out的，對吧？」

「你說得很有道理。」

「至於Teung，我真的就是很失望了。他真自私，他沒有想到他這樣不但害死自己，也毀掉Kit-Teung的名聲嗎？CP拆伙了，至少CP曾經留下的事情可以讓人回味，可是他做出那種事，以後只要提到Kit-Teung就會說到這個難堪的結局。雖然我也曾腦補，幻想他私下是真的喜歡著Kit，可是就算沒有，只是檯面上的營業，他也不應該用自己的名聲，把想進演藝圈的年輕孩子騙上床。真的是太誇張了，我沒有想到他是這種人。」

劉楷霍連珠炮地抱怨，我在一旁聽著，不知該如何回應。

我多麼想冒出一句：「霍霍，你知道嗎？你其實根本不用為這個人失望，因為陳力騰，他徹頭徹尾就是這樣的一個人。」但話只能卡在喉頭，不能說出口。

每當我這麼想的時候，就會自責這些事我既然都知道，卻一直不去提醒他。

回到住處附近的捷運站時，我送劉楷霍回家。

「弦弦，上次不是有跟你提過搬過來住的想法嗎？你打算什麼時候可以搬？」

劉楷霍總算重提了同居室友的提案。

「最快的話，下個月應該可以。你那裡方便嗎？」我問。

「方便啊。如果你想早一點搬過來也可以的。」

「不需要再觀望、觀望我嗎？這麼輕易把我找去一起住，不怕引狼入室？」

「我已經在曼谷見過那隻狼了。」

「很大一隻？」

「有嚇到。」

他臉上露出了久違的酒窩。

幾天後，晉合哥和駿光哥帶朋友來洗衣店參觀，因為他們的朋友對開自助洗衣店有濃厚興趣。我在一旁陪同，解說開店以後會一直碰到各式各樣的客人，那是在硬體投資以外得有的應對進退和心理準備。

他們要離開前，晉合哥突然想到一件事，他跟我說：

「楷霍有跟你討論我們什麼時候去花東露營嗎？」

「露營？你說霍霍嗎？他沒有跟我提耶？你什麼時候跟他聊過嗎？」我問。

「我昨天在台北101樓下巧遇他，跟他小聊了一下，忽然說到好久沒去花東露營了，他沒跟你去過，我說我們可以約了一起去，順便請你帶我們去划船。」

「喔喔，那他可能還沒來得及跟我說。我今天問問他。」

「好！」晉合哥準備走了，突然又轉過頭來，問：「對了，有件事很奇怪。他昨天一直謝我，說謝謝我幫他拿到去曼谷看演唱會的票。我說我沒有啊，是不是搞錯了？但他說是你說的，你請我想辦法買到內部票。怎麼回事啊？」

「呃……可能是溝通上有點誤會，聽錯了，不好意思。」

百密一疏，我竟然忘了事先跟晉合哥串通好。那時候，劉楷霍一直好奇問我，我臨時想到晉合哥跟傳媒圈有來往，因此只是一時之間想到的說法。

我現在該怎麼跟劉楷霍解釋呢？我很懊惱。

當晚，劉楷霍找我去逛寧夏夜市，我一直忐忑不安，怕他會問我。

吃完晚餐也吃完豆花以後，我們逛著逛著，他終於開口，但卻是要我自首。

「你沒有什麼要跟我解釋的嗎？」

「你的意思是什麼？」我裝傻。

「昨天我巧遇晉合哥了，聊到我們去曼谷的事。」

「喔……」

我雖然仍舊面無表情，但內心緊張到波瀾萬丈。

「你知道我多不喜歡被欺騙的感覺吧？之前沈瑞斌的事。」他暗示我。

「嗯，我知道。」

「那你還是沒有什麼要跟我解釋的嗎？」

「我不是請晉合哥幫我買到演唱會的票。」我終於說了。

「你買很貴很貴的黃牛票？一定是貴到很離譜的價錢？因為我說Kit不喜歡歌迷去

買黃牛票，所以你不敢跟我說對吧？」

「也不是買黃牛票。」

「那……票是怎麼來的？而且還堅持請我看，不收我的錢。」

我該怎麼說？我要繼續撒謊嗎？

可是，為了圓謊，就必須說出更多的謊言。

「霍霍，能不能不要問來源？就像是收到禮物時，不會去追問哪裡買。」

「弦弦，你幫我買到票還請我看，我很高興也很謝謝你，可是何必大費周章說謊呢？我對說謊這件事很敏感。」

我們走在夜市裡，人群腳步雜沓，周圍盡是嘈雜的叫賣聲。

「我是跟我媽拿到票的。」

終於，我向劉楷霍坦承了。

我深吸了一口氣，把所有的事情，包括陳力騰的事，毫無保留地全部說出來。

「這就是全部的事實。」我說。

劉楷霍臉上閃過半信半疑的表情，繼續往前走了好幾步，最後笑出來。

「你在跟我開玩笑吧？」他問。

「我沒有在開玩笑。」

「怎麼可能有這種事？你騙人。」

「我沒有騙你。」

「我要怎麼相信你？」

我拿出手機，滑出通訊軟體，把我跟我媽的對話翻給他看。陳力騰知道我去看過演唱會以後，透過我媽得知了我現在的LINE帳號，曾經傳來幾封訊息，但是我都已讀不回。我把這些訊息也給了劉楷霍看。

陳力騰在最後一則訊息上寫著：「我以為今天會在視訊通話上也見到你，可惜沒有。替我跟你的朋友轉達一下，他的泰文學得不錯。」

劉楷霍盯著手機螢幕看，噤聲不語，一臉不可置信。

「很抱歉，之前一直沒說，因為我……」

我想解釋，但被劉楷霍打斷話。

「所以你從頭到尾根本就知道Teung的為人，但是卻沒跟我說？我一直在你面前說有多喜歡他們，多希望Teung能好好照顧Kit，期望他們兩個能幸福，你在旁邊看著這一切不是覺得我很傻嗎？我覺得我好像在被你看笑話。」

「你不要那樣說，不要這麼想，我沒有在看笑話，我只是……」

「你只是沒有提醒我，你只是騙了我。」

「……對不起，我沒有惡意。」

我真的是騙了他。雖然我以為那是個善意的謊言，但不可否認那仍是欺騙。

「我知道你沒有惡意，可是……弦弦，我很怕……」劉楷霍聲音顫抖起來，他有點激動地看著我說：「我已經被騙怕了。我知道你對我很好，很照顧我，讓我覺得在離了婚以後，如果還要鼓起勇氣，試著跟另一個人在一起，那一個人應該是可以信賴的你。可是，我現在心情忽然有點複雜。我不知道該怎麼去看待這件事。我覺得很不舒服。」

「真的很抱歉，我自以為那樣是對你好。」

「喔拜託，不要這樣說！以前沈瑞斌經常會說這句話。一句對我好，然後就可以情緒勒索很多事。」

「我不是他，我不會欺負你的。我以後不會再騙你了。」

「我要怎麼相信你？」

劉楷霍重複了一次剛才說過的同一句話。

人潮魚貫地湧入寧夏夜市，四周熱鬧無比，只有我跟劉楷霍兩個人沉默以對。

他站在我的面前抬頭看著我，用一種我從未見過的落寞神情，將周圍的聲響逐漸滅音。他就這樣盯著我，盯到我無比愧疚，盯到我感覺身邊的人群和攤販，好似突然一個個消失，直到整條夜市大街彷彿空無一人，只佇立著我和他而已。
兩個人像是被丟在陌生的荒野上，誰也不知道該往哪裡去。

32

對於我隱瞞知情Teung的事，劉楷霍的反應比我想像中來得更大。
已經過了兩天，我和他的關係陷入一種微妙的狀態。沒有不理對方，只是忽然變得冷淡。這兩天我們沒見面，我傳訊息給他，問他「吃飽飯了沒？」之類的，他只是回覆貼圖，沒寫多餘的文字。
阿普和尼克不知道我跟他發生了什麼事，一開始聊天群組裡還是像過去一樣跟我們聊天，但後來應該是察覺我和劉楷霍的回應次數變少，於是阿普私下打電話給我，問我怎麼了，我才把整件事情告訴他。
「哇！原來你有這種背景！我聽了也是嚇一跳啊！你很強耶，有辦法隱瞞這麼久？早知道這樣，你根本不用搶票啊，要看什麼，直接跟你媽媽拿票就好了！」阿普說。

「又不是所有的藝人，都是我媽跟叔叔他們公司簽的人。」我說。

「那也是……但至少他們跟業界的人很熟，總可以想到管道拿到各種內部票吧？」

「就跟你說我平常很少跟我媽聯絡了，而且動用到叔叔的關係，我會不好意思。」

「對厚……你一跟你媽聯絡，大概就會想到Teung吧？唉不對，你不跟你媽聯絡，這些日子以來，我們根本一天到晚都在你面前提到Kit-Teung。哇哇哇，等等，我到現在還是很難想像也很難相信，你居然認識Teung？而且以前還跟他睡過！跟偶像明星睡耶！多少人覬覦他！」

「你看，連你都這麼說。他就是掌握到歌迷這種心態，才能利用他們。其實我跟他在一起的時候，他就是個很普通的人，雖然長得好看，但是整個穿著打扮很樸素，完全沒有什麼偶像明星的感覺，跟現在差很多……唉，別再說他了。」

「對，霍霍比較重要。所以現在你跟霍霍兩個人在冷戰？」

「我沒有跟他冷戰。他在生我的氣吧！」

「其實我覺得他不是生你的氣，只是心裡有點複雜，一時之間，他對自己該怎麼看這件事可能有點茫然、有點尷尬，所以才會對你有點情緒吧？我想，換作我是他的話，可能一開始也是會有點不舒服。總之，先給他一點時間消化情緒吧！」

「我知道了。那，你跟尼克呢？你觀望得怎麼樣？」

「我真的開始懷疑，他是不是喜歡上別人了？最近來店裡的次數又減少，雖然我問他去哪裡，他也沒隱瞞，會告訴我是跟籃球隊認識的追星朋友去參加活動，但我總覺得他變得怪怪的，好像連我跟他講話時，都不太直視我。」

「真的不是你想太多嗎？他如果喜歡上那個人，就不會告訴你跟他出去吧？」

「難道不是因為這樣說，才不會令我懷疑他們其實是有什麼嗎？」

「但有什麼必要這樣呢？他如果想跟別人交往，就會跟你提分手了，何必還要大費周章說謊呢？」

「難道……跟你一樣也是有什麼苦衷，必須說善意的謊言嗎？」

「呃……我……」我無言。

「我忽然想到有另一件怪事要跟你說。最近我媽在算店裡的收支狀況時，發現帳目跟實際收入的金額，這幾個星期以來連續有好幾天都不一樣。有好幾筆錢不翼而飛了，總共算下來大概三萬多元。雖然數字不是很多，但就很詭異。我媽一開始還怪我，說要不就是我結帳時總是搞錯，要不就是我拿走了。」

「可是店裡沒有請其他員工，收錢管帳的不過也就是你跟你媽而已。」

「不是啊，你忘了？還有一個人呀！」

「難道，你的意思是……」

我想到了尼克，有點詫異，但不敢隨便亂說。

「嗯。雖然我並不想那樣懷疑，可是，我確實不能完全排除這個可能性。尤其是尼克最近都怪怪的，刻意跟我保持距離。如果我跟我媽都沒有把錢拿走，那還有誰呢？」

「這件事情有點嚴重。我覺得，你更需要再觀望、觀望，才判斷。」

「我知道。」

我本以為我和劉楷霍的事已超乎預期，現在反而覺得阿普和尼克更令我意外。尼克到底發生了什麼事呢？我好奇，同時也擔心起來。

隔天晚上十一點，我在洗衣店監視器上看見劉楷霍拿衣服去店裡，決定主動突破僵局去找他。到洗衣店時，他看見我，一如既往跟我打招呼，表面上沒什麼不同。

「怎麼這麼晚還來洗衣服？」我問。

「我明天休假。家裡堆了幾天的衣服沒洗，看氣象預報，好像明天會下雨，我想明天晾衣服也晾不乾，乾脆今天晚上先拿來洗一洗烘乾。」他說。

「怎麼不明天再來洗呢？反正休假？」

「嗷……」他被問到愣了一下，眼珠子轉了轉，說：「我怎麼沒想到？」

「那你明天要做什麼？沒事的話，要不要一起出去走走？」我邀約。

「明天下雨的話，就不出門了，我要在家進行冬眠。」

劉楷霍不改風格，我配合著他繼續無厘頭的話題。

「你指的是冬天補眠，還是像烏龜那樣真正的冬眠？」

「都不是，是霍霍式冬眠。」

我想了想，說：「窩在沙發上發懶追劇吃零食，累了就地閉眼睡覺的意思嗎？」

「答對了。這就是台北下雨的冬天，平日不必上班，待在家的小確幸。現在終於沒有沈瑞斌會在旁邊閒言閒語了，我在家愛怎麼樣就怎麼樣。難道你不覺得每次寒流來的時候，人類還必須每天出門工作，真的是很違反大自然法則嗎？人就應該跟需要冬眠的動物一樣，躺在窩裡少吃少動，養精蓄銳才對。」

「嗯，好像滿有道理的。可是，人類窩在家裡可以少動，但很難做到少吃吧？」

「你又答對了。」劉楷霍吐舌頭。

看著他可愛的表情，我真的很難不再多喜歡他一點。

「我好奇冬眠的動物，通常都是一隻隻分開獨自進行冬眠嗎？」我問。

「大部分是啊，冬眠這種事，就是自己睡自己的覺嘛，不過確實有一些動物，像是土撥鼠，他們會進行『社會性冬眠』喲！」

「什麼是社會性冬眠？」

「土撥鼠冬眠時習慣集體睡在一起，十幾二十幾隻組成一個小社會，牠們會相互取暖，防止體溫突然下降太快。翻成白話文，社會性冬眠就是睡在一起啦！」

劉楷霍拿出手機，查詢給我看，果真有「社會性冬眠」這種事，他不是亂說。

其實我只是隨便問問而已，想不到常知道一些怪事的劉楷霍還真曉得。

「那我明天可以去你家，跟你進行『社會性冬眠』嗎？」我問。

「嗷……」劉楷霍睜大眼睛。

劉楷霍的衣服烘乾好以後，我替他一件件摺好裝進袋子，幫他提，並且送他回家。

一路上，我們說說笑笑的，兩個人之間的互動和氣氛，彷彿已經恢復成跟之前一樣了，不過誰也沒去觸碰演唱會門票和 Kit-Teung 的話題。

他之前曾說過沈瑞斌離開以後，房子需要整理一下，畢竟以前屋裡有很多他的東西，有些是他買的都帶走了，可能需要再補買。另一個房間本來是置物用的，他曾說如果之後我搬過去一起租，要住的話也需要好好整理一下才行。

「房子現在都整理好了嗎？之前有說過，如果要搬進去的話，二月可以是嗎？」

經過公園的時候，我猶豫了好一會兒，最終還是決定開口試探。

「本來是說二月沒錯……然後那個空出來的房間，其實本來是想找你幫忙一起整理的，看你想增添什麼家具，弄好了就可以直接搬過來，可是……」

劉楷霍說了一半，突然打住。

「可是……？」他沒說下去，我幫他接話，說：「可是因為陳力騰的事情，你還需要一點時間靜一靜，所以搬家的事先暫停比較好？」

他點點頭，一臉歉意地說：「不好意思。」

「你不用不好意思，是我讓你感到不舒服不開心。你這樣，反而讓我更愧疚了。」

「我也不是不開心啦！哎喲，我也不知道自己是怎麼回事，很難解釋。只能說我跟沈瑞斌結婚這幾年，害我留下很多陰影。跟他離婚以後，忽然覺得如果再談戀愛又重蹈覆徹的話，真不知道該怎麼辦。我知道你不會惡意騙我，只是好像我的身體裡，對謊言這種事情很過敏，一時之間還分不清什麼是惡意的謊言，什麼是善意的謊言？」

「我懂你的意思。你需要多一點時間的話，我沒有問題。」

「其實那天從寧夏夜市回家以後，我反省一下自己，覺得對你太兇了。這兩天沒特別跟你聯絡，我在整理情緒。我還是要說，你讓我去曼谷看成了Kit-Teung演唱會，想辦法安排跟他們視訊，我到現在還是很高興，很謝謝你。這兩天我在想，Teung在以前給過你這麼不好的回憶，讓你本來有心理障礙，結果為了幫我達成心願，你還是硬著頭皮去跟媽媽和他重新聯絡，如果要比『不舒服』的話，我覺得你的不舒服，一定遠遠多過我太多了。可能也是因為這部分吧，會令我覺得自己有點任性，都這麼大的人了，還因為自己想要的東西，就讓別人去受委屈。」

「霍霍，你別這麼想，我很樂意這麼做，沒什麼委屈。當然老實說，一開始想到要去跟我媽要票，而且看的演唱會居然還是陳力騰的時候，我確實有點掙扎，也有點怕再跟他面對面，可是很快的，我就覺得那些都不算什麼。因為比起那些，我知道要是能夠讓你達成願望，划船去摘到星，你開心的話，我會更高興。只是一直瞞著你我認識陳力騰，還知道他過去的為人，這部分我真的對不起。」

「因為我一天到晚在你面前說有多愛Kit-Teung，你才不好意思戳破。你別介意，我現在已經沒有怪你的意思了，只是自己需要調整一下情緒而已。總之，一起住的事情，等過完農曆年以後，三、四月時再說，好嗎？我最近本來就因為Kit-Teung拆伙，Teung搞出那些事，Kit退出演藝圈，心情不太好，所以那天才在寧夏夜市亂發脾氣。我怕你現在住進來，我也會亂發脾氣，你就會被我嚇跑了，哈哈！等過一段時間，我恢復正常以後，你再搬進來比較好。」他半開玩笑地說。

「好喔，沒問題。你心情不好的時候，還是可以跟以前一樣，多跟我、阿普還有尼克聊聊天，會比較好喔！不然什麼事都悶在心裡，會悶壞。」

他拍拍我的背，像個大人似地（雖然他本來就比我大）反過來安慰我。

「放心啦！我OK的！」他笑著，露出可愛的酒窩說：「給我一小段時間，我很快就會強勢回歸的。雖然沒有Kit-Teung好追了，但是天上還有很多星星呀，我會再發掘出有潛力、值得嗑的CP！」

「那就好。到時候記得搶先通知我，一起划船去摘星。」

「當然，我還需要你搶票呢！」

「那有什麼問題。」我說。

向劉楷霍道晚安，在折返回家的路上，我突然收到阿普的訊息。

他問我在忙嗎？現在方便見面嗎？他從來沒有這麼晚，會突然說要跟我見面的。

「你還好嗎？我剛送霍霍回家。我現在穿過公園，等下就會經過你家。」

我有點擔心，決定直接撥電話給他。

「我在門口等你。」他說。

我遠遠地就看到阿普站在門口，忽然有種不祥的預感。

「怎麼啦？這麼突然？」我問他。

「尼克不見了。」阿普一臉鐵青。

「不見了？什麼意思？離家出走？」我問。

「他留了一個信封紙袋，裡面是錢，然後發了一封訊息給我。你看他寫了什麼。」

我接過阿普的手機，看尼克發來的訊息。

原來，店裡短缺的錢，真的是尼克拿的。尼克坦承，他之前一時鬼迷心竅拿走那三萬多元，因為朋友向他借錢，他一時身上沒那麼多，情急之下就拿了店裡的錢。他告訴自己一定會還，雖然現在也還了，但是覺得自己非常丟臉，竟然做出偷竊的事，非常對不起阿普。這陣子，尼克只要看到阿普都覺得愧疚萬分，阿普對他愈好，他愈心虛，心虛到連正眼都不敢看他了。

他說，他覺得阿普發現這件事情以後一定會很生氣，想要分手，但是又礙於他身體的狀況，心軟說不出口，於是他決定自己離開。

最後，尼克寫著，真的很謝謝阿普跟他媽媽對他那麼好，他犯了這種錯，除了把錢還清並且慎重道歉以外，真的沒有臉繼續待在阿普家裡。

「我好意外。」我說，不知該怎麼安慰阿普。

「我也好意外。」阿普垂下雙肩，一臉喪氣。

「真意外尼克怎麼會拿店裡的錢去借人呢？」我不解。

阿普搖搖頭，說：「我不是意外這個。我是意外，他怎麼覺得他只是做了這件事，我就會想要跟他提分手呢？他要去哪裡呢？有人會照顧好他嗎？錢的事情，只要能解決都是小事啊，再說他已經都還清就好了嘛！我跟他交往這麼久，他怎麼以為我會為了錢的事就提分手、會要他走呢？我真的很意外他這麼想。我很難過。」

我聽著阿普這一席話，只能說他真的太愛尼克了。

尼克講到眼眶紅潤，聲音顫抖起來，我不忍地抱抱他，拍拍他，告訴他先想辦法聯絡上尼克，兩個人再好好談談。

阿普點點頭。我的視線移到他頭頂上的店招牌，看見「泰尚麵」三個字在路燈的殘光照射下還依稀可見，然而並排的「泰旁邊」三個字則落入了一片漆黑。

33

「放心啦！我OK的！」

「我還需要你搶票呢！」

「一起住的事情，等過完農曆年以後再說，好嗎？」

劉楷霍的話言猶在耳，可是過完年，我和他不但沒有再聊到一起住的事，而且他竟然還無預警拋出了一枚震撼彈。

「我要搬走了。」

那天晚上，我和他還有阿普聚在「泰尚麵」吃粿條時，他突然宣布這件事。
「不是吧？上個月尼克才不告而別，我到現在還驚魂未定，這個月又換你來嚇人？」
阿普的粿條吃到一半，差點噎到，瞪大眼睛看著劉楷霍。
要不是因為我本來就面癱，不然，他們絕對會被我吃驚的表情給嚇到。
「只是暫時的啦！我姑姑最近身心狀況比較不好，她唯一的女兒去日本留學，家裡剩下她一個人，她很不適應。過年時，我跟她一起吃飯，她跟我聊了很多，我忽然覺得我暫時搬過去陪她住一下，可能對她來說會好一點。因為她以前有段時間有點憂鬱症，所以我覺得還是要多注意她一下。我爸過世以後，我覺得自己沒什麼親人，媽媽很少聯絡了，比較會關心我的人好像只剩姑姑，所以就做了這個決定。」
「原來如此。你很懂事。」我說。
我心裡的潛台詞是，霍霍，會關心你的人絕對不是只剩你的姑姑而已。雖然我不是你的親人，但我可能比你的親人更關心你。
「有計劃是多長的時間嗎？」阿普問。
「暫定是半年。」
「現在租的房子會退掉？」我問。
「本來有考慮退掉，不過姑姑聽到我要過去陪她很開心，她知道我很喜歡現在住的地方，說要補貼我房租的費用，要我先保留著，以免半年後找不到喜歡的房子。」

「我記得你說過姑姑家是在新竹？」我問。

「對。快靠近苗栗了。」

「可是你工作怎麼辦？不太可能每天來台北通勤吧？」我問。

「跟老闆談過，這半年可以遠距上班，然後每兩週進辦公室一次就好。臨時有需要支援的話，我也會去公司幫忙。」

「哇，我還以為是在台北呢！」阿普嘆了口氣說：「那至少有半年的時間，沒辦法常常看到你了。你如果回台北時，記得繞來店裡坐坐。」

「當然啊，我不能冷落斑蘭葉雞蛋糕，我想它們也會非常想念我的！」

「想你的不會只有斑蘭葉雞蛋糕而已。」

阿普笑著說，然後刻意看向我。我低下頭吃粿條，掩飾尷尬。

真沒想到，突然之間發生這麼多事。本以為大家會繼續湊在一起，過著愈來愈接近自己理想的日子，但突然間劉楷霍要搬離台北，而尼克也早已不住在這裡。

「你有跟尼克見到面了嗎？」劉楷霍問阿普。

「我跟他聯絡說要約見面，可是他一直推託，說沒臉見我。我繼續傳訊息給他，結果他一開始是已讀不回，到最後連看都不看了。」

「很怪！這實在不太像他。你要不要直接去找他？他參加的身障籃球隊，你知道是在哪裡練習嗎？」我問。

「知道啊，我也想過要去，但是最後決定算了。因為我覺得他可能真的跟他朋友『在一起』了吧？不然不會避不見面。說沒臉見我，聽久了感覺只是藉口。」

「可是這些都是你自己的想像。」我說。

「而且他知道你對這件事、對他的想法嗎？」劉楷霍問。

「我哪有機會說呢？他根本連訊息都不看了……唉，算了。」

阿普變得情緒低落，我也是。當然，更多原因是劉楷霍。

離開「泰尚麵」以後，我準備去洗衣店看一下，劉楷霍說他沒事，跟我一起去，順便散散步。我們兩個並肩走著，安安靜靜的，彷彿在猜各自正在想什麼。

沈瑞斌跟劉楷霍離婚以後，我原以為我有機會跟劉楷霍在一起。我們愈來愈曖昧的互動，在去曼谷的那幾天達到高峰，變得非常親暱。那種親暱不單單只是肉體，心靈方面也靠得更近，所以我真以為在那之後，我們就可能會交往了，萬萬沒想到從Kit-Teung事件，到我跟陳力騰的事，轉瞬間，讓彼此關係的進展竟被按下了暫停鍵。

其實我相信，劉楷霍應該也以為在曼谷之旅後，我們很快就會正式交往吧？然而，兩個互有好感的人，能不能在一起，原來不是兩情相悅就可以的。說到底感情這種事跟命運是綁樁的，終究需要天時地利人和才行。或許我和他現階段就是少了一點緣分。

我們現在幾乎天天都能見到，卻無法如願在一起，此後見面的機會變少，還有可能更親密嗎？人跟人會慢慢疏遠，似乎不是太難的事。明天的事都無法預料了，更何況半年以後呢？說不定半年後，他覺得單身其實也滿好的？

「弦弦？」劉楷霍忽然開口。

「嗯？怎麼了？」

「我的命會不會真的是這樣子啊？」

「怎麼樣？你又在多想什麼了嗎？」

「就像是追星，一直跟喜歡的CP錯過，連Kit-Teung背後有你在幫忙，結果演唱會時還是功虧一簣沒有進行到最後的環節。會不會我在愛情裡也是這樣的命？」

「就知道你又在胡思亂想。這兩件事情沒有關係。如果你指的是我跟你的關係，是你說過一陣子再說比較好，不是嗎？我們又不是不交往了。」

「也是。說不定半年以後，我說我們交往吧，結果你告訴我，你發現還是保持單身比較好？」

「幹嘛搶走我的台詞？這才是我想問你的。」

原來我們在想一樣的事。

「還是我們現在就開始交往？」他突然方向急轉彎。

「我當然沒問題啊！可是，你不是說還需要一點時間嗎？」

他看著我，嘟起嘴，好像又陷入雙子座面對兩個自己的心理拉鋸。

天秤座的我，得為他找到一個平衡點才行。

「維持你原來的決定就好，不要勉強自己，以前你跟沈瑞斌在一起，已經夠勉強自己了。如果你心裡的聲音告訴你，我們兩個腳步再放慢一點會更好，那就按照自己的內心去做。其實，你又不是出國，只是搬去新竹住而已。這麼近，要見面的話，約一下就可以，還是很容易能碰到面的。你現在的當務之急，是先去陪姑姑對吧？」

劉楷霍點點頭，嘆了一口氣說：「好煩喔，很多事情都超乎預期。」

我突然走到劉楷霍的面前，轉過身背對他，蹲下來。

「上來吧！」我說。

劉楷霍起初愣了一下，後來想到了怎麼回事以後忍不住大笑。

「你確定嗎？」他問。

「當然啊！你需要暫時離開煩躁的世界。」

我點頭回他。於是，他趴上了我的背，讓我揹起他來。他的胸膛緊貼著我的背，下巴滑過我的後頸，靠在我的肩膀。他拿出耳機，把其中一隻塞到我的耳朵裡。

「如果我說我還是想聽Kit-Teung的歌，你不會立刻把我給摔下去吧？」

我搖搖頭，說：「怎麼可能？聽會讓你心情好的歌就行，誰的歌都行。」

「那今天我們聽Kit的獨唱曲。」

抒情歌曲的旋律流淌而出，雖然我聽不懂歌詞，但感覺得到歌聲的溫暖。劉楷霍抱住我，彷彿把整個人交給我似的，整個人放鬆，掛在我的身上。

我揹著他緩緩散步，風吹來，有著溫柔的觸感。

「說真的是滿遺憾的。」他開口，說：「還沒來得及跟Kit近距離親自說到話，沒有一起合照，結果他就退出演藝圈了，以後也沒有機會了。不過，還好有看到他們最後的現場演出，還有視訊講到話，也算夠幸運了。弦弦，謝謝你。不管他們兩個私底下感情到底是怎樣，營業成分有多少，至少那段時間給了我很多開心的時刻，尤其在我心情沮喪的時候。Kit做出的決定，只要他快樂，我也會應援到底。」

「他如果知道有你這樣的粉絲這麼支持他，一定會很感動。」

「很多粉絲都是這麼支持他的啦，我只是其中一個微不足道的小咖。而且他的粉絲那麼多，應該只會記住每次商演花大筆錢買產品，能夠坐最前面，然後可以上台獨照的泰妃吧！」

「嗯。雖然我不認識他，不過如果私底下的他，真的像是他在IG貼的最後一篇文，讓人覺得那麼誠懇的話，我想，即使確實他不可能知道每個粉絲是誰，但心裡應該會珍惜每個粉絲對他的付出吧？」

「是嗎？老實說經過這件事以後，我已經無法確定他私底下，是不是真像鏡頭前表現的那樣在乎粉絲……」

我輕輕拍拍他的雙腳，表示理解和安慰他。

聽完兩首歌以後，劉楷霍從我的背上下來。

「心情有好一點嗎？」我問。

「嗯，會慢慢好起來的。」

「你剛才說很多事情都超出預期對吧？」我問他。

「對呀。」他回答。

「我想那是好事。畢竟如果人生不超乎預期的話，我們又怎麼會走到這裡？」

「你說得非常正確。我現在心情完全好起來了。」他笑著說。

我問劉楷霍確定的搬家日期，說要幫忙他，但他說並不需要，因為所謂的「搬家」其實只是他人過去姑姑家住而已，要帶走的東西裝一個登機箱就能解決。

週六早上，他準備要去搭車時，我特別去「泰旁邊」買了熱騰騰的烤斑蘭葉雞蛋糕和泰式奶茶給他。阿普現在只有一個人顧店，比較無法分身，但特別準備了一大包炸香蕉，請我轉交給劉楷霍。

「泰文裡有句跟香蕉有關的俚語，代表小事一樁、很簡單的意思，所以我用炸香蕉來祝霍霍搬家後的生活，遇到什麼事情都能輕鬆迎刃而解。」

我把阿普的祝福帶給劉楷霍，他聽了笑著說：「想不到居然還有餞行？謝謝你們。搞得好像我要出國深造很多年。我真的只是去新竹而已啦！我每個月至少還會回來兩次這裡的，再找你們吃飯！」

我點頭，雖然知道是這樣，但臉上沒顯露情緒的我，心裡總還是有點落寞。

劉楷霍離開台北的那一天深夜，我站在洗衣店前，突然很深刻地意識到他暫時不會再來洗衣店洗衣服了。我想起店門口曾經出現過，但又銷聲匿跡的小貓咪。不知道為什麼，我開始有點害怕，劉楷霍會不會從此就從我的生活圈裡淡出？

在劉楷霍搬家兩天後的傍晚，我接到阿普打來的電話。

「弦弦……你可以跟我一起去嗎？」

他的聲音聽起來非常虛弱。我感覺不太對勁。

「去哪裡？你還好嗎？」

「我現在得趕去醫院。」

「醫院？為什麼？」我緊張地問。

「尼克……尼克……他好像自殺了……」

34

真難以想像眼前看見的景象。小小的一間套房裡，雜物堆積如山，不說的話還以為只是個放東西的倉庫，直到看見角落有一張床和鋪了一張打地鋪的睡墊，我才回神過來這是個生活起居的房間。因為東西太多了，走道只剩下一小條路而已，很勉強才能走到床邊。

「他們兩個人是怎麼進來的？」我不解。

「我也好奇。房間堆滿東西，輪椅不可能推得進來，況且還是兩台！」阿普說。

「其實如果東西清掉，輪椅是進得來的。」晉合哥說。

「輪椅只能放在外面才行吧。」駿光哥猜測。

「尼克在房間裡要怎麼移動？太辛苦了！」阿普的語氣中滿是疼惜。

我們四個人環顧四周，還是很吃驚，有人可以把家裡的環境搞成這個樣子，然後想到這段日子，尼克跟他的朋友兩個身障人士就擠在這裡生活，更覺得不可思議。

那些堆滿房間的雜物，細看之下才發現全是因追星而購買的商品。阿普看了以後告訴我們，有四分之一是泰國明星的東西，剩下的全是韓團或韓國歌手的CD和周邊商品。

「原來現在居然還會買這麼多的CD？我以為大家都聽串流了？」晉合哥問。

「而且，我發現有很多都是一樣的CD。你看那一堆，有三十幾片全是同一張專輯，只是封面照片是不同的版本。」駿光哥說。

「真的耶。為什麼？」我問。

阿普說：「為了幫偶像衝榜，或是為了搜集專輯裡附贈的小卡，歌迷就會買很多版本的CD，但其實根本家裡沒有播放CD的設備，還是在聽串流平台，那些買來的唱片就像這樣堆在家裡，或者把小卡或周邊產品拿起來，CD就直接丟掉的人也大有人在。這是追星的特殊現象，有人批評是『小卡賭博』的追星亂象。」

阿普說完以後，在網路上搜尋了一則新聞傳給我們。我大致看了一下，才知道是追星文化背後衍生的社會問題。比如，有粉絲為了搜集專輯裡隨機附贈的「本命」偶像小卡，同一張專輯就買了六、七十張。因為小卡版本很多，只能隨機獲得，為了搜集到完整的小卡，只好買很多專輯，像是賭博一樣拆封看運氣。韓國媒體報導在串流平台當道的這個時代，韓國藝人的CD銷量還能衝上兩、三百萬張，表面看似榮景，其實只是假象，因為是唱片公司靠贈送周邊來誘導粉絲重複購買，CD本身大多被丟棄。

「好不可思議。」晉合哥說。

而此刻在我們面前看到的光景，就有如那篇新聞報導所描述的狀況，只不過歌迷不是韓國人，而是在台灣的歌迷。

「所以，他向尼克借錢，是為了買這些東西？」我問。

「大概是吧……」阿普說。

這一天，駿光哥和晉合哥陪著我跟阿普，來到尼克朋友家裡。他就是尼克在身障籃球隊認識的追星朋友。阿普說，尼克之前有稍微跟他提過，這個人本來是熱衷追韓團的，後來也迷上了泰國偶像明星，但是阿普並不曉得，這男生住的地方會是這種狀態。

尼克的老家在花蓮，離開阿普家以後的這段日子，他都一直借住在這裡。

這一切，都是我們昨天在急診室時才知道的。

「尼克他好像自殺了……」

昨天晚上，阿普這句話真是嚇到了我。

尼克的腹部被剪刀給刺傷，送到醫院的急診室，所幸傷口不深，經過急救處置以後已無大礙。他打給我的時候，因為還沒趕到醫院，不清楚實際狀況，情急之下產生誤解，以為尼克是自殺，到了醫院才知道只是意外。

尼克是自己傷到了自己沒錯，但不是自殺。

原來他在朋友家裡，拿著剪刀要用的時候，坐在椅子上因為重心不穩，突然傾斜。他朋友因為腳也不方便，來不及過去扶住他，只好眼睜睜看著尼克摔倒。結果，尼克手上拿著的剪刀，不小心就刺到了自己。還好尼克夠幸運，不是整個人的重心壓在剪刀上面，否則後果不堪設想。

「沒那麼嚴重啦！就是小刺傷而已。我不知道我朋友聯絡了你們，其實真的沒事呀！害你們特地跑一趟過來。」

尼克對我們說。他在病床上看起來有點累，但基本上整個人狀況感覺還不差。看見他沒有大礙時，我們總算鬆了一口氣。

「是我媽堅持說要聯絡的。那時候你在睡，我只好去問籃球隊隊長，他說你去報名時有留緊急聯絡人的電話，所以我就打給了你的男朋友。」

尼克的朋友說。他在病床旁，坐在輪椅上，身後站著一個阿姨，應該就是他的母親。

「發生意外，總還是要聯絡一下家人比較好呀！」他的母親說。

阿普站在尼克的病床邊，替他倒了一杯水。尼克因為躺著不方便喝，阿普趕緊把病床調整好斜度，又貼心地把尼克的枕頭墊到他的背後面，扶著尼克坐起來。
「這樣坐可以嗎？會痛嗎？」
阿普細心詢問。尼克點點頭，說可以。
「拜託！什麼小刺傷，很危險好嗎？」阿普忍不住抱怨：「要是不小心剪刀再插進去深一點，或是再稍微偏一點，插到別的地方，那事情就大條了！」
「也是……萬一剛好插到下面，」尼克用手指著胯下，對阿普開玩笑說：「那真的就GG了。」
「你還笑得出來。」
阿普罵歸罵，手卻溫柔地撫摸著尼克的頭。
早前尼克在急診室做了簡單的縫合手術，包紮好以後，就在急診室病床休息。我說為了安全起見，建議還是聽醫生的話，多住院一晚，沒事的話明天再回家比較好。但一說到「回家」兩個字就尷尬了。要回誰的家呢？回阿普家還是回他朋友家？尼克沉默著，本來看著阿普，忽然轉開了視線，低下頭來。
「明天我會把你放在朋友家的東西拿回家，然後再過來接你回去。」
阿普主動開口。尼克抬起頭來，注視著阿普，突然眼眶泛紅。
病床移到普通病房以後，阿普說，今晚他會留在這裡陪尼克，要我先回家。我說我明天可以陪他一起去，阿普點頭說好。

我和尼克的朋友和他的母親一起下樓。到一樓時，阿姨跟兒子說叫車前她先去上廁所，我則跟他們道別。就在我準備要走的時候，那個男生突然推著輪椅喚住我。

「你是尼克跟阿普的好朋友是嗎？」

我點頭說算是。

「在尼克的面前，我不知道怎麼跟他的男朋友直接說這些事……你可以幫我轉告嗎？」

「嗯。你想說什麼？」

「請你跟阿普說，我沒有喜歡上尼克，沒有要搶走他。至於尼克他對我是什麼感覺？他從來沒有開口說過，我也刻意不問他，所以只有他自己知道。然後，借錢的事很抱歉。錢是我向他借的沒錯，可是我必須解釋，一開始我以為那筆錢是尼克自己的，還跟我說不用急著還他，甚至說不還也沒關係。直到後來他才跟我坦承，那是他一時鬼迷心竅拿了阿普家裡的錢給我，我才知道是這樣。後來我想辦法把錢湊齊給他，要他還給阿普，結果沒想到他還了以後就離開了阿普家，跟我說他沒臉面對他們家。我看他不知道該去哪裡，才說他可以暫時去住我那裡。」

「好的，我會替你完整轉告。不過，我也會提醒他，這只是你的一面之詞。畢竟我們不知道你說的是真是假。」

「嗯……」那男生大概沒料到我這麼冷漠，表情顯得有點詫異。

我見那男生一副欲言又止的樣子，問他還想說什麼嗎？

「那你也可以替我跟尼克轉告一句話嗎？」

「你跟他比較熟，自己跟他說不是比較好？」

「我想我暫時不會跟他再見面了。」

「是嗎？」

「嗯。所以想請你幫我轉告尼克：我其實不像他所以為的那樣『同病相憐』，我不見得比他的男友更了解他。」

「只是這樣就好？」

「這樣就可以，我想他會懂。然後，請他好好珍惜他的男友吧！」

翌日，阿普找我去幫忙拿尼克放在那個男生家裡的東西，我一早經過洗衣店時，恰好看到駿光哥和晉合哥的車子停在店門外。他們告訴我，今天兩個人臨時休假，沒什麼事就開車出來兜兜風，順便過來看一下洗衣店，正打算打電話找我時就遇到我。

我跟他們說我要去跟阿普會合，並且也說了昨天晚上尼克發生的事情。

「我們載你們去吧！反正我們沒事。而且載東西的話，有車子比較方便。」駿光哥說。

於是，臨時加入了駿光哥和晉合哥，我們四個人一起來到尼克朋友的家。

那個人住的地方是一間大約四到五坪的小套房，他的家人就住在隔壁。阿普聽尼克說，他朋友堅持想要一個人住，但家人擔心而不答應，最後兩邊僵持不下，妥協的方式是把隔壁的小套房買下來給他住，至少家人能夠就近照顧。

那個男生今天跟他母親有事出門，不在家，事前告訴我們，直接按隔壁的電鈴，爺爺和奶奶就會把房門鑰匙拿給我們。

我們按了電鈴，爺爺和奶奶一起出來應門，我們告訴他們是來拿尼克友人的東西。爺爺點頭說知道，卻忽然嘆了口氣說：

「真不知道他哪來這麼多錢，成天買這些亂七八糟的東西，堆成這樣……」

奶奶見狀，拍拍身旁的爺爺，跟我們說快去吧，就將那男生的鑰匙交給我們。於是，我們一開啟房門，頓時被眼前的紊亂景象給嚇一跳。

「太亂了吧！怎麼有辦法在這麼一堆雜物中生活？」

收好尼克的東西以後，我們把鑰匙交還給爺爺奶奶，向他們道謝準備離開。

爺爺好像有一肚子怨氣，終於找到吐露的出口似的，忍不住又對我們抱怨起來。

「不知道為什麼要把自己過成這個樣子？腳明明不方便，乖乖待在家不行嗎？家裡不溫暖嗎？追什麼明星？買一大堆浪費錢的東西。什麼崇拜偶像，真的會是害死人！」

「好了、好了！跟人家沒有關係。你快去午睡吧！」

奶奶聽了一臉尷尬，一直輕拍著爺爺，緩和氣氛。

我偷瞄他們家室內，看見玄關的矮櫃上放了一整排政治人物致贈的獎牌，這才注意到他們家大門邊掛了一個小牌子寫著「里長」。尼克朋友的父親可能是里長？還是母親呢？我不確定。再往客廳裡看，地上堆了好幾箱助選宣傳單，旁邊斜躺著宣傳旗子。再遠一點的牆上，掛著印有這次上次選舉，某黨候選人的肖像月曆，甚至還貼了一張修圖修過頭的人像海報，把候選人拍得像是明星。視線往前移動，我看見玄關牆上掛了「神愛世人」的標語，下方印著小十字架，一行小字寫著台北某某教會。

當爺爺抱怨他的孫子崇拜偶像明星時，我卻一直被他身後的這些東西給分心。

偶像其實無所不在，只是換了崇拜的形式而已。

駿光哥幫忙把東西先拿下樓放到車上，奶奶特地送我們到大樓門口。

「不要介意，他就是這樣，不是針對你們，是氣他孫子，氣他把自己的房間搞得像是垃圾場一樣。尼克回去也好，住這裡，太委屈他了……」

我跟阿普不知道該怎麼回覆奶奶比較好，好在懂事的晉合哥開口化解僵局。

「別這麼說。謝謝你們照顧尼克，提供三餐給他。奶奶快回去休息吧！」

坐在車上的時候，阿普用藍芽接上他的手機播放歌曲，從韓團到泰國流行樂，我聽著那些歌，忽然在想尼克的朋友，為了買偶像專輯和周邊產品而向人借錢，而且買到家裡堆積成山，雖然說是不偷不搶，而且有借有還，但總覺得好像不太OK？然而仔細深究，他追星也沒干涉到別人。即使房間很亂，但算是有限度地亂在自己生活的空間裡，沒堆到房間以外的地方，好像很難說有什麼不對？

每個人的生命狀態都不同，就像對劉楷霍而言，嗑Kit-Teung曾經帶給他撫慰，而對尼克的朋友來說，或許每天醒來和睡去都是被他喜愛的明星周邊產品給包圍，也是某種不為人知的快樂？

尼克又回到阿普家了。「泰旁邊」恢復成一直以來兩個人當家的形式，就跟往昔相同，當阿普媽媽較忙時，他們晚上會留下來繼續幫忙「泰尚麵」的生意。

烤斑蘭葉雞蛋糕依然美味，泰式奶茶仍舊濃郁，阿普和尼克的互動也像是過去那般要好，可是，不知道為什麼，在我看來，總還是隱隱感覺少了一些什麼。

或許是因為平常的日子裡，少了劉楷霍的關係。

一晃眼，劉楷霍離開台北已經快要三個月了。換句話說，距離他當初說暫時搬離半年的期限，只剩下一半而已。

這三個月來，一如劉楷霍之前所說的，他每兩週會回來台北一次，通常是星期五，白天進公司上班，然後那一天晚上，他就會跟我們相聚在「泰尚麵」吃粿條。

回台北的那個週末，週六中午大家會聚在「泰旁邊」吃烤斑蘭葉雞蛋糕；下午如果他要去假日花市的動物之家攤位幫忙的話，我會陪他一起去。偶爾週日會碰到他們想看的線上演唱會，那麼我就會跟他們一起去「小樹屋」看。以前我只負責吃，現在我認識的泰國歌手變多了，看線上演唱會好像也比過去多了一點共鳴。

雖然劉楷霍已經沒有Kit-Teung好追了，但還是會想去廟裡拜拜做功德。

我以為Kit-Teung事件爆發以後，他對嗑CP這件事情會夢碎，不過我很詫異，他依然能夠掏出一張寫得滿滿的紙，在神明面前靜靜祈禱。

星期天中午，我陪他到大龍峒保安宮拜拜。

「我本來也覺得拜了沒用，但是後來想想，雖然KT拆伙了，可是Kit在現實生活中算是找到好姻緣，跟相處多年的女朋友結婚在一起。所以說KT兩個人至少有一個是受到上天祝福的，這樣的祈禱成果，算是有百分之五十的機率，不能說是低吧？」

「嗯……要這麼說也是。很正面思考。」

「所以還是要拜。沒有了KT，更該珍惜現在還好好在一起的CP！我要好好祈禱Billkin和PP Krit，還有Earth跟Mix，不要被任何事情給拆散。他們真的太美好。」

劉楷霍一臉認真說著這段話，面癱的我聽了想笑，笑在心裡。當然，我的笑不是取笑，而是感到安慰的笑。他會這麼想，代表他應該已經從Kit-Teung的震撼與憂傷中走了出來。當他整理好這部分的情緒，或許也就等同於準備好了他跟我的下一步。

「話說你最近有挖掘到什麼新的CP嗎？」我問他。

「有喔！剛剛有幫忙他們祈福，算是第一次列進了我的名單中。」

「叫什麼名字？」

「YinWar，一個叫Yin，另一個叫War。之前他們兩個人合演一齣四集的單元劇，在網路上有滿多的討論，所以拉出來另外拍成了長劇，另外他們也有合唱歌曲，還有自己的YouTube頻道節目，我把網路連結丟給你……等等，你真的有興趣嗎？不是敷衍？」

「我沒敷衍。你丟給我，我有空時就來看看。」

「好喔，你不要勉強。這些我喜歡的，我只想要跟會喜歡的人分享。」

「我知道啦！」

我不好意思跟劉楷霍說，在他搬走以後，無法常常見到他的日子裡，不知道到底是被他給徹底影響了，還是因為想他的緣故，突然間，整個人不知不覺成天在聽泰國流行歌。我把劉楷霍在串流平台上製作的泰國歌單加入自己的資料庫，聽他喜歡的那些歌，從他的耳朵裡認識許多歌手，彷彿走進一個遼闊的新世界。除了已經喜歡上的

Billkin、PP Krit，不知不覺歌曲資料庫裡還加進了Three Man Down、HYBS、NONT TANONT、Tilly Birds、THE TOYS、Dept、Whal & Dolph、SERIOUS BACON、Ink Waruntorn……這些歌手或樂團的作品。當我熟悉這些旋律以後，彷彿覺得自己跟劉楷霍更加融為一體。

我還把網路上大家推薦的泰國腐劇都找出來看，同時在LINE上問劉楷霍，請他推薦我適合我看的泰劇。劉楷霍說他特別喜歡的CP，我會不自覺開始在網路上搜尋他們，把相關的影片，從戲劇、綜藝節目甚至帶貨直播，都在網上找有中字的影片看過一次。

當我在深夜時分滿足地看完每一集，準備睡覺以前，在洗手台盥洗時看見鏡子裡映射出來的自己，經常都感到好笑。從不追星也沒有偶像的我，居然會有這一天？喜歡上一個人，原來真的會開發出自己未曾想過的潛能。

無法跟劉楷霍見面的日子裡，我累積了許多的觀劇和聽音樂的感想。我準備許多要跟他聊天的話題，有時候會在線上跟他聊，更多時候是等他回台北時面對面聊。

離開保安宮，我們在附近散步逛了逛，劉楷霍說差不多準備要回新竹。

「我先把YinWar的維基百科丟給你，晚上再把相關連結整理給你。」他說。

「好。居然還有整理好相關連結？果然是追星專業戶。」我打開他傳過來的連結，一邊看著維基百科，一邊問他：「你比較喜歡哪一個？」

「都喜歡啊！嗯，可能更喜歡沃沃多一點。」他回答。

「沃沃？」

「喔，War的中文暱稱，沃沃。」

「怎麼聽起來跟霍霍那麼像？」

「嗷……我都沒想過。」

「喜歡他的理由是什麼呢？」

「唱歌好聽又很可愛啊！多才多藝，會玩很多樂器，平常沒通告的時候就喜歡畫畫、吹笛子跟做陶藝，很有藝術設計家天分，不愛PO穿名牌的照片，沒有明星架子，總之跟其他偶像很不同。常常會冒出思考邏輯很特別的話，有時候很發人省思。」

「那不是跟你也很像？」

「嗷……我要是有像他那麼棒就好了。」

你還不棒嗎？我心想，你歷經生活中那麼多不順遂的事，還沒有壞掉，依然有一顆善良的心去待人接物，還能保持正面思考，在我心目中，你已經夠棒了。

「弦弦，你這麼一說，我才忽然意識到Yin的中文叫黃立賢，立正的立，賢慧的賢。你知道他的暱稱叫什麼嗎？」

「阿賢?」

「叫賢賢。」

「嗷!」

這一次「嗷」的人換成了我。

35

三個月後,劉楷霍說他暫時無法如期搬回台北。

雖然我總有預感事情會有變數,但當他真的這麼說的時候,我還是難掩失落。

「算是搬回來『一半』啦!」

這個週五,他回台北上班,晚上跟我、阿普和尼克相聚在「泰尚麵」吃飯。

劉楷霍邊吃邊跟我們說:「接下來預計每個月兩個星期待在新竹陪我姑姑,兩個星期回台北住。其實姑姑是跟我說,我可以回台北了,她現在已經很適應她女兒不在家,所以一個人生活沒什麼問題,不過我覺得還是循序漸進比較好。所以想說這一、兩個月先一半住他家，一半回台北住，之後如果她狀況真的不錯，我就可以放心搬回台北了。」

阿普媽媽這間店，本來晚餐主要只賣清湯麵，最近開始賣起湯汁濃郁的「船麵」來，好吃得不得了。熱情的阿普媽媽還替我們加料，店裡沒賣的青木瓜沙拉、海南雞飯和冬蔭功湯，今天都以特別嘉賓的方式登場，給了我們一桌豐盛至極的晚餐。

劉楷霍說，不久前她建議姑姑養狗，生活中會有一個新的重心，對療癒身心也有幫助。他帶姑姑去慣常去的流浪動物之家認養了一隻小狗，果然開始養狗之後，姑姑整個人變得很有精神，不像一開始每天都念著女兒，想跟女兒開視訊聊天。

「你很聰明，想到了這個好方法。」我說。

「是受到熱愛動物的Kit的啟發。」他回答。

消失在媒體上的Kit，如今依然存在於他的心中。

更有趣的是，這段期間劉楷霍的姑姑居然也被他影響，突然熱愛起泰國來。

「真的還假的？那你姑姑喜歡哪一齣泰腐？」阿普好奇。

「她不是在看BL劇，是喜歡上看泰國電影。我一開始先推薦她看《下一站說愛你》，你們記得嗎？就是很久以前那部以曼谷捷運為背景拍攝的愛情喜劇。沒想到她愛到看了三次，接著就開始在網上搜尋能夠看得到的泰國電影。」

「繼弦弦之後，你又成功推了一個人入坑。」尼克說。

三個人看向我，我刻意努力擠出一個非常誇張的笑容，瞇著眼睛回應。

「然後更妙的是，我姑姑希望我能帶她去曼谷玩，而且一直講喔！所以，我們決定兩個星期後去一趟曼谷玩。」劉楷霍說。

「哇，好羨慕！又可以去曼谷玩了。」阿普說。

我不知道我什麼時候還有機會，能跟劉楷霍再一起去泰國玩呢？不敢想。畢竟就連期望他搬回台北生活，都還沒有實現了。

兩週後的週六，劉楷霍帶姑姑去曼谷旅行的這一天，我跟駿光哥、晉合哥還有阿普，一起到花蓮露營，並且準備第二天去划船。阿普一直對SUP立式划槳很感興趣，之前聽我聊過就想去試試，今天終於成行。

晚上，我們在露營區搭建的帳篷外烤肉，邊聊天邊看星星。

「上次我有邀楷霍一起來露營的，結果我們先來了。」晉合哥說。

「比起來花蓮划船，他應該更喜歡去曼谷『划船』吧？」我開玩笑說。

「對霍霍來說，曼谷的『星星』比較多。」阿普一針見血。

「我本來以為尼克會一起來的。他覺得移動不方便，所以不來嗎？」駿光哥問。

「他跟新認識的追星朋友去追星了。他最近狂熱愛上一組新人CP叫Gemini-

Fourth，跟我說他想去粉絲後援會弄的應援咖啡店，今天是最後一天。」

「你現在很放心嗎？」我問：「不會像之前你一直擔心或懷疑他喜歡上別人？」

「嗯……好像有時候也會多想，不過比起之前，應該已經好多了。」

「你們後來有把事情攤開來，兩個人好好聊過？」

「其實沒有。他搬回我家以後，我們從來都沒再聊過這些事。我怕一提的話，他就會覺得我在怪他，然後我猜他也擔心會讓我不高興。所以你們知道嗎？我總覺得這將近半年的時間，我跟尼克的相處，好像都太小心翼翼，變得很客氣。」

「我多少有點感覺。」我說。

阿普心底應該是認為尼克曾經喜歡過那個向他借錢的男生，不過他沒有再問過尼克，覺得反正事情已經過去了。至於尼克，他已經沒有再去身障籃球隊，生活習慣也做了不少改變，比方改掉過度依賴手機的習慣。

阿普一方面鼓勵尼克，還是要繼續多多跟外界交流，不要又變回以前封閉自我的狀態，但另一方面當尼克真的跟追星朋友出去時，阿普還是容易東想西想。

「我覺得你們可能還是要找個機會，好好聊一下，把自己擔心的事說出來，甚至如果有什麼不滿都說出來。」晉合哥建議：「現在你們都害怕對方受傷，結果在互動中就變成累積出很多不明不白的情緒，這樣久了會容易產生新的誤解。」

阿普點點頭，一臉聽得非常認真的表情。

「阿普，」駿光哥問：「你覺得你已經打算要跟尼克安定下來了嗎？其實你們兩個人差不多才二十歲而已，未來真的還有很長的路，會遇見很多很多不同的人。如果你們兩個人，其中有任何一個人有點動搖的話，駿光哥覺得其實也沒有關係，就去外面的世界闖一闖。即使暫時分手了，未嘗不是好事。如果你們發現，對方還是對自己最好的人，價值觀最契合，最能夠帶給彼此成長的感覺，我想最終你們還是會回到彼此身邊的。」

「就像你跟晉合哥一樣嗎？」

「你們只要不失聯二十五年，難度都會比我跟何晉合低很多的！」駿光哥語畢，看了一眼晉合哥。在營火面前，兩個人的臉紅通通的，彼此會心一笑的畫面很美好，令人羨慕。

「弦弦呢？你跟霍霍兩個人的關係，有什麼想法？他還沒整理好他的情緒嗎？」阿普把話題轉向了我。

「嗯……等霍霍搬回台北以後，再看看他的想法吧……」我回答。

「以他常覺得自己倒霉，但事實上還能自得其樂來看，我覺得他的正面思考性格，這半年應該已經克服離婚後遺症，而且也走出了你隱瞞認識Teung的事情。」阿普說。

「可是他給我的感覺，現在好像沒有很積極要跟我交往？」

「你別忘了，除了追星這件事情，霍霍是個滿被動的人呀！你天秤座是為了要找到一個事情的平衡點，做事難以抉擇；雙子座的霍霍則會陷入兩個對立的自己，心裡常常很矛盾，心情忽明忽暗。你們兩個風向星座的人碰在一起，總得要有一個人是掌握風吹的方向才行吧?!」

我都不知道阿普何時對星座那麼有研究，再次一針見血說出問題癥結點。

「所以不用再等他搬回台北再說吧？」駿光哥笑起來，說：「你們真的很好笑，怎麼每次都把台北跟新竹說得好像是北半球、南半球那麼遠？就像何晉合剛剛說的，阿普應該要跟尼克好好聊聊，你應該也要主動一點，不用光是等待，不要把所有的決定權都丟給對方，畢竟在一起是兩個人的事，你也要把你的想法和期待，主動向他表達。」

中年人果然經歷過比較多的事情，想的事情也更周延一點啊。

「好，弦弦，快問快答，不要多想馬上回答，那才是你最真實的聲音。我就問，此時此刻，你想起你跟霍霍，腦海中的畫面是什麼？」阿普問。

阿普可能期待的答案是我跟劉楷霍同在屋簷下的生活吧？

「是我跟他一起去曼谷玩，不是他的姑姑。」

我卻不假思索地如此回答，惹得眾人大笑。

吃完飯，夜已深，進帳篷睡覺前，我再抬頭看了一眼天上的繁星。

阿普問我，覺得哪一顆星最亮呢？我搖搖頭。因為我知道自從我喜歡上了劉楷霍以後，最亮的那一顆星已經不在天上。

這段日子，我把劉楷霍介紹給我的YinWar給認真看過了，從連續劇到YouTube頻道節目，還有一些訪問他們的片段，漸漸明白劉楷霍會注意到他們的原因。

他們確實跟一般泰國CP不太一樣，基本上是一組不太「營業」的CP，螢光幕前不太會為了粉絲而刻意做出很親暱的言詞或舉動，不過細心觀察的話，仍能感覺到他們會用很低調的方式，表現對彼此的照顧和需要。

「你很有慧根。我覺得，是不是我真的開發了你？」

這天，劉楷霍在網上跟我聊起YinWar，我向他報告了我的感想時，他這麼說道。

「你真的立刻就抓到他們的特色了。」他說：「我覺得大多數CP給我的感覺，情誼是建立在工作上，雖然也有私交，但我常覺得如果那些人以後隸屬於不同的公司，拆CP了，他們就再也不會聯絡。可是YinWar給我的感覺，互動是建立在兩人是好朋友的交情上的。如果有一天他們不是同一間公司，也沒有在一起工作了，我總覺得他們的友情還是在的，私下還是會保持聯繫。」

我丟給劉楷霍一個認同的表情貼圖，然後接著，換我分享我的感覺。

「他們兩個人的CP模式，確實跟GMMTV那些CP很不同。雖然不是大公司的藝人，缺點是沒辦法年年都有幾檔戲等著他們演，不過好處也正是因為是自己經營自己，可以做一些真正想做的事，不用什麼都得聽大公司的安排，紅了就有種要被公司榨乾的感覺。」

我說完這句話，忽然有點佩服自己。我好像突然變得很了解泰腐圈，能夠說出聽起來有點專業的話？要是在過去、認識劉楷霍以前，我自己都聽不懂我這句話是什麼意思。

「完全同意！」劉楷霍肯定了我的觀察，接著問我：「你知道他們十二月要在曼谷辦雙人演唱會嗎？」

我說我不知道，還沒有跟上這件事。我雖然開始看泰劇和聽歌了，但畢竟稱不上是追星族，不太會去注意到他們的動態。

「我可以麻煩你再發揮金手指的功力幫我搶票嗎？開唱前三週賣票。」劉楷霍問。

「你想去？當然可以。如果我還能這麼幸運的話。」

「你要不要跟我一起去看？」

劉楷霍提出邀約。我聽了感到開心，趕緊跟他確認演唱會日期。日期確認以後，我才赫然想起，演唱會的前兩天是我媽的生日。

我媽在前兩週曾經打電話來給我，問我今年她生日時，能不能去曼谷參加她的生日會。生日會？我聽了嚇一跳，問她，她什麼時候也出道當偶像了嗎？

「兒子你都不記得你媽媽今年幾歲了喔？」

她這麼一說，我才驚覺今年她滿六十歲了。

「六十大壽呀，你叔叔說一定要幫我慶祝，找一些重要的親人朋友參加。如果大家都來了，兒子沒到，豈不是太沒面子了嗎？」

「嗯……我再想想。妳也知道我不喜歡社交場合。」

「好，我知道，你可以再想想。想想你打算待幾天，跟我說。」

我媽的回答完全避重就輕，前提已經設定了我會去。

我本來真的沒有想要去，然而，就在劉楷霍找我一起去曼谷看YinWar演唱會以後，我突然改變了原來的念頭。如果劉楷霍那時會去曼谷，那麼我就去。

可是劉楷霍去曼谷的前提，是要能搶到演唱會的票。

我突然久違地感覺到身負重任了，彷彿又是一次只許成功不能失敗的挑戰。

之前劉楷霍喜歡的CP，都是他已經喜歡了很久，然後我才認識的。但是YinWar的出現，讓我跟他幾乎站在了同一個起點。

我們的步伐是一致的。我們同時喜歡上一組CP、一件事，那種從相同的原點結伴出發的感覺跟以往很不同。有時候在網路上，我看到粉絲側拍YinWar的短影片會傳給他，其中有些是他已經看過的，也有些是我傳給他以後，他才看到的內容。

「所以現在算是正式嗑起YinWar了嗎？」我問過劉楷霍。

他回答我：「他們沒刻意在撒糖，所以我好像也稱不上是在嗑他們，不過就是還滿喜歡看他們的。生活感強烈，互動很自然，偶爾怪怪的想法，讓兩個人陷進自己才懂的小宇宙，連主持人都晾在一邊，這部分也很有趣。」

雖然我覺得這樣應該就算是開始嗑起一組新CP了吧？不過劉楷霍告訴我，不管怎麼樣，他現在已經很清楚要保持一點距離比較好。

「演藝圈嘛，真真假假。你知道的……」他說。

「你知道的……」這幾個字還真把我的心給狠狠扎了一下。

晚上我一個人去吃小火鍋，長條形的櫃檯座位上，坐在我旁邊的是兩個很年輕的女生。

從她們一入座開始，其中一個短髮女生就拿著手機錄影，不停地拍另一個長髮女生。那個被拍攝的女孩子很漂亮，有一張網紅明星臉，或許就是個網紅吧，只是我不認識而已。她面對鏡頭侃侃而談，用著很甜美的聲線和笑容，不斷地介紹她今天吃的晚餐。好不容易拍完了，兩個人才開動。

「這次影片我再多加一點特效，多上一點好笑的字卡，看看效果會不會好一點。」剛才拿手機拍攝的女生，對被拍的長髮女生這麼說。

「我覺得妳真的要一起入鏡啦！講很久，妳就不信，害我影片點閱率都很低。只有我一個人看著鏡頭在那邊乾講，現在YouTube根本不流行看這種Vlog！要兩個人有互動，有時候曬恩愛讓人羨慕，有時候講垃圾話讓人發笑才行。」長髮女生回應。剛才甜美的聲音忽然消失了，只剩下衝撞的抱怨。

「哎喲，我就不好看啊！妳這麼美，有妳一個就夠了。」短髮女生安慰她。

「妳有看我上次傳給妳的那個男同志的頻道嗎？叫小斌的，講夫夫婚姻生活，他很紅。如果妳不想露臉也沒關係，至少要像是他們那樣才行。」

她是在說沈瑞斌吧……原本低著頭在吃火鍋的我，又忍不住抬頭偷瞄了她們一眼。顯然她們並不知道真相。沈瑞斌的老公都換人了，粉絲們還蒙在鼓裡，相信他編織的恩愛。

「我有看啊！完全模仿人家也不太好吧？很快會被抓包。」短髮女生說。

「沒有要妳完全模仿他們，只是借鏡。先參考他們的拍法，我們再慢慢摸索自己的風格。總之我還是想說，妳應該露臉跟我一起拍，這樣也就跟小斌他們不同了。」

「我就不習慣這樣嘛。說真的為什麼一定要當 YouTuber？我不懂。」

「我問妳，妳就這樣一直拿死薪水，要多久才能賺到妳想要存到的錢？變成名人了，置入性行銷跟代言源源不絕，錢也來得快啊！當偶像輕鬆賺錢，不好嗎？」

「那些偶像的背後也很多不為人知的苦吧？當 YouTuber 接案子，感覺就很不穩定。至少我的工作算是穩定，每個月有固定薪水啊，慢慢存也不急。」

「妳不急，我急。」長髮女生說：「還有，現在這時代 YouTuber、網紅都算是一種職業了好嗎！不要一副很古板的樣子。跟妳說，沒什麼東西是穩定的。」

離開餐廳，在回家的路上，想到剛才那兩個女生的對話，我難得打開了沈瑞斌的 YouTube 頻道。

點開他播放次數最高的一支影片，沒怎麼專心看影片內容，倒是忍不住一直看底下各式各樣的留言。有好多人的留言都向沈瑞斌道謝，表示雖然自己現在是單身，但每次看他的影片就感覺療癒，本來覺得自己沒希望談戀愛了，但又好像會開始期待和想像，說不定哪一天也能像「小斌」一樣遇到好對象，談一場盡興的戀愛。

這些人如果有一天知道沈瑞斌的為人，會不會後悔崇拜過他？或者像是陳力騰的粉絲們，當有些人無法面對現實決定退粉或變成黑粉的同時，也有很多鐵粉即使知道他做出那些事，依然能找出同情他並支持他的理由？

還是跟劉楷霍一樣，雖然對CP拆伙的真相感到心碎，但因為對Kit充滿理解的愛，所以可以客觀看待舞台和生活的差異，換一種心態繼續應援偶像，並且保有充沛的熱情，繼續開發著他喜歡的新CP？

這世界上有千千百百種人，有些人表裡一致，有些人表裡不一。名人也是人，自然也不例外。有些名人不自覺地活成台上台下兩個自己，而有些名人則選擇靠近真實的自己。不過，我想，一切最終得回到追星的人，如何選擇觀星的角度。

星星如果沒有人看，再怎麼閃亮也是寂然。當偶像和粉絲建立起相互「認證」的機制時，彼此獲得了感動和療癒，真真假假，孰對孰錯似乎也就沒有絕對的答案。

睡前，我繼續看劉楷霍傳給我的YinWar訪談影片。他說他好喜歡這兩段，決定在「後Kit-Teung時代」中要將賢賢、沃沃升級為「本命」了。

「我想要真心地對別人。如果有一天我不快樂了，我想我也就無法給別人快樂，我可能也無法在演藝圈了。如果我快樂，就能在這份工作中把快樂傳遞出去，可是要是哪一天不快樂了，我也沒辦法假裝快樂，會覺得內疚，所以我就會消失。」

在Yin的YouTube Vlog的某一集裡，他對著鏡頭和War如此說道。

另一個深度訪談的節目裡，主持人在節目最後問War，有什麼話想對他的粉絲們分享呢？沃沃想了想，用著很誠懇的口吻回答：

「我想說的是，不要過度執著『做自己』，不要去說，『我就是要這樣做，我在做我自己！我不在乎別人喜不喜歡！』其實藉由別人的經驗，你可以成為更好的自己；去接觸很多事，可能發現你會喜歡的自己。從小到大，我從別人那裡得到上百萬張的拼圖，才能拼成了現在的自己……所以，你可以有很多喜歡的榜樣，我認為那可以引導你到你喜歡的地方。」

他眼裡閃著深邃的光，當我一直盯著看，彷彿就能漸漸地從他的眼中，看到視他為榜樣也好、偶像也好的眾多粉絲。在那其中，有一張臉是劉楷霍。

36

十二月初，YinWar演唱會搶票的那天，劉楷霍回到台北，我們依舊聚在「泰旁邊」進行搶票行動。阿普和尼克如常拉下鐵門暫停營業，準備一起幫我們搶票。

烤斑蘭葉雞蛋糕準備好了，泰奶準備好了，能帶來幸運的小物也準備好了，我們四個人盯著手機螢幕，也都準備好了。

緊繃的氣氛絲毫沒有改變，甚至比以前更為強烈，畢竟這可能攸關著我和劉楷霍，在歷經了那麼多的事情以後，一個再次全新開始的契機。

終於，網站開放售票的時間到了。經過一陣廝殺，搶票結果出爐。不負眾望，我再次發揮功力，搶到了一張最貴的票，離舞台最近的搖滾區。

我的期望是至少要搶到一張席次最貴的票，讓劉楷霍能跟YinWar拍到1：2的獨照。想不到老天真的眷顧我，讓我實現願望。

阿普和尼克分別各搶到一張第二貴的票，巧合的是在同一區，而且座位在隔壁的隔壁，中間夾了另一個人。

「到時候可以在現場問那個人，願不願意換一下座位，讓你們兩個人坐在一起就好。通常大家都會答應的。」阿普說。

而劉楷霍依然維持著他的風格，沒有搶到任何一張票。

「所以我們現在手上有三張票，一張是A區搖滾區，在最前面，另外兩張是B區，其實離舞台也不太遠。」我說。

「所以接下來就是讓票了，」劉楷霍說：「搖滾區的票最好賣，不用擔心。」

「不是吧？應該是要賣掉B區的一張票，你拿搖滾區的那張票才對。」我說。

「這樣兩個人豈不是要分開看嗎？如果是這樣，我寧可選擇B區，能夠坐在一起看的位子。弦弦，我找你去的時候，是跟你說『要不要跟我一起去看？』對吧？『一起』的意思就是希望坐旁邊一起看啊！」

「可是……A區比較好。」

「B區的那兩個位子，是在B區的最前面第一排，剛好緊接著A區後面，其實跟A區最後面看到舞台的距離差不多。而且，搖滾區沒有座位，必須要站三個小時，B區有座位可以坐，這部分差很多。」

「但A區的福利是你可以跟他們兩個拍獨照，B區只能拍二十個人一組的團體照，這部分也差很多。」

我沒料到是這個結果，忽然變得有點心急，試圖說服他。

「站三個小時，我會昏倒喔！」

劉楷霍露出無邪的笑容，卻講出這句話，使出了殺手鐧。此話一出，我真的敗給他。我確實會擔心他的身體，上次只是坐著而已，他都能昏倒了，要是得站三小時的話，我的確害怕他會來個「精采重播」，那就糟糕了。

有一刻，我在思考是否要再勞動我媽媽，看看她有沒有認識的管道，能夠再幫我買到一張搖滾區的票，那就能解決「一起看」的問題，但顯然劉楷霍看到我在沉思的模樣，很快就看穿我在動什麼腦筋。

「就這樣吧，不要再想其他的可能性了。我覺得這樣很好，我們是『一起』喜歡上YinWar的，可以『一起』看他們，對我來說就是很有意義的事。我們把心力放在到時候拜託卡在我們中間的那個人，希望他能換一下位子囉！」他說。

最終，我只好答應了劉楷霍。雖然他放棄YinWar最佳福利的決定，讓我覺得很可惜，可是他的理由卻也同時讓我感到非常窩心。

為了先赴我媽的生日晚宴，我比劉楷霍提早出發，在演唱會的前兩天，也就是我媽生日當天中午就先抵達曼谷。

我媽安排我住在她和叔叔的家裡，那是一間在曼谷市郊的獨棟房。當我一踏進庭院時，回憶瞬間撲來。十年前，我在寒暑假來曼谷的時候，總是借住在這裡。當時已經漸漸熟悉的一切，如今都回到陌生的原點。

「還記得吧？你以前睡的那間房。」

我媽領著我走到樓上的房間，推開房門，看見那張偌大的雙人床，我忽然感到怔忡。

陳力騰沒有來過這裡，我卻突然想到他。或許是因為床單的顏色，跟我記憶中他家的一樣，那是一種翠亮的藍，很青春的色調。當時的我，真的是對他充滿無比的熱情，一種單純卻強烈的愛，彷彿把青春整個獻給他也在所不惜。

「這房間一直空著嗎？」我問我媽。

「你不來以後，叔叔的小兒子上了中學，就從樓下換到這裡睡。他原本的房間比較小，變成置物間。哎呀時間過得真快！現在他都上大學，搬出去自己住了。」

「原來如此。」

「你看你要不要睡一會兒，休息一下？晚上七點，再搭叔叔的車，我們一起出發去餐廳。我先去公司一趟，傍晚回來。」我媽說。

「好。妳快去忙吧！」

我媽人走到門口，又忽然停下來回頭問我：「後天聖誕夜，叔叔的小孩們都會回來吃飯，是他們從小的傳統，很洋派！你沒事吧？一起吃個飯！」

「聖誕夜我要去看演唱會。我朋友會從台灣飛過來會合一起去。」

「怎麼不跟我問票？」

「不是你們公司的藝人。」

「那也可以問問啊。我們在這個圈子混很久，都可以有管道問到。在泰國，錢很萬能。對了，你這次打算待到哪一天？這個房間沒人用，叔叔很歡迎你，你想住多久都可以。」

「謝謝，不過我二十五日就會離開了。」

「這麼快就回台灣？」

「不是，我打算跟我朋友離開曼谷，去其他城市玩。」

我媽點點頭，沉默了幾秒以後，才開口：

「上次你拜託我安排視訊電話的那個朋友？」

「嗯，對，同一個人。」

「有機會可以請他來家裡玩。我想他是個不簡單的孩子，媽想認識。」

「怎麼忽然這麼說？」我有點意外。

「你十年都不願意來曼谷，最近卻因為他而來了兩次。以前你根本不去看什麼演唱會，現在居然也願意去了，可見他有多大的力量，居然可以改變這麼頑固的你。」

「我也沒想過我會變成這樣。」

「反正有空就多過來看看媽媽吧！就算不是陪你朋友，也還是可以來找我。」

被她拆穿了的我，覺得很愧疚，只能沉默地點頭。

「媽，我從來沒問過妳這個問題。以前妳連出國旅行都不太喜歡，當初妳怎麼有勇氣決定離開妳土生土長的台灣，突然說要跟叔叔搬來泰國住？是什麼改變了妳？」

「我也不知道。大概是覺得這麼做的話，我會變成一個比較好的人吧？」

媽看著我，突然臉上露出一抹淡淡的笑容，很愉悅滿足的神情。

想起Billkin的那首歌〈喜歡和你在一起時的自己〉唱著：

「喜歡和你在一起時的自己，喜歡和我在一起的你，喜歡我們在一起的時光，彷彿能讓我成為比之前更好的人……」

不知怎麼彷彿覺得竟看見了劉楷霍，此時此刻，就站在我的面前。

「對嘛！就是要這樣啊！你笑起來很好看！媽把你生得這麼好看，你平常要多笑，才會更好看，懂嗎？」

當我媽對我這麼說，我才發現自己不知不覺也跟著她一起笑了起來。

晚上在耀華力路參加我媽的生日宴。吃到最後一道菜，準備上甜點以前去了廁所，出來時竟在走廊巧遇久違的陳力騰。

我們兩人在四目交會的剎那，彼此都愣了一下。

「我不知道你來泰國！」他先開口。

「我也不知道你會來這裡。」我說。

「我只是來送個禮物給你媽媽，剛剛送完了，正準備要走。我剛看到有請來幾個娛樂線的資深記者，我看我還是快點離開比較好。」

我點頭，然後在準備轉身離開前，我很仔細地再度看了看眼前的這個男人。

過去這十年來，這個男人曾經令我活在很不愉快的回憶裡，只要想到他，或是後來從劉楷霍、阿普和尼克口中聽到他的名字，就覺得渾身不對勁，然而現在我站在他面前，卻突然什麼感覺都沒有了。我的心裡非常平靜。

「你不要這樣看我！我知道你在想什麼。我ＯＫ的！我沒有被那個新聞事件給打倒。我很快可以再站上舞台，我會想辦法的。」

顯然他並不知道我在想什麼。

「我知道你會有辦法的。這一次可以是不會傷害到別人的辦法嗎？」

他聽了笑笑，問我：「要不要去喝一杯？難得見到面。」

「不了，我要回去吃甜點。」我指著生日宴會的房間。

「甜點是烤斑蘭葉雞蛋糕吧？那種東西到處都有呀！我討厭那個味道。」他說。

「那是我喜歡的口味。」

當他狠狠傷害我的時候，他討厭的東西卻拯救了我。在過去這麼多年裡，斑蘭葉雞蛋糕在記憶中的連結是那個無助的夜，所幸現在已變成了我和劉楷霍的美好時刻。

「喂，真的不去？吃完甜點，你還有時間吧？要不要去我家過夜？」

我突發奇想地問他：「陳力騰我問你，你覺得時間是熱的還是冷的？」

「什麼？時間？時間哪會有熱的或冷的？時間就是金錢。」

我點點頭，沒說什麼就轉身離開，只聽到身後的陳力騰還叫了好幾聲的「喂！」，直到聲音漸漸淡出。

劉楷霍在平安夜當天中午從台北飛抵曼谷以後，下午我們前往YinWar演唱會的會場。我們搶到的票大概是在中間的位置，不好不壞，除了原來就有的二十人團體合照以外，沒有另外再抽中其他像是Sound Check的福利，但這並不減損我們的興致。

雖然我本來覺得這是第一次跟劉楷霍來看他們的演唱會，要是能想辦法買到最前面的位子就更完美，而且要是能透過關係，讓他拿到最好的票價福利，上台跟YinWar單獨拍照，多少能彌補上次錯失跟Kit-Teung合照的遺憾，但劉楷霍說什麼都不願意。

到了現場，原本卡在我們中間的座位是個泰國女生，她非常樂意跟我們換位子，於是我跟劉楷霍也順利能坐在一起。

劉楷霍說了好幾次，他覺得有進場看到，同時跟我坐著一起看，這樣就很好。

整個演唱會過程，我依然不時會偷瞄身旁的他，感覺比起他看Kit-Teung演唱會時冷靜了一點，但幸福的情緒仍然溢於言表。

演唱會結束後的福利拍照時間，粉絲依照座位順序，聽從工作人員的指示排隊上台。走上舞台前，工作人員會告訴每個人站的位子。團體照一組有二十人，誰會被安排在YinWar旁邊，誰又會離他們最遠，真的完全憑運氣。

想不到我跟劉楷霍非常幸運，竟然被安排坐在YinWar的正前方。在階梯式的座位上，劉楷霍的身後站著沃沃，我的身後則是賢賢。

「等照片出來以後，剛好可以裁切成我們四個人的合照。」我跟劉楷霍說。

「我也是這麼想的。」他回答，猛點頭。

就這樣，即使是二十人的團照，我們最終也拍出了最高票價的紀念照。

拍照的時間極短暫，雖然每個粉絲都想在台上跟偶像講幾句話，但馬上就會被工作人員請走，即便如此大家仍會努力搶時間跟偶像打招呼，無論他們有沒有聽見。劉楷霍在離開時迅速跟YinWar講了一句話，兩人看著他微笑點頭，跟我們揮手道別，我們旋即下台。

「你剛才跟他們說什麼？」我問劉楷霍。我聽不懂他講的泰文。

「我請他們到台灣！」

他笑著說，一臉滿足的笑顏。

我說，我們很幸運，二十個人當中偏偏就是我們，剛好站在沃沃和賢賢的前面。

「真的！你有聞到嗎？他們好香哦！賢賢很帥，沃沃的臉也未免太小了吧！而且我沒想到，那麼快就可以見到他們本人。我突然覺得我這樣算是轉運了對吧？想想以前，只要是喜歡的明星，我就會莫名其妙地一直錯過靠近他們的機會。可是這次居然那麼快就實現了！」

「我早說過你會變成幸運兒的。」

「真是多虧了你。謝謝你幫我搶票，還陪我來。」

看完演唱會，進行完拍照福利，我們尚未吃晚餐。會場內購物中心的餐廳已經打烊，劉楷霍提議去飯店附近的路邊攤吃炒麵，那裡應該開到很晚。

「對了，」劉楷霍問我：「你叫我只訂一晚的飯店就好，明天要安排去別的地方，是要去哪裡？只是換飯店，還是要離開曼谷？我一直還沒問呢！」

「是我安排的驚喜。你明天早上就知道了。」

「這麼神祕？好令人好奇。不能透露一點點線索嗎？」

「是一個可以測試看看，我們會不會更幸運的地方。」

「到底是哪裡？」

「不能多說了。」我賣關子。

在離開會場的路上，劉楷霍的情緒仍然很亢奮。他告訴我，他已經決定了，回去台灣以後要在網路上成立應援的社團。

我點頭，表示贊同。看來在追星的這條路上，劉楷霍找到了新的重心。願這一次不是為了療癒他生活中遇到的困境，只要純粹享受划船和摘星的喜悅就好。

而我不禁在想，YinWar會怎麼看待他們的粉絲呢？在網路上我看過的訪問片段中，沃沃曾在受訪時引用牛頓的話，把粉絲們譬喻成巨人。他充滿感謝地說，是粉絲讓他站上巨人的肩膀，他才有機會看得高看得遠，否則他不可能有這麼神奇的機會。

其實我也覺得神奇。過去我對這些明星從來沒有任何興趣，不認為偶像有什麼了不起的存在價值，如今卻因為追星和偶像的存在，讓我遇見了一個我願意投以熱情的人——劉楷霍。我開始欣賞他，喜歡他，喜歡他所喜歡的事物，甚至想時時刻刻關注他，幾乎等同於一種粉絲的愛。

經過廣場上巨大的聖誕樹，我才意識到，這是這輩子第一次在熱帶國家度過穿短袖的聖誕夜。站在聖誕樹前，我們仰望，天空的星星全閃爍在樹上。

「我們來對聖誕樹許願吧！」劉楷霍說。

「是說有人對聖誕樹許願的嗎？怪怪的。」我納悶。

劉楷霍自顧自地閉起眼睛開始許願。我好奇他許什麼願望呢？見他依舊認真閉著眼，我也輕輕闔上眼，在心裡想著，不知道YinWar會在這個圈子多久？希望他們還在的每一天，都能開開心心工作，然後才能帶給劉楷霍開開心心的追星生活。

不知道劉楷霍會在我的生活裡待到多久呢？希望他在我身邊的每一天，我都能夠成為保護他、陪伴他，給他一個無憂無慮的環境，讓他無論到了幾歲，都不會被現實磨損熱情，得以永遠保有追星的青春動力，然後帶給我正面思考與面對生活的衝勁。

37

翌日下午，我和劉楷霍約見面會合。

「搭計程車去曼谷阿皮瓦中央車站，我們在那裡集合。」

「看來是要去外府？」他語氣充滿興奮。

「馬上你就會知道了。」

安排給劉楷霍的驚喜，在我們各自抵達車站後揭開了謎底。

「清邁？現在去清邁？」他很驚訝。

「對呀。你不是說看完演唱會後，接下來幾天你都沒事嗎？既然沒事，應該去哪裡都可以吧？我們都沒去過清邁，就衝去看看吧！」

「我第一次知道原來你可以這麼隨性、這麼熱血？」

「受你的影響囉。」

我二十歲時對萬事萬物曾有過的熱情，消失了十年，如今因為劉楷霍的關係，彷彿漸漸回歸到了我的靈魂。

「我們搭臥鋪列車去。頭等艙兩人一室，傍晚六點四十分的車出發，到清邁的時間是隔天早上七點十五分，不過通常會慢分，大概會晚一小時。」我解釋。

「這麼酷！是傳說中很難訂到的那個臥鋪頭等艙嗎？」他眼睛亮起來。

「對。兩人一間的臥鋪，每個班次只有一節車廂，十二間包廂而已，我買到了。」

「我知道啊！我看過人家介紹。這個大家都很難搶到耶！尤其是西方遊客特別愛，其他二等車的臥鋪都是開放式的，不是獨立房，我想你不會喜歡。」

「每次一開放訂位，很快被搶光。你怎麼那麼厲害，可以買到？」

我忽然感覺有點驕傲了，舉起右手，伸出手指，在他面前晃呀晃。

「你記得它叫什麼名字吧？」

「搶票金手指的魔力原來範圍這麼廣。」

劉楷霍笑起來，向我道謝。

於是我們在車站的咖啡廳等候發車的時間，快上車前去商店買外帶的便當，搭上了前往清邁的夜車。

其實如果搭飛機，只要一小時左右就能飛抵清邁，搭夜車卻要耗費十三個多小時，可是我想既然特地跟劉楷霍來了一趟泰國，能有些難得的體驗，留下難忘的回憶，應該是件不錯的事吧？當我看見他像個小男孩似地，在包廂內拚命拍照，研究臥舖車上的每一樣東西，對什麼事物都充滿好奇時，我感覺自己做出了正確的決定。

漫漫長夜，在小小的空間裡，該怎麼消磨時間呢？老實說，在訂火車票時，我腦海中曾閃過色色的念頭，但現實是這一晚待在包廂裡的我們，沒有親吻沒有擁抱也沒有做愛。在晃動的火車上，我跟他一起窩在下舖的床，他跟我分享很多泰國藝人的資訊，然後一起觀賞他事先下載到iPad裡的綜藝節目〈School Ranger〉，同時又回味昨晚YinWar的演唱會，並在網路上搜尋許多粉絲拍的影片，從不同的視角發掘出很多昨天沒注意到的細節。

我也想過，是不是該趁著這個時候好好再跟他談一談，問他現在是否已經可以接受，跟我開始一段新關係了嗎？但最終，我覺得現在不去確認這些事似乎也無妨。即使沒有肉體的接觸，我依然能感覺到他對我的親暱和依賴，以及在我面前的放鬆自在。

「我可以看Kit-Teung以前的一些影片嗎？如果你覺得不想，我不看也沒關係。」

看完了一輪YinWar的影片以後，劉楷霍突然這麼問我。

「嗯，可以啊。不用擔心我，我現在看到陳力騰早就沒怨氣了。」我說。

於是劉楷霍回顧了幾段之前看過的訪談影片，而我想他終究還是有點顧慮我，或是他對Teung的行徑也難以釋懷，最後他只播放Kit獨唱的MV及演唱會影片。

第二天早上，火車在預期的誤點中抵達了清邁，我們搭計程車前往旅館所在的古城區。那也是我事前先預定好的，一間規模不大，但充滿家庭感的中型旅店。旅館下午才能Check in進房間，只好先將行李寄放在櫃台。

「接下來該去哪？我完全沒有準備，也不清楚清邁有什麼好玩的。」劉楷霍說。

「明天早上去比較遠的素帖寺。今天就先在古城區裡隨興逛逛吧！先去幾間有名的廟，然後找個咖啡館休息一下，再來看有什麼地方好去，有什麼好吃的店，如何？」我提議。

「很好。我喜歡這種隨興。」他贊成。

參觀完帕刑寺和契迪龍寺以後，我們找了一間叫「Carrot Coffee cnx」的咖啡館，坐在裡面喝咖啡吃甜點，整個人完全放鬆，隨意滑著Google Maps上網友推薦的景點和餐廳，彼此交換情報，討論哪些是兩個人都想去的地方。

「沒有其他想去的地方了嗎？」我試探地問。

「其實有個地方，有機會的話，我想看看有沒有辦法去。」劉楷霍說：「但好像稍微有點難度……」

「讓我猜一下吧？」我故意裝作好像真的在猜的樣子，其實早就知道這個地方會出現在這一趟清邁的行程中。過了幾秒鐘以後，我才開口：「嗯……Kit老家開的麵店？」

「你很厲害，猜到了。可是他們家那間店有點遠，不在古城區內，我看網路上有粉絲們去過，說從古城區搭『雙條車』大概還要四十分鐘。」

「雙條車」指的是清邁路上隨招隨停的共乘車，因為座位是兩條長椅對坐，所以被稱作雙條車。

「四十分鐘還好吧？我們都從台灣飛到曼谷，又從曼谷搭了十幾個小時的夜車到清邁，現在只搭四十分鐘的車，很近吧！」

「那也是。不過，那間麵店一星期只開週末兩天，我們大後天早上就回曼谷的話，其實只剩今天可以去。」

「那就現在去啊！」

「你認真？」

我點點頭。跟劉楷霍有關的事情，我向來認真。

其實來清邁旅行，我本來就有這個打算，帶劉楷霍去Kit老家開的麵店。

網路上報導，Kit搬回清邁並結婚以後，平常在父親的貿易公司裡幫忙。而Kit的母親在郊區開了一間清邁Khao soi咖哩麵店，網上有粉絲說，非常偶爾的時候Kit「可能」會現身在麵店幫忙。忘不了Kit-Teung的粉絲們，因此漸漸就把那間麵店當作朝聖地，當然也是賭賭看，會不會真的那麼幸運就恰好遇見Kit。

陸續有幾個粉絲發文，說他們真的在麵店遇到過Kit，只是想要合照或拍他時，都被婉拒了。Kit解釋他已經不是明星，請大家體諒。粉絲們說雖然不能照相，但是Kit依然非常親切，在工作之餘願意跟大家聊天。

不過，一開始這些貼文都只有文字，沒圖沒真相，所以大家不曉得真偽。直到後來有一些不太理性的粉絲，依然不顧Kit的希望，在店裡偷拍他，貼上網，大家才相信他真的偶爾會去店裡幫忙。從此，麵店就成為粉絲的朝聖地，雖然真正能湊巧看見他本尊的人，似乎少之又少。

咖哩麵店開在一個偏僻的小巷子內，店門進去以後，有一個很小的庭院，裡面有幢老平房，麵店就在室內。我本以為會有很多特地來朝聖的粉絲進進出出，但實際上更閑散一些。可能因為已經過了中午用餐時間。劉楷霍說麵店晚上不開，大概週日下午五點就會收攤。我們抵達時，已經快四點了。

如果不是有人在網上謠傳，這間店是Kit家人開的話，從店面本身完全看不出來店跟他有什麼關係。店內沒有懸掛任何一張Kit的照片。不過這也是可想而知的，畢竟他已經說了自己不再是明星，連拍照都婉謝。

我帶劉楷霍來這裡，並沒有期望會在店裡巧遇Kit，只是覺得既然都來了清邁，也知道他媽媽開的店在哪裡，那麼就順便來看看。對於曾經那麼崇拜Kit的他來說，或許算是一種間接的靠近。

「咖哩麵很好吃！咖哩好濃好香，雞腿肉燉得真軟。不管這間店跟Kit有沒有關係，能吃到這麼好吃的一間店，都很滿足。」劉楷霍說。

「那很好。我本來擔心你會太期待，是不是能遇到他。」

「我嗎？當然不會啊！我的追星運……你也是知道的。你曾經幫我安排能夠最靠近他的時刻，我居然都還可以錯過，不會再有更好的機會了。能來到清邁，來到他出生的城市，現在他生活的地方，而且居然還來了他媽媽開的麵店，這些都不是我本來預期的，已經覺得很幸福了。」

劉楷霍展露出他的招牌酒窩，對於他總能知足並且正面思考的個性，我怎麼覺得從原來的羨慕和欣賞，漸漸變成欽佩，到如今竟然還有了一點崇拜的感覺呢？

就這樣，我帶劉楷霍完成了麵店朝聖之旅。

吃完以後，我們離開麵店，走到店門前拍空景留念。

「站過去招牌前，我幫你跟麵店拍一張照吧！」我說。

「好啊！」

劉楷霍走到門口，背對著麵店和入口招牌。我舉起手機準備拍照時，突然有個男人騎著摩托車闖進了螢幕裡。我跟劉楷霍說等一下，想等摩托車離開後再拍，結果那個人卻把摩托車停在門口，好像沒有要騎走的意思。接著，他下了車，戴著安全帽走進店裡，直至消失在螢幕裡時，我才按下快門。

「再一張好了，你往左邊站一點，剛剛是拍直的，我再拍一張橫的。」我說。

「這邊可以嗎？」

「可以。那位置很好，光線更柔和一點。我拍囉！」

結果，剛剛那個男人居然又冒出來，我只好再跟劉楷霍說等一下。

那男人背對著我，跟另一個店裡的員工，從庭院放置的冰櫃裡拿出一大桶碎冰，準備抬進店內。沒想到員工一不小心，忽然手一鬆，桶子滑到地上，整桶碎冰撒出來，一大部分落在那個男人身上，把他的襯衫給弄濕了一大半。

因為突然發出很大的聲響，把我跟劉楷霍都嚇一跳。

劉楷霍轉過身去看，就在這個剎那，男人的臉轉了過來。

我和劉楷霍兩個人一遠一近，同時看見了那個男人。

「Sorry! Sorry!」

他對著劉楷霍說，接著又把目光投向離他比較遠的我，頻頻點頭抱歉。

那個男人是Kit。

劉楷霍背對我，紋風不動地佇立著，看著Kit的方向。

很快的，Kit就走進了店裡，庭園裡只剩下方才撒在地上的碎冰。我走上前，站在劉楷霍旁邊，他轉過頭看看我，臉上閃過一抹驚訝的神情，說不出話來。但我知道他想說什麼。他想跟我確認，是吧？沒錯吧？是Kit對吧?!我對劉楷霍點點頭。

「要不要再進去找他？網路上的粉絲不是說，他不想跟人合照，但是跟他打招呼或聊天的話，他滿樂意的嗎？」我問劉楷霍。

「我不知道……我應該要進去找他嗎……」

劉楷霍的聲音有點顫抖。

「去啊，去打個招呼！不是每個人來麵店，都會碰到的。你很幸運。」

「我知道……可是……我不知道……哎呀！」

他的驚訝、緊張和興奮全混合在了一起，令他語無倫次。

「你想想看，這麼多年以來你都沒有機會靠近他，可是剛才，他就距離你不到五步而已，現在人也還在店裡面，你只要進去，就能跟他面對面了。如果他願意的話，說不定還會答應跟你握手。」

「我真的要進去找他嗎？弦弦，那你陪我一起進去可以嗎？」

「我當然陪你一起去呀！」

我們還站在店門口糾結半天時，Kit又從店裡走出來。他換了一件上衣，走進庭院裡，把T恤兩邊的短袖給捲上肩膀，接著拿起放在地上的橡皮水管，扭開一旁接著的水龍頭，開始替庭院裡的綠樹花草噴水。

「霍霍，別遲疑了，快去跟他打招呼吧！用泰文說。你學了那麼久的泰文，一定沒問題的。你不用搶票，不用抽福利，也沒有工作人員會趕你下台。你跟他說，你有去曼谷看過他的演唱會，是在上台前昏倒的那個男生，而且是後來又有跟他視訊的台灣人，我想說不定他會記得你。」

「嗯……好，雖然他不可能記得誰是誰的。」

劉楷霍看著我說，點點頭，然後轉過身面對麵店的入口。

我本以為他要邁出步伐走進庭院，但他沒有。因為與此同時，Kit轉過身子面對我們，換了方向噴水，而這時候我才留意到他身上穿的衣服……好眼熟。

啊，我想起來了！那是全世界只有兩件的T恤。一隻畫得好可愛的柴犬插圖，窩在衣服的正面。我不會認錯，那是劉楷霍親手繪圖設計的應援物。他很久以前從台灣寄到曼谷的經紀公司給Kit，但不知道有沒有真的寄到，還告訴我，就算寄到了，大概會一直埋在粉絲送的禮物堆裡，根本從來沒發現過。

劉楷霍怔忡地愣在原處，想必他也發現了，一直望著Kit的方向。

Kit注意到了我們，微笑著對我們點點頭，接著又繼續整理庭院花木。

「霍霍快去！告訴他，那件衣服就是你送的。」

我再度勸進，但是劉楷霍沒有理會我，依舊凝視前方。

半晌，他才輕聲地慢慢吐出這句話，帶著哽咽的聲音。

「沒關係……這樣就好了，這樣就很好。」

清邁十二月漸近傍晚的日照，亮眼但不炙熱，同時撒落在劉楷霍和Kit的身上。柔和的光裡，亮晃晃的水珠噴散在空氣中，把穿著那件T恤的Kit襯托得既夢幻又真實。

超越所有的福利，在這個彷彿是個專屬VIP的場合，劉楷霍被認證了。

曾經追星追到天荒地老，曾經划船划到又哭又笑，曾經在多少沮喪的時分獲得療癒，曾經想過多少辦法盡可能去靠近，此時此刻，劉楷霍在面對他的偶像，這輩子最近的距離時，他卻決定不再靠近。

這樣就好了，這樣就很好。

劉楷霍低下頭，發出淺淺的啜泣聲。

我站在他的身後，輕輕拍拍他的肩膀，最後忍不住從他身後緊緊擁抱他。

等一會，我想要給劉楷霍一個替他感到驕傲的微笑。

趁他還沒有轉過頭來以前，我得趕緊先擦去我眼角溢出的淚水。

38

日落後，我們搭乘雙條車回到了清邁市中心的古城區。

心情恢復平穩的劉楷霍，終於可以條理分明開始說出剛才的感受。一路上，他不斷跟我討論剛才看見Kit的感覺。他說Kit現在留著淡淡的鬍渣，是以前從未見過的形象，雖然沒有像以前有專人為他上妝和造型，不是鎂光燈下的明星了，但仍舊隱藏不住身上的光采。他還說Kit看起來曬黑了不少，臉好像也圓潤了一點點，不過看起來很有精神、很健康，應該是過得自在愉快的緣故。

我從來沒有那麼仔細研究過Kit，所以也無從比較現在的他。聽著劉楷霍細數Kit今昔的差異，其實我更關注的是他談起Kit時，眉飛色舞的神情。

劉楷霍一直說他真的變幸運了，其實我覺得我才是太幸運。終於，我跟他的關係再度熱絡起來，一同來泰國看演唱會，還到清邁的麵店讓他遇見了Kit。我陪在他身邊一起見證了他生命中極有意義的一刻，因為他的感動而感動，我想，我才是最幸運的人。

清邁古城塔佩門的週末夜市熱鬧無比，我們穿過夜市裡各式各樣的攤位，兩個人大概因為心情好，胃口也特佳，從路邊攤的燒烤、飲料到泰式甜點，見到什麼吃什麼。

小吃完食以後，最後走進一區聚集很多主食攤位的市集。我們找了路邊攤的位子坐下，居然還有辦法又吃下粿條、冬蔭功湯，還有一盤青木瓜沙拉。直到吃完沙拉，我們才突然覺得實在是吃太多了。

「得走一走，消化一下才行。」劉楷霍摸摸肚子說。

「必須的。我們去逛一下夜市的另一頭吧！」我說。

途中，經過一處賣工藝品生活雜貨的攤位時，劉楷霍突然停下來看。

「我之前一直在找跟星星形狀相關的吊飾，但一直沒看到喜歡的。這裡賣的，好像還滿不錯的。你覺得這個好看嗎？」

那是一攤手工雕刻的工藝品地攤，擺著很多大象裝飾，還有太陽和星星形狀的吊飾。劉楷霍指著其中一顆星星吊飾問我。

「好看，雕工很細緻，有泰國美學感。」我說。

「除了這個以外，如果是你自己挑，你最喜歡哪一個？」

「如果是我，憑第一眼印象，我會挑它。」我指著另一顆星星。

「好。」

劉楷霍跟老闆不知道講了什麼，最後，他兩個都買。

「一個送你。我房間門口掛這一顆，然後你房門就掛你喜歡的這一顆。兩間房門並排兩顆星星，很有一致感！我現在客廳有掛另一顆星星雕飾，是阿普送我的，他也是在泰國買的，跟我剛買的這兩顆風格滿接近。回去以後再把這兩顆星星掛上去，整個房子裡的空間就有相互呼應的感覺。」

「滿不錯的……嗯？等等，你說一顆掛我的房門上，這房間意思是……」

「你搬來我家以後的房間呀……還是，你不打算搬過來了呢？」

我急忙搖頭，說：「當然要啊！你什麼時候搬回台北，我就當天搬。」

「哈，難得看你反應這麼激烈！我覺得你臉上的表情，變得愈來愈豐富了。」

「顏面神經終於接上了吧……」我自嘲。

劉楷霍聽了失笑。他說，他姑姑現在狀況，感覺就算一個人生活，有狗狗陪著她也沒什麼問題了，所以打算跨年完就回台北住。

「所以真的要開始認真整理房間了。」他說。

「嗯，隨傳隨到。」我說。

繞啊繞的，最後我們離開了夜市，在古城內漫無目的穿梭。遠離攤販和商家以後，小城在夜裡沉睡了一半，靜謐的小巷弄中，時間的流逝彷彿變得比較緩慢。

遠方高聳的寺廟，夜空下亮著金黃色的光，看著它就知道方位，有如心安的導航。忽然間覺得，走在我身旁的劉楷霍，對我來說好像也具備了這種力量。

至於對他而言呢？這問題如果是在一年多前問我的話，我絕對不會認為自己能夠成為任何人的導航。然而，這問題讓現在的我回答的話，我已經有了自信，我想對於劉楷霍而言，我也同樣具備著導航他的力量。

就像此刻，我領著他在夜裡前行。不知道走了多久，我們從古城內走向城外，開始繞著護城河散步。

這趟泰國行程，我跟劉楷霍在不同日期飛來曼谷，但回程訂了同一天的班機。大後天早上，從清邁飛回曼谷以後，直接待在機場裡，等下午的班機返台。

「霍霍，你跨年夜怎麼過呢？」我開口問他。

「本來是準備要去陪我姑姑，但姑姑昨天來訊息說，她女兒會回來跨年，我本來以為她的意思是這樣人多熱鬧一點，沒想到她居然半開玩笑說，我不用回去陪她沒關係，要我留在台北跟朋友玩就好。真是的！所以我應該就是留在台北。對了，我聽阿普說，你們要去花蓮露營跨年？」

「對。阿普、尼克，還有駿光哥跟晉合哥。你不用回姑姑家的話，就一起去吧？」

「好啊！跟你說，其實啊，我最初是想要跨年完再回台灣的。我沒有在國外跨年過，想感受一下在異國跨年的氣氛。後來考慮到我姑姑才沒有，沒想到……」

「你想在曼谷跨年？」

「感覺應該滿有趣的吧？好像有很多跨年晚會。YinWar會去ICONSIAM唱耶！」

「那我們就留在曼谷，跨年後再回去呀！」

「不跟他們去花蓮了嗎？」

「以後還有機會的嘛！只是你的工作能再繼續請假嗎？」

「請假比較不是大問題，因為我還有假可以請，而且現在我的工作形態是遠距工作。倒是你，這幾天你來泰國，洗衣店的工作麻煩晉合哥他們幫忙，現在要延後回去，會不會有問題呢？」

「我可以請阿普和尼克他們幫忙。況且洗衣店也是可以遠距處理狀況的。」

「可是機票怎麼辦？我們已經買好回程機票。改機票容易嗎？回程會有位子嗎？」

「我來問一下就知道。如果真的想留下來跨年，這些事情花點力氣花點小錢，都是可以解決的。反正難得嘛，既然人都已經在泰國了，就繼續多留幾天，完成你想在國外跨年的心願。」

「那我們跨年夜去ICONSIAM看YinWar好不好？只是聽說入場券，是事先要購物到某個金額才能換到票。晚點我再來查，怎麼樣能拿到票。」

「好。一定會有辦法進場看到的。我等一下也來查查那個場地。我在想，因為是在戶外，如果真的沒門票，應該還是可以從哪個角度遠遠看到才對。」

「弦弦，我真佩服你，為什麼能這麼理性，做事情的思考邏輯可以這麼清晰？真羨慕你，希望我也能像你這樣。」

「那種事情交給我就好，至於你，你只要保持著你的熱情跟好奇心就可以了，那也是我沒有的東西，我更佩服跟羨慕你。」

「嗷～你該不會有點崇拜我吧？」

「我才要說，你不會把我也當成你的偶像吧？」

我們互開玩笑，但是心裡知道，我們好像真的有點崇拜對方。

或許真正的偶像不是站在舞台上，而是一直存在於日常的身旁。偶像可能不一定站在聚光燈下，但是他有光。當他有光，他想要先照亮的不是自己，而是他想溫暖的對方。

劉楷霍看著我，表情好像是在說，看來我們兩個這麼需要互補彼此，以後真的不能分開了。他突然踮起腳尖高舉手，摸摸我的頭。我沒料到他來這一招。年下攻被摸頭，床上再怎麼猛，這一刻也會軟到被哥哥收編成功。

我們停在護城河的某一座橋上時，我提議拍張照。

「我們來拍張合照，傳給阿普還有晉合哥他們吧？」

劉楷霍點頭說好，於是我們以古城牆作為背景，自拍了一張合照，傳到我們和阿普跟尼克的四人群組，也傳到我跟晉合哥、駿光哥的三人群組。

「聖誕快樂！我們在清邁！好慢活的地方，好適合長居！」

我丟出訊息後，很快就收到他們的回覆。

「居然跑到清邁！」晉合哥說。接著，駿光哥也丟來訊息：「我們也去過，超喜歡！好好玩個徹底！玩到跨年完再回來也沒問題！」我看到這句話，整個人被嚇到。到底要磨練到什麼樣的程度，才能像四十歲世代的男同志，擁有如此敏感和貼心的功力？

一會兒，我們收到阿普和尼克的回覆。他們也傳來合照，有兩張。第一張照片很妙，居然阿普也坐在輪椅上，跟尼克兩個人一起合照，兩個人還一起拿著一顆籃球。

「聖誕快樂！」阿普寫著：「尼克加入了新的籃球隊，我也跟著他一起加入了。這個籃球隊很特別喔！是非身障人士跟身障人士一起組成的輪椅籃球隊。所有人都得坐著輪椅打籃球。天啊！我才知道，這超難的！尼克好厲害。以後我們每週都會一起去玩！」

第二張合照，他們在一間餐廳裡，尼克的手握著阿普。尼克在第二張照片下寫著：「今天是第一天，打完以後大家一起吃晚餐。這間泰國餐廳很好吃，等你們回來帶你們來吃！啊不對，我有病嗎？你們現在就在泰國呀！一定有更好吃的吧！多吃一點喔，沒有胖三公斤不准回來。哈哈哈哈哈！」

於是我順勢告訴他們，我們決定延後回台，在曼谷跨年，同時向他們誠摯道歉，原本答應要去花蓮露營得爽約了。駿光哥和晉合哥當然是一點也不意外的感覺，要我們好好玩。阿普跟尼克則故意說：「好好喔！奇怪，為什麼手機螢幕突然變得那麼閃?!哎呀，原來是你們太幸福了啦！」

我跟劉楷霍邊走邊看大家的留言，心裡感覺溫暖。

「晚上回旅館，就來找曼谷的飯店吧！不知道跨年期間房價如何？好不好訂？」

「如果真的找不到合適的飯店，就去住我媽媽和叔叔家也行。我媽有說，很歡迎你去，她說她想見見你。大概是一種帶男朋友見媽媽的概念？」

「嗷?!你媽認真？」

「認真。跟我一樣認真。」我回答，趁勝追擊反問他，語帶雙關：

「我是認真的，那你認真嗎？」

他笑起來，用兩隻手比出一個四方形，放在自己的臉前面，說：

「當然認真。就跟清邁古城牆守著幾百年歷史一樣的認真。」

他又冒出了奇怪但可愛的譬喻。

清邁古城區，是一個由四方形的紅磚城牆及護城河所圍起的區域。七百多年前，清邁建城，便是從這個占地不大的城區開始發展起來。經過幾百年的光陰，殘垣加上新修，如今古城仍保留著城牆與護城河，認真守護著清邁從古到今的時時刻刻。

返回飯店的方向，我們繼續沿著圍牆外的護城河走。夜裡打上燈光的橘紅色城牆，有點懷舊、有點浪漫，也有點心事重重。

「忽然覺得現在是不是應該來聽一些愉悅的歌？」

「想聽誰的歌呢？」

劉楷霍拿出他的手機，開擴音的功能，點播起YinWar的歌。

「〈可以公開了〉嗎？」我問。

「早就可以了。」劉楷霍掛著酒窩回答。

我再次擺脫面癱男封號，笑了起來。

我一度想問劉楷霍，是否會擔心哪一天YinWar拆CP了，或是發生什麼事又傷了他的心呢？但我想了想，他歷經過Kit-Teung事件，在麵店巧遇Kit時候的反應，還有去看YinWar演唱會，他堅持跟我一起看而放棄VIP票時，我想他已經很清楚，在追星這條路上，他選擇在乎的事情是什麼。

聽完幾首沃沃和賢賢的獨唱曲以後，手機開始播放起Billkin和PP的歌。從〈超特別〉到〈喜歡和你在一起時的自己〉，現在則是兩人合唱的〈不放手〉。

「弦弦，你不覺得深夜裡的古城總有點神祕嗎？」劉楷霍忽然問我：「比方說，我們這樣一直走，以為會走到旅館，結果某個轉角卻走進了另一個時空？」

「確實不是不可能喔。」

我附和著他天馬行空的思緒。

「那你覺得我們會走去哪裡？」他問。

「不管走多遠嗎？」

「對呀，走多遠算多遠。」

「嗯……會到哪裡呢？我也很好奇。不然就一直走下去看看吧！我會一直陪著你。」

像追星的過程，期待星星拖曳著光芒，會飛去一個未知且更好的遠方。

回到城牆的塔佩門時，週日夜市已經收攤。夜漸深，城門外人潮散去，只剩下幾個零星的遊客。廣場上的鴿子不知道是野生的或是有人豢養，此刻仍聚集在空地上。

童心未泯的劉楷霍，忽然朝著鴿子的方向輕輕奔跑起來。

原本停在廣場上的白鴿，一齊騰空翻飛。空氣中傳來鴿子振翅的響亮聲音，劉楷霍駐足於白鴿飛舞之間，在城牆的光束下，他轉過身，遠遠地朝著我奮力揮手。

【創作期間】

原案發想：二〇二二年十月十五日

創作期間：二〇二三年四月二十九日－二〇二三年十二月三十日

全文定稿：二〇二四年三月

備註：

一，書中的CP組合Kit-Teung和Sky-Land為虛構人物。其他提及的藝人姓名屬實，但文中各活動的舉辦或引用發言時期，因考量小說情節推衍而在時空上略有挪移，非現實時間線。

二，小說角色均為杜撰。劉楷霍和黃宇弦亦為虛構，人物設定原型僅以星座、身高差、年齡差和暱稱諧音方式向YinWar致意，並無對其性格、性取向或戀愛關係做任何影射之意。本書非二創同人小說，但歡迎讀者酌量使用腦補想像，請自行拿捏對號入座的程度。

三，引用藝人發言資料參考自ANAN WONG YouTube頻道節目「Yin Yang」EP.9及THE STANDARD POP訪談節目「Chairs to Share」EP.23。

後記

有一陣子身邊的朋友常試探我，是不是在泰國遇到喜歡的人了？因為我真的去得太頻繁。畢竟從東京飛一趟曼谷要將近六個半小時，怎麼說都不是一個很方便來回的地方，而我竟去得那麼的殷勤。我笑著回答說：「沒有啊！」然而被不同人多問了幾次以後，我忍不住捫心自問：「真的沒有嗎？」或許最適當的答案是——不能說有，但也不能說沒有。

從沒想過會寫一個追星題材的小說。這個故事的誕生，在我的創作歷程中算是很特別的際遇，就像是這四年來我未曾預料過的生活改變。藉著追星的故事背景，我想談的不只是偶像明星與粉絲而已，而是在人際關係中的追逐、崇拜、真實與假象。

感謝在寫這本書的過程中，曾經聆聽我想法與回饋的友人；謝謝陪我一起度過追星時光的朋友，包括幾個老是被我強迫中獎的人；謝謝怡如的幫忙，祝洗衣店生意繼續昌隆；特別謝謝雅蘭，我會一直記住那天從台中回台北的高鐵上，一起討論故事的美好時光。

慶幸小說這個體裁總是接納我。寫這本書時，我再次深刻感受到我有太多無以名狀的心情，那些喜悅、孤寂、憧憬和懦弱，都安穩地藏進了人物的背後，讓我在故事中找到情緒的出口。真真假假，答案都在小說裡。

每個人面對喜歡的偶像都有不同的應援形式，我的方式，就是寫出這一本書。

張維中

二〇二四年四月二十日

寫在曼谷帕空花市 Flower Cafe

不要說破真相，不必搞懂真假

只要 CP 繼續撒糖，就讓我們嗑到天荒地老

從 CP 偶像、歌手、演員到樂團，

他們的旋律擄獲了劉楷霍、黃宇弦、阿普和尼克的心

從文字走進音符世界，

一起聆聽那些有故事的歌曲

★《划船去摘星》小說情境歌單 YouTube　MV

https://bit.ly/3vBxJs8

★ 張維中 T-POP 精選 Apple Music 歌單：泰奶了

https://bit.ly/3WlLN4s

★《划船去摘星》相關活動或延伸訪談，請追蹤張維中 FB 和 IG 公告

國家圖書館出版品預行編目資料

划船去摘星：暈船了怎麼辦？從這句話開始，兩個男人的命運自此改變。/ 張維中著 . -- 一版 . -- 新北市：原點出版：大雁出版基地發行 , 2024.05
424 面；14.8×21 公分
ISBN 978-626-7466-13-1（平裝）

863.57 113005874

划船去摘星

暈船了怎麼辦？從這句話開始，兩個男人的命運自此改變。

作　　者　張維中
封面繪製　Past.tell
封面設計　謝捲子
內頁排版　黃雅藍
校　　對　孫梓評、張維中、詹雅蘭
責任編輯　詹雅蘭

總 編 輯　葛雅茜
副總編輯　詹雅蘭
主　　編　柯欣妤
業務發行　王綬晨、邱紹溢、劉文雅
行銷企畫　蔡佳妘

發 行 人　蘇拾平
出　　版　原點出版 Uni-Books
Email　uni-books@andbooks.com.tw
電話：（02）8913-1005
傳真：（02）8913-1056
發　　行　大雁出版基地
新北市新店區北新路三段 207-3 號 5 樓
www.andbooks.com.tw
24 小時傳真服務（02）8913-1056
讀者服務信箱 Email: andbooks@andbooks.com.tw
劃撥帳號：19983379
戶名：大雁文化事業股份有限公司
一版一刷　2024 年 05 月
ISBN　978-626-7466-13-1（平裝）
ISBN　978-626-7466-18-6（EPUB）
定　　價　499 元